教育部"十二五"国家级实验教学示范中心中国劳动关

诗词格律与写作

贺严　解文超　编著

知识产权出版社
全国百佳图书出版单位

图书在版编目（CIP）数据

诗词格律与写作/贺严，解文超编著. —北京：知识产权出版社，2015.9
ISBN 978 - 7 - 5130 - 3421 - 0

Ⅰ.①诗… Ⅱ.①贺…②解… Ⅲ.①诗词格律—诗歌创作—中国 Ⅳ.①I207.21

中国版本图书馆 CIP 数据核字（2015）第 070009 号

责任编辑：贺小霞	责任校对：孙婷婷
封面设计：率一创意	责任出版：刘译文

诗词格律与写作
贺严　解文超　编著

出版发行：	知识产权出版社 有限责任公司	网　　址：	http://www.ipph.cn
社　　址：	北京市海淀区马甸南村1号	天猫旗舰店：	http://zscqcbs.tmall.com
责编电话：	010-82000860 转 8129	责编邮箱：	HeXiaoXia@cnipr.com
发行电话：	010-82000860 转 8101/8102	发行传真：	010-82000893/82005070/82000270
印　　刷：	北京九州迅驰传媒文化有限公司	经　　销：	各大网上书店、新华书店及相关专业书店
开　　本：	787mm×1092mm　1/16	印　　张：	17.75
版　　次：	2015年9月第1版	印　　次：	2015年9月第1次印刷
字　　数：	368千字	定　　价：	58.00元

ISBN 978-7-5130-3421-0

出版权专有　侵权必究
如有印装质量问题，本社负责调换。

目　　录

总论：诗词发展简史 …………………………………………………… 1
　　一、中国古典诗歌的起源流变与近体诗的形成 …………………… 1
　　二、诗余——词的形成和发展 ……………………………………… 21
　　三、中国古典诗歌的形式分类 ……………………………………… 23

第一篇　近体诗格律

第一章　近体诗的结构 ………………………………………………… 33
　　第一节　律诗的结构 ………………………………………………… 33
　　第二节　绝句的结构 ………………………………………………… 40
第二章　近体诗的用韵 ………………………………………………… 46
　　第一节　近体诗押韵的规则 ………………………………………… 46
　　第二节　近体诗用韵应该注意的问题 ……………………………… 51
第三章　近体诗的平仄 ………………………………………………… 53
　　第一节　近体诗的平仄规则 ………………………………………… 54
　　第二节　近体诗的平仄格式 ………………………………………… 60
第四章　近体诗的对仗 ………………………………………………… 94
　　第一节　关于对仗 …………………………………………………… 94
　　第二节　律诗的对仗 ………………………………………………… 100

第二篇　词的格律

第一章　词的结构 ……………………………………………………… 119
　　第一节　词的种类 …………………………………………………… 119
　　第二节　词牌和词谱 ………………………………………………… 127

第二章　词的用韵 ·· 172
　第一节　《词林正韵》 ·· 172
　第二节　词的押韵格式 ·· 173
第三章　词的平仄 ·· 180
　第一节　词的平仄规律 ·· 180
　第二节　词的平仄格式 ·· 181
第四章　词的对仗 ·· 192
　第一节　词的对仗特点 ·· 192
　第二节　词的特殊对仗格式 ·· 201
附论：当代旧体诗词创作的审美追求 ································ 205
附录一：平水韵表 ·· 212
附录二：入声字的辨别 ··· 222
附录三：《声律启蒙》 ··· 228
附录四：《笠翁对韵》 ··· 237
附录五：常用词谱精选 ··· 246
附录六：《词林正韵》 ··· 267
参考文献 ·· 278

总论：诗词发展简史

中国古典诗歌，一般称作旧诗，是指用文言文和传统格律创作的诗。广义的中国古典诗歌，通常指诗、词、曲一脉相承的讲究韵律的文体形式，也可以包括如诗、词、曲、赋、骈文等各种形式的韵文，狭义则仅包括古体诗和近体诗。学习诗词格律之前，我们先对诗、词、曲的发展简史作一了解。

一、中国古典诗歌的起源流变与近体诗的形成

诗歌是一种古老的文学样式，它是心灵深处的吟唱，是人类灵魂的放歌，是人们喜怒哀乐情绪的文学表达。中国诗歌源远流长，它的产生可以追溯到文字产生以前的远古时期，可以说，自从有了人类，就有了人类情感的表达——诗歌。而近体诗的形成，更仿若长江大河，从远古走来，一路荡涤着尘埃，前波后浪不断推进，至唐终于完成了它艰难而辉煌的形成历程。

（一）上古诗歌

诗歌起源于劳动和宗教。鲁迅在《中国小说的历史的变迁》一书中说："其一，因劳动时，一面工作，一面唱歌，可以忘却劳苦，所以从单纯的呼叫发展开去，直到发挥自己心意和感情，并偕有自然的韵调；其二，是因为原始民族对于神明，渐因畏惧而生敬仰，于是歌颂其威灵，赞叹其功烈，也就成了诗歌的起源。"可见，诗最初是以歌唱形式来流传的，故称为诗歌。

远古洪荒时代，面对各种自然灾害，勤劳顽强的先民用庄严的祝祷、坚定的驱斥表达出这样的心声：

土，反其宅！水，归其壑！昆虫，毋作！草木，归其泽！

这首记载于《礼记·郊特牲》中的《伊耆氏蜡辞》，相传是神农时代的祭祀歌谣，歌辞简短有力，诗句单纯明净，情感充沛丰盈。

《吴越春秋·勾践阴谋外传》中也记载了一首反映远古先民打猎的歌谣《弹歌》：

断竹，续竹，飞土，逐宍（肉）。

八个字的歌谣不仅形象传神地表现出狩猎的紧张场景，而且还在强烈的节奏感和有力的动作描写中传达出人们狩猎劳动的欢欣。

如果确如上述文献所载，这样的歌谣是产生于上古时代（有学者从文献产生的年代认为所载歌谣是汉人伪作。但从歌辞的语言和内容来看，其产生的年代应早于《诗经》时代，可能是原始社会口头流传下来的歌谣），那么像《伊耆氏蜡

辞》《弹歌》这些原始歌谣就是已知最早的诗歌。因此，可以这样说，中国古典诗歌起源于原始歌谣。

中国古代早期的诗歌大概并非是今天这样一种单纯的语言文字形式，很可能是诗、乐、舞三位一体的综合艺术表达。《尚书·舜典》中有这样一段记载：

帝曰："夔！命汝典乐，教胄子，直而温，宽而栗，刚而无虐，简而无傲。诗言志，歌永言，声依永，律和声。八音克谐，无相夺伦，神人以和。"夔曰："於！予击石拊石，百兽率舞。"

这里所说的"击石拊石，百兽率舞"描绘的就是音乐、歌舞相互配合的一种场面。

又据《吕氏春秋·古乐篇》记载：

昔葛天氏之乐，三人操牛尾，投足以歌八阕：一曰载民，二曰玄鸟，三曰遂草木，四曰奋五谷，五曰敬天常，六曰达帝功，七曰依帝德，八曰总禽兽之极。

这里的"八阕"可能杂有后代人的观念，但基本上还是对原始艺术的描述。因此，原始艺术很可能以诗、乐、舞三位一体为主要形式。

诗、乐、舞都是因情感表达的需要而产生的，古代诗、乐、舞三位一体的表达方式，互相生发、相辅相成，淋漓尽致地表达出人类复杂的情感。《毛诗序》中的一段话成为后世理解诗歌产生的经典："诗者，志之所之也。在心为志，发言为诗。情动于中，而形于言。言之不足，故嗟叹之；嗟叹之不足，故咏歌之；咏歌之不足，不知手之舞之、足之蹈之也。"在这种最早的诗、乐、舞结合的艺术形式中，整齐错综的美、抑扬回旋的美相互激荡，诗中跳动着活跃的生命的节奏，洋溢着鲜活旺盛的生命力。

(二) 四言诗

远古时代的诗歌总是以其古朴而又强烈的震撼力直击我们的心灵，但遗憾的是，我们只能在后世的文献中偶尔见之。由于它几乎无迹可求，我们更无法畅游于那个浑瀚浩渺的诗性的时空。

春秋战国，这个充满了兵刃、血腥、征伐和阴谋阳谋纵横捭阖的时代，却也悄悄地、奇妙地丛聚了《诗经》这样一部精美绝伦，乃至后人使尽人工之巧也无法超越而成为最高典范的诗歌总集。

在诗歌漫长的发展过程中，从形式上来看，经历了四言、五言、七言、近体格律诗、词、曲等不同的辉煌阶段。

《诗经》是一部以四言为主的诗歌总集，是一种入乐的古诗。它记录的是从西周初年到春秋中叶，也就是公元前1100年到公元前600年，约500多年间的诗歌，共305篇（此外，还有6篇有目无辞的笙诗），又称《诗三百》。它分为风、雅、颂三部分，"风"包括了15个诸侯国的民歌，即"十五国风"，共160篇。"雅"是正声雅乐，是正统的宫廷乐歌。"雅"分为"大雅"和"小雅"，共105篇。"大雅"用于隆重盛大宴会的典礼，"小雅"则用于一般宴会的典礼。

"颂"是祭祀乐歌，用于宫廷宗庙祭祀祖先，祈祷赞颂神明，现存共40篇。

《诗经》时代是温润和缓的四言诗时代，"关关雎鸠，在河之洲。窈窕淑女，君子好逑"（《诗经·周南·国风》），"昔我往矣，杨柳依依。今我来思，雨雪霏霏"（《诗经·小雅·采薇》）……那个古昔的诗歌精魂一直飘荡在历史的天空，引导着追随它的每一个人静静地去体会生命的悲欢忧喜，乃至千年之后的文人平心静气，涵咏此诗："采采芣苢，薄言采之。采采芣苢，薄言有之。采采芣苢，薄言掇之。采采芣苢，薄言捋之。采采芣苢，薄言袺之。采采芣苢，薄言襭之。"（《诗经·周南·芣苢》）仍能"恍听田家妇女，三三五五，于平原秀野、风和日丽中，群歌互答，余音袅袅，若远若近，若断若续，不知其情之何以移而神之何以旷"（方玉润《诗经原始》卷一）。而当生命在朦胧的远方迷雾中，在低徊婉转的歌唱中等待、追求、希望时，又会不由自主地密咏恬吟："蒹葭苍苍，白露为霜。所谓伊人，在水一方。溯洄从之，道阻且长；溯游从之，宛在水中央。"（《诗经·国风·秦风》）

《诗经》有三言、四言、五言、六言、七言、八言及杂言，但四言句占多数，尤其在160首的"风"诗中，完全是四言诗的就有80首，其余80首也是以四言为主体。例如：

卫风·氓

氓之蚩蚩，抱布贸丝。匪来贸丝，来即我谋。送子涉淇，至于顿丘。匪我愆期，子无良媒。将子无怒，秋以为期。

乘彼垝垣，以望复关。不见复关，泣涕涟涟。既见复关，载笑载言。尔卜尔筮，体无咎言。以尔车来，以我贿迁。

桑之未落，其叶沃若。于嗟鸠兮，无食桑葚。于嗟女兮，无与士耽。士之耽兮，犹可说也；女之耽兮，不可说也。

桑之落矣，其黄而陨。自我徂尔，三岁食贫。淇水汤汤，渐车帷裳。女也不爽，士贰其行。士也罔极，二三其德。

三岁为妇，靡室劳矣。夙兴夜寐，靡有朝矣。言既遂矣，至于暴矣。兄弟不知，咥其笑矣。静言思之，躬自悼矣。

及尔偕老，老使我怨。淇则有岸，隰则有泮。总角之宴，言笑晏晏。信誓旦旦，不思其反。反是不思，亦已焉哉！

该诗用了长长60句的篇幅来表现婚后生活的美好与痛苦，而60句诗全为整齐的四言。

《诗经》的这些特点，对我国后世诗歌的发展起到了非常重要的作用。虽然五言诗和七言诗兴起后，四言诗渐渐退出了主导地位，但作为一种诗歌形式，四言诗从未在诗歌史上消失过。从汉、魏到唐、宋，甚至到今天，四言诗亦不少见，如三国时曹操、晋代陶渊明、宋代苏轼等也都有四言诗佳作。

诗例：

短歌行
[汉] 曹 操

对酒当歌，人生几何？譬如朝露，去日苦多。
慨当以慷，忧思难忘。何以解忧？惟有杜康。
青青子衿，悠悠我心。但为君故，沉吟至今。
呦呦鹿鸣，食野之苹。我有嘉宾，鼓瑟吹笙。
明明如月，何时可掇？忧从中来，不可断绝。
越陌度阡，枉用相存。契阔谈䜩，心念旧恩。
月明星稀，乌鹊南飞。绕树三匝，何枝可依？
山不厌高，海不厌深。周公吐哺，天下归心。

停 云
[晋] 陶渊明

（停云，思亲友也。罇湛新醪，园列初荣，愿言不从，叹息弥襟。）

霭霭停云，濛濛时雨。八表同昏，平路伊阻。
静寄东轩，春醪独抚。良朋悠邈，搔首延伫。
停云霭霭，时雨濛濛。八表同昏，平陆成江。
有酒有酒，闲饮东窗。愿言怀人，舟车靡从。
东园之树，枝条载荣。竞用新好，以怡余情。
人亦有言，日月于征。安得促席，说彼平生。
翩翩飞鸟，息我庭柯。敛翮闲止，好声相和。
岂无他人？念子实多。愿言不获，抱恨如何！

观 棋
[宋] 苏 轼

五老峰前，白鹤遗址。
长松荫庭，风日清美。
我时独游，不逢一士。
谁与棋者，户外屦二。
不闻人声，时闻落子。
纹枰坐对，谁究此味。
空钩意钓，岂在鲂鲤。
小儿近道，剥啄信指。
胜固欣然，败亦可喜。
优哉游哉，聊复尔耳。

以上几首诗全篇都是四言句式。四言体诗节奏鲜明，简单明快，且辅以重章叠句，读来有很强的艺术魅力。所以直到现在，也仍然有诗人在用这种诗体抒情写意。优秀之作如：

盛世歌
杨春茂[1]

环球中央，大国堂堂。汉风唐韵，源远流长。
成吉思汗，震撼万邦。郑和舰队，七下西洋。
辽阔国土，深远海疆。宝岛如珠，历尽沧桑。
番贼倭寇，暗偷明抢。百年屈辱，几度国殇。
改革开放，国富民强。远贼惦记，近鬼窃想。
浊浪翻卷，东海南洋。蛮夷蠢动，倭寇嚣张。
魑魅魍魉，为虎作伥。远岛如子，呼唤爹娘。
金瓯欲缺，众志成墙。云旗雷鼓，风雨刀枪。
士气高昂，剑拔弩张。万里江山，千重营房。
今日中华，远非继往。谈亦奉陪，打又何妨。
神州儿女，何惧虎狼。先礼后兵，固土强疆。
海天铭记，历史旧账。同仇惊涛，敌忾骇浪。
岛国枭雄，狂不自量。针锋相对，寸土不让。

（三）骚体诗

四言诗节奏单纯，缺少变化，四言的诗句容量也相对较小。从古朴走向华美，从简单走向繁复，是文学发展必经的一个阶段。不唯汉魏以后的时代，人们对于四言"每苦文繁而意少"（钟嵘《诗品序》），就是在春秋战国时期，四言诗也无法容纳日益丰富的感情了。

继而，便有了以屈原为代表的一群楚国诗人以一种崭新的面貌为诗国奉献了一部交响乐般的别调——《楚辞》。

《楚辞》这种新的诗歌样式出现在《诗经》之后的两三百年。因为它是在楚国民歌的基础上形成的，楚风浓重，故而在汉代被结集为《楚辞》。后人把以屈原为代表的诗人创造的这种诗体称为"楚辞体"或"骚体"。

《诗经》与《楚辞》，分别成为中国诗歌史上第一大诗歌高峰和第二大诗歌高峰。后世"风""骚"并称，就是取自《诗经》中的《国风》和《楚辞》中的《离骚》。

《楚辞》继承了《诗经》的句式，如屈原的《天问》就以四言居多。但楚辞

---

[1] 杨春茂，四川大学中文系毕业。原中国教师发展基金会秘书长。曾任故事片《青春鸟》编剧，57集电视艺术片《中华各民族》总撰稿，9集电视教学片《师德启思录》总撰稿、总编导。在《人民日报》等报刊发表诗词歌赋30余首及诗歌、音乐方面的评论40余篇。

体的诗歌又不同于《诗经》的四言体，它在句式上的鲜明特色就是在句中往往有一个"兮"字。如屈原的《九章·橘颂》：

后皇嘉树，橘徕服兮。
受命不迁，生南国兮。
深固难徙，更壹志兮。
绿叶素荣，纷其可喜兮。
曾枝剡棘，圆果抟兮。
青黄杂糅，文章烂兮。
精色内白，类任道兮。
纷缊宜修，姱而不丑兮。
嗟尔幼志，有以异兮。
独立不迁，岂不可喜兮？
深固难徙，廓其无求兮。
苏世独立，横而不流兮。
闭心自慎，不终失过兮。
秉德无私，参天地兮。
原岁并谢，与长友兮。
淑离不淫，梗其有理兮。
年岁虽少，可师长兮。
行比伯夷，置以为像兮。

《橘颂》是中国文人写的第一首咏物诗，诗人以橘树为喻，表达了自己追求美好品质和理想的坚定意志。此诗虽然以四言为主，但在一些句子中多了一个"兮"字。《楚辞》中的"兮"字相当于现代汉语中的"啊""呀"等感叹词，如上引《橘颂》诗句即如此。如果去掉"兮"字，把上下句连在一起，就变成了七字句。如《橘颂》的前几句"后皇嘉树，橘徕服兮""受命不迁，生南国兮""深固难徙，更壹志兮"，如去掉"兮"，皆变为七字句。《橘颂》共18句，这样的句子就有10句，可见，此诗体已具备了七言诗的初步形态。

《楚辞》中还有的诗去掉"兮"字便成为六字句。如：

九歌·国殇

[战国] 屈 原

操吴戈兮被犀甲，车错毂兮短兵接。
旌蔽日兮敌若云，矢交坠兮士争先。
凌余阵兮躐余行，左骖殪兮右刃伤。
霾两轮兮絷四马，援玉枹兮击鸣鼓。

> 天时怼兮威灵怒，严杀尽兮弃原野。
> 出不入兮往不反，平原忽兮路超远。
> 带长剑兮挟秦弓，首身离兮心不惩。
> 诚既勇兮又以武，终刚强兮不可凌。
> 身既死兮神以灵，魂魄毅兮为鬼雄！

这首诗每一句都是七个字，每一句都有一个"兮"字。如果去掉诗句中的"兮"字，七字句就变成了六字句。如"操吴戈兮被犀甲""车错毂兮短兵接"，两句都去掉"兮"字，就变成六字句"操吴戈被犀甲"和"车错毂短兵接"。

再看《离骚》中的一段：

> 帝高阳之苗裔兮，朕皇考曰伯庸。
> 摄提贞于孟陬兮，惟庚寅吾以降。
> 皇览揆余初度兮，肇锡余以嘉名：
> 名余曰正则兮，字余曰灵均。
> 纷吾既有此内美兮，又重之以修能。
> 扈江离与辟芷兮，纫秋兰以为佩。
> 汨余若将不及兮，恐年岁之不吾与。
> 朝搴阰之木兰兮，夕揽洲之宿莽。
> 日月忽其不淹兮，春与秋其代序。
> 惟草木之零落兮，恐美人之迟暮。
> ……

《离骚》中的这一小段，句式长短不一，如果去掉"兮"字，便成为六言、七言句式。有些诗句，初现五言句的格式，如"名余曰正则（兮），字余曰灵均"，去掉"兮"字，便成为五言句。

骚体诗已经冲破了《诗经》体四言诗为主的固定格式，句式加长而灵活，篇章放大而严密，语句变化更为丰富。句式以六言为主，又不限于六言。相对于四言诗而言，骚体诗的韵律感更强了，为四言诗向五言诗、七言诗的过渡起到了承上启下的作用。

在这个韵语的时代，不只是诗，史书、文诰、诸子之文也往往喜用韵语，连"佶屈聱牙"的《尚书》也多含歌、谣、谚、成语等。记事说理也时用韵语，如《易经》和《老子》这样的纯粹说理文也几乎全用韵语。正是韵语的发达造就了《诗经》和《楚辞》两大诗歌高峰。

（四）乐府诗

继《诗经》《楚辞》之后，汉代的乐府诗登上诗坛。

"乐府"原指汉代掌管音乐的机构，它的职能是搜集各地的歌谣乐曲、制作乐谱、配乐演奏等。后来把乐府搜集的诗歌和文人模仿乐府诗歌的作品都称为"乐府"或"乐府诗"。因为乐府诞生于汉代，故人们把汉代乐府搜集、整理并保存下来的乐府民歌称为"汉乐府"。

汉乐府诗中有一大部分是由西汉的乐府机关和东汉的黄门鼓吹署从民间搜集而来。汉乐府诗歌按作用主要分为两部分，一部分是用来供执政者祭祀祖先和神明所使用的郊庙歌辞，其性质与《诗经》中的"颂"相同；另一部分则是采集自民间流传的俗乐，其特点为"感于哀乐，缘事而发，亦可以观风俗，知薄厚云"（《汉书·艺文志》）。即用于供朝廷观察风俗民情，从中了解民众的感情，省察民政之得失，与《诗经》中的"风"相类，世称之为乐府民歌。

早期的乐府诗以民歌为主，它突破了《诗经》《离骚》以四言、六言为主的格式，句式从一字到七字、八字都有，但以五言居多。如《江南》：

江南可采莲，莲叶何田田！鱼戏莲叶间。鱼戏莲叶东，鱼戏莲叶西，鱼戏莲叶南，鱼戏莲叶北。

《江南》皆由五言句构成，诗歌以清新明快的语言、简洁明了的笔调、回旋往复的句式，生动地呈现出一幅江南水乡的美丽画卷。同时，由于"鱼"这一意象在此诗暗含男欢女爱之义，诗中又隐约描绘出青年男女欢乐嬉戏的场景。

再如《陌上桑》：

日出东南隅，照我秦氏楼。秦氏有好女，自名为罗敷。罗敷善蚕桑，采桑城南隅。青丝为笼系，桂枝为笼钩。头上倭堕髻，耳中明月珠。缃绮为下裙，紫绮为上襦。行者见罗敷，下担捋髭须。少年见罗敷，脱帽著帩头。耕者忘其犁，锄者忘其锄。来归相怨怒，但坐观罗敷。使君从南来，五马立踟蹰。使君遣吏往，问是谁家姝。"秦氏有好女，自名为罗敷。""罗敷年几何？""二十尚不足，十五颇有余。"使君谢罗敷："宁可共载不？"罗敷前置词："使君一何愚！使君自有妇，罗敷自有夫。东方千余骑，夫婿居上头。何用识夫婿？白马从骊驹。青丝系马尾，黄金络马头。腰中鹿卢剑，可值千万余。十五府小吏，二十朝大夫。三十侍中郎，四十专城居。为人洁白晳，鬑鬑颇有须。盈盈公府步，冉冉府中趋。坐中数千人，皆言夫婿殊。"

全诗皆由五言句构成，其他如《长歌行》《饮马长城窟行》《十五从军征》等。汉乐府诗中的多数诗篇都是五言或以五言句式为主。

这一时期可以说是五言诗的萌芽阶段。此时期的乐府诗，篇幅长短不一，少则几十字，多则千字以上。如《孔雀东南飞》就是一首长篇叙事诗，全诗375句，1 785字，是我国文学史上第一篇长篇叙事诗，也是最长的一篇叙事诗。

乐府诗长于叙事，如上举《陌上桑》写美丽的罗敷拒绝太守的追求，《羽林郎》叙写的则是当垆美女反抗强暴的故事，《艳歌行》叙述妻子为游子缝补衣服而引起丈夫猜忌的故事，《孔雀东南飞》则是一个凄美的爱情悲剧……诗人的笔触细致入微，深入到了社会生活各个广阔的层面。

（五）五言古诗和七言古诗

1. 五言古诗

（1）东汉文人五言诗

在乐府诗的滋养下，东汉的时候，出现了文人诗歌创作的群体，五言取代传统的四言成为新的诗歌样式。现存最早的东汉文人诗是班固的《咏史》：

> 三王德弥薄，惟后用肉刑。
> 太苍令有罪，就递长安城。
> 自恨身无子，困急独茕茕。
> 小女痛父言，死者不可生。
> 上书诣阙下，思古歌鸡鸣。
> 忧心摧折裂，晨风扬激声。
> 圣汉孝文帝，恻然感至情。
> 百男何愦愦，不如一缇萦。

这首诗以写史的手法抒写，钟嵘《诗品》说此诗"质木无文"，表现出文人五言诗在初创阶段的稚拙。

五言诗走向成熟的标志是东汉末年的《古诗十九首》。其作者不可考，南朝萧统把它们编入《昭明文选》，始称《古诗十九首》，它是乐府古诗文人化的显著标志。这十九首诗歌都没有题目，均以首句为题。这些诗歌深刻地再现了文人在汉末社会思想大转变时期追求的幻灭与沉沦、心灵的觉醒与痛苦。

文人诗长于抒情，诗中既有游子思妇的忧伤，也有对人生永恒和短暂的探讨，还有对功名富贵的强烈渴求。相思之情和思乡之情相融合，或悲伤或欢乐的情感和人生哲理的讨论相结合，情景交融，意境悠远。

例如《古诗十九首》第十六首"凛凛岁云暮"：

> 凛凛岁云暮，蝼蛄夕鸣悲。
> 凉风率已厉，游子寒无衣。
> 锦衾遗洛浦，同袍与我违。
> 独宿累长夜，梦想见容辉。
> 良人惟古欢，枉驾惠前绥。
> 愿得常巧笑，携手同车归。
> 既来不须臾，又不处重闱。
> 亮无晨风翼，焉能凌风飞？
> 眄睐以适意，引领遥相希。
> 徙倚怀感伤，垂涕沾双扉。

《古诗十九首》艺术上炉火纯青，浑然天成，语言上朴素自然，"天衣无缝，一字千金"(钟嵘《诗品》),为五言诗的发展奠定了坚实的基础,深刻地影响了后世诗歌的发展。

(2)建安诗歌

诗至三国魏晋南北朝,精神又一变:东汉文人五言诗天然凑泊,不假雕镂,魏晋南北朝文人诗则争繁斗艳、务求工练。

东汉末年建安时代到曹魏前期,"三曹""七子"并世而出。曹操古直悲凉,曹丕便娟婉约,"才高八斗"(谢灵运语)的曹植更是"骨气奇高,词彩华茂,情兼雅怨,体被文质,粲溢今古,卓尔不群"(钟嵘《诗品》)。又有"骋骥骏于千里,仰齐足而并驰"(曹丕《典论·论文》)的"建安七子"为之羽翼。他们共同完成了乐府民歌向文人诗的最后转变,开辟了五言诗的广阔道路。

这群时代英杰以其鲜明爽朗、刚健有力的文风,慷慨饱满的思想感情,形成了诗歌志深笔长、梗概多气、悲凉慷慨的特点,史称"建安风骨"。"建安风骨"成为建安诗风独具魅力的鲜明标志。如曹植的《白马篇》:

白马饰金羁,连翩西北驰。
借问谁家子,幽并游侠儿。
少小去乡邑,扬声沙漠垂。
宿昔秉良弓,楛矢何参差。
控弦破左的,右发摧月支。
仰手接飞猱,俯身散马蹄。
狡捷过猴猿,勇剽若豹螭。
边城多警急,虏骑数迁移。
羽檄从北来,厉马登高堤。
长驱蹈匈奴,左顾凌鲜卑。
弃身锋刃端,性命安可怀?
父母且不顾,何言子与妻!
名编壮士籍,不得中顾私。
捐躯赴国难,视死忽如归。

再如王粲的《七哀诗》:

七哀诗

[汉] 王 粲

边城使心悲,昔吾亲更之。
冰雪截肌肤,风飘无止期。
百里不见人,草木谁当迟。
登城望亭燧,翩翩飞戍旗。

>   行者不顾返，出门与家辞。
>   子弟多俘虏，哭泣无已时。
>   天下尽乐土，何为久留兹。
>   蓼虫不知辛，去来勿与谘。

（3）正始诗歌

正始时期，司马氏执掌大权。一批文人，如以阮籍、嵇康为首的"竹林七贤"不满司马氏的统治，隐逸山林，他们创作的诗歌称为"正始体"。

阮籍的代表作八十二首五言古诗《咏怀诗》，开创了中国文学史上政治抒情组诗的先河。诗人内心孤独苦闷，忧愤深广，但迫于政治压力，不能直言，于是借比兴、象征来寄托怀抱，表现出了深刻的理性思考和痛彻的人生悲哀，故而《咏怀诗》词旨遥深，归趣难求。下面来看两首阮籍的《咏怀诗》：

咏怀诗

［晋］阮　籍

其一

> 夜中不能寐，起坐弹鸣琴。
> 薄帷鉴明月，清风吹我襟。
> 孤鸿号外野，翔鸟鸣北林。
> 徘徊将何见，忧思独伤心。

其三

> 嘉树下成蹊，东园桃与李。
> 秋风吹飞藿，零落从此始。
> 繁华有憔悴，堂上生荆杞。
> 驱马舍之去，去上西山趾。
> 一身不自保，何况恋妻子。
> 凝霜被野草，岁暮亦云已。

阮籍的八十二首《咏怀诗》继承了建安文学的优良传统，进一步开拓了五言诗的写作范围，在体例和技巧等诸多方面颇有创新。它不但开创了中国文学史上政治抒情诗的先河，而且还首创了五言抒情组诗的体例。

（4）两晋诗歌

三国以后司马炎代魏称帝，建立西晋。西晋诗坛又一变建安、正始诗歌风貌，称为"太康诗风"。太康诗风的代表人物是三张（张协、张载、张亢兄弟）、二陆（陆机、陆云兄弟）、两潘（潘岳、潘尼叔侄）、一左（左思）。诗歌讲究形式，描写繁复，辞采华丽，诗风繁缛，陆机的《拟古诗》是这种华丽诗风的代表作。我们把《古诗十九首·西北有高楼》与陆机的《拟西北有高楼》对比着来读一下：

古诗十九首·西北有高楼

西北有高楼,上与浮云齐。
交疏结绮窗,阿阁三重阶。
上有弦歌声,音响一何悲。
谁能为此曲?无乃杞梁妻。
清商随风发,中曲正徘徊。
一弹再三叹,慷慨有余哀。
不惜歌者苦,但伤知音稀。
愿为双鸿鹄,奋翅起高飞。

拟西北有高楼
〔晋〕陆 机

高楼一何峻,迢迢峻而安。
绮窗出尘冥,飞陛蹑云端。
佳人抚琴瑟,纤手清且闲。
芳气随风结,哀响馥若兰。
玉容谁能顾,倾城在一弹。
伫立望日昃,踯躅再三叹。
不怨伫立久,但愿歌者欢。
思驾归鸿羽,比翼双飞翰。

虽然是相同的内容和结构,但前者朴素古直,后者华丽藻饰。

同时期的左思还凭着《咏史》八首开创了借咏史以咏怀的道路,成为后世诗人效法的范例。左思的《咏史》尽情抒发了寒士的不平之气,"造语奇伟,创格新特,错综震荡,逸气干云"(胡应麟《诗薮》外编卷二),使五言诗呈现出一种新的面貌。试比较一下班固的《咏史》和左思的一首《咏史》:

咏 史
〔汉〕班 固

三王德弥薄,惟后用肉刑。
太苍令有罪,就递长安城。
自恨身无子,困急独茕茕。
小女痛父言,死者不可生。
上书诣阙下,思古歌鸡鸣。
忧心摧折裂,晨风扬激声。
圣汉孝文帝,恻然感至情。
百男何愦愦,不如一缇萦。

咏　史
[晋] 左　思

郁郁涧底松，离离山上苗。
以彼径寸茎，荫此百尺条。
世胄蹑高位，英俊沉下僚。
地势使之然，由来非一朝。
金张藉旧业，七叶珥汉貂。
冯公岂不伟，白首不见招。

左思的这首《咏史》虽然也有咏史的内容，但史已成为其抒情的一种手段，这种直抒胸臆的"变体"远远超过了班固以来咏史"隐括本传"的"正体"。

还有晋怀帝永嘉年间以刘琨、郭嘉等为代表的"永嘉体"，在五言诗方面也达到了较高的成就。

东晋建立后一百年间的诗坛被玄言诗所笼罩，直到陶渊明出现，中国诗歌才又一次大放异彩。陶渊明的诗歌源于《古诗十九首》，又得阮籍之遗音、协左思之风力。魏晋诗歌，乃至中国古代诗歌的古朴作风，在陶渊明笔下达到了前所未有的高度。他的田园诗，如《归园田居》《饮酒》等，初看似散缓平淡、寡情薄采，细细品味却凝练而有深意。其诗歌冲淡闲远的意境中蕴含着对人生的深沉思考，并志深而笔长，情厚而味醇。陶渊明是追求人生艺术化的魏晋风流的代表人物，他以舒缓的田园、古朴的桃花源胜境为后世文人筑起了一个精神家园，成为中国士大夫的精神归宿，也成为中国诗歌史上一座不朽的里程碑。

诗至六朝，雕锼刻镂之风更重。谢灵运开创的山水诗鲜丽清新，模山范水，精工刻画，以其为代表的诗歌被称为"元嘉体"。齐、梁、陈三代，是新体诗形成和发展的时期，诗歌在形式上极为讲究。沈约等人在对声律和对偶的悉心揣摩中，创立了音韵严格的"永明体"，规定了诗歌创作"四声八病"的限制，讲究诗歌音韵的流美协畅。以萧子良、萧衍、萧统等人为中心形成的三个文学集团，诗歌创作以宫体艳情诗为主。南方诗人庾信滞留北方，把南方文风带到北方的同时，自己的诗风也集合了南北之长，穷南北之胜。南方的清丽和北方的刚健的结合，为唐代新诗风的形成做了必要的准备。六朝诗歌在形式上的努力已渐开唐律。

从汉乐府到东汉文人五言诗，到魏晋诗人的各种题材、风格之作，五言古诗从朴素走向绚烂，从简单走向繁复，艺术形式日臻精美。但与唐代形成的格律诗相比，它不限格律，没有一定的句数要求，可长可短，不拘平仄，不讲对仗，押韵也比较自由。

（5）唐代的五言古诗

唐代，虽然五言律诗流行，但五言古诗并未衰落，人们仍旧喜欢运用不讲究平仄和对仗的古朴音律格式，创作了很多模拟古体的五言诗。有反映对社会现实的关怀的作品，也有自抒情志之作，如李白和杜甫等人的诸多作品。

诗例：

月下独酌

[唐] 李　白

花间一壶酒，独酌无相亲。
举杯邀明月，对影成三人。
月既不解饮，影徒随我身。
暂伴月将影，行乐须及春。
我歌月徘徊，我舞影零乱。
醒时同交欢，醉后各分散。
永结无情游，相期邈云汉。

望　岳

[唐] 杜　甫

岱宗夫如何？齐鲁青未了。
造化钟神秀，阴阳割昏晓。
荡胸生层云，决眦入归鸟。
会当凌绝顶，一览众山小！

初发扬子寄元大校书

[唐] 韦应物

凄凄去亲爱，泛泛入烟雾。
归棹洛阳人，残钟广陵树。
今朝此为别，何处不相遇。
世事波上舟，沿洄安得住。

以上诗例，都是五言古风，每句均为五个字，但每首诗歌句数不定。押韵可平可仄，并且可以换韵。对仗也很随意，对仗的位置不固定，并且可对可不对。但比起先唐的五言诗，其律化的色彩较重。而这些句数、字数、用韵、对仗等方面的规范是到了唐代的五言律诗才完成的。

2. 七言古诗

七言古诗也称为"七古"。到魏晋南北朝时期，伴随着五言古诗的形成，七言古诗也应运而生。前文提到《楚辞》有些诗篇是七言古诗的初步形态，故骚体诗是七言古诗的雏形，从雏形到最终定型，还要经历一个比较漫长的过程。东汉时期张衡的《四愁诗》可以说是过渡阶段的代表作。

四愁诗

[汉] 张　衡

　　我所思兮在太山。欲往从之梁父艰，侧身东望涕沾翰。美人赠我金错刀，何以报之英琼瑶。路远莫致倚逍遥，何为怀忧心烦劳。

　　我所思兮在桂林。欲往从之湘水深，侧身南望涕沾襟。美人赠我琴琅玕，何以报之双玉盘。路远莫致倚惆怅，何为怀忧心烦伤。

　　我所思兮在汉阳。欲往从之陇阪长，侧身西望涕沾裳。美人赠我貂襜褕，何以报之明月珠。路远莫致倚踟蹰，何为怀忧心烦纡。

　　我所思兮在雁门。欲往从之雪雰雰，侧身北望涕沾巾。美人赠我锦绣段，何以报之青玉案。路远莫致倚增叹，何为怀忧心烦惋。

　　《四愁诗》是中国古诗中产生年代较早的一首七言诗，句子均为七言，而每句都采用上四字一节、下三字为一节的形式，句中又几乎不用"兮"字，是一首成熟的七言诗。故《四愁诗》对七言诗的形成，起着承前启后的作用，可以说是里程碑式的作品。

　　为什么说《四愁诗》是七言诗里程碑式的作品呢？因为在此以前，七言诗多有杂以八言、九言者，如汉武帝《瓠子歌》中的一首：

《瓠子歌》其二

[汉] 刘　彻

　　河汤汤兮激潺湲，北渡回兮汛流难。
　　搴长茭兮湛美玉，河伯许兮薪不属。
　　薪不属兮卫人罪，烧萧条兮噫乎何以御水。
　　颓林竹兮楗石菑，宣防塞兮万福来。

　　汉武帝的这首诗每句前三字、后三字各为一节，中间夹一"兮"字，还算不上真正的七言诗。

　　再如项羽的《垓下歌》：

　　　力拔山兮气盖世。
　　　时不利兮骓不逝。
　　　骓不逝兮可奈何！
　　　虞兮虞兮奈若何！

　　李陵的《别歌》：

　　　径万里兮度沙漠，为君将兮奋匈奴。
　　　路穷绝兮矢刃摧，士众灭兮名已隤。
　　　老母已死，虽欲报恩将安归？

　　以上几首诗歌，都不能算作典型的七言诗。又如汉代乌孙公主刘细君的《悲愁歌》：

> 吾家嫁我兮天一方，远托异国兮乌孙王。
> 穹庐为室兮旃为墙，以肉为食兮酪为浆。
> 居常土思兮心内伤，愿为黄鹄兮归故乡。

全诗每句两节之间夹一个"兮"字，每句就成为八言。虽然如果去掉"兮"字，在句式上便接近于七言诗，但终究不能算是真正的七言诗歌。而《四愁诗》除了每章首句以外，其余的句子已与后世七言诗句式完全相同，句式整齐，可以看作是七言诗的奠基之作。

彻底摆脱了骚体诗格式的纯粹的七言古诗，是曹丕的两首《燕歌行》。因此，曹丕的《燕歌行》是我国诗歌发展史上最早的完整的文人创作的七言古诗。请看其一：

燕歌行❶

[汉] 曹　丕

秋风萧瑟天气凉，草木摇落露为霜。群燕辞归鹄南翔，念君客游思断肠。慊慊思归恋故乡，君何淹留寄他方。贱妾茕茕守空房，忧来思君不敢忘，不觉泪下沾衣裳。援琴鸣弦发清商，短歌微吟不能长。明月皎皎照我床，星汉西流夜未央。牵牛织女遥相望，尔独何辜限河梁。

诗歌写一位女子对远在他乡的丈夫的深切思念。全诗都为七言，句句押韵，而且都是押平声韵，格调清丽宛转。《燕歌行》因此成为七言古诗的开端之作。

有力地推动了七言诗发展的，当属南北朝时期的著名诗人鲍照。其代表作《拟行路难》十八首以奇矫凌厉的风格、酣畅淋漓的笔力，一吐寒士的愤慨不平之气，表现出"发唱惊挺"的独特魅力。如：

拟行路难

[南朝] 鲍　照

其四

泻水置平地，各自东西南北流。人生亦有命，安能行叹复坐愁！酌酒以自宽，举杯断绝歌路难。心非木石岂无感？吞声踯躅不敢言。

---

❶ 曹丕的《燕歌行》也称为"柏梁体"。柏梁体是七言古诗的一种，相传汉武帝在柏梁台和群臣共赋联句，始有此体，其特点为句句押韵。清代赵翼《陔余丛考·柏梁体》说："汉武宴柏梁台赋诗，人各一句，句皆用韵，后人遂以每句用韵者为柏梁体。然《柏梁》以前如汉高《大风歌》、荆卿《易水歌》……可见此体已久有之，不自《柏梁》始也。但联句之每句用韵者，乃为柏梁体耳。"

其六

对案不能食，拔剑击柱长叹息。丈夫生世会几时，安能蹀躞垂羽翼？弃置罢官去，还家自休息。朝出与亲辞，暮还在亲侧。弄儿床前戏，看妇机中织。自古圣贤皆贫贱，何况我辈孤且直！

诗歌模拟乐府，但自创格调，五言、七言相间，以丰富的内容、真挚的感情极大充实了七言诗。《拟行路难》中还有整齐的七言形式，如其一：

> 奉君金卮之美酒，玳瑁玉匣之雕琴。
> 七彩芙蓉之羽帐，九华葡萄之锦衾。
> 红颜零落岁将暮，寒光宛转时欲沉。
> 愿君裁悲且减思，听我抵节行路吟。
> 不见柏梁铜雀上，宁闻古时清吹音。

这些诗在形式上有了较大突破，其七言诗从逐句用韵变为隔句押韵，并可自由换韵，拓宽了七言诗的内容和形式。鲍照的诗歌突破了传统乐府格律而极富创造力，思想深沉含蓄，风格凌厉、险阻，语言容量大，节奏变化多，辞藻华美流畅，抒情淋漓尽致。可以说，七言诗至鲍照而发达。❶

鲍照为七言体的发展开辟了广阔的道路，但七言诗在鲍照手里还没有成熟。七言诗到唐代才真正成熟起来，至李白取得了斐然的成就。

值得注意的是，唐代的律诗诗体虽已成熟，但是古诗创作并未荒疏，并且取得了较大成就。有一些诗作仍沿用柏梁体格式，但大部分七言古诗是以隔句入韵为主。韵脚可平可仄，亦可换韵；篇幅长短不限；可以句句是整齐的七言，也可杂用长短句，形式不拘。杂用长短句的为杂言体，杂言有一字至十字以上，一般为三、四、五、七言相杂，而以七言为主，故将其归入七古。

唐代诸多优秀的诗人写就了大量各具风采的七言古风。如卢照邻的《长安古意》、张若虚的《春江花月夜》、李白的《将进酒》《蜀道难》《梦游天姥吟留别》、杜甫的《秋雨叹三首》、岑参的《白雪歌送武判官归京》、白居易的《长恨歌》《琵琶行》，等等，诗人们尽骋诗才，琳琅的七古佳作各具姿态，共领诗坛风骚。我们欣赏下面的诗：

春江花月夜

[唐] 张若虚

春江潮水连海平，海上明月共潮生。滟滟随波千万里，何处春江无月明！
江流宛转绕芳甸，月照花林皆似霰。空里流霜不觉飞，汀上白沙看不见。
江天一色无纤尘，皎皎空中孤月轮。江畔何人初见月？江月何年初照人？
人生代代无穷已，江月年年望相似。不知江月待何人，但见长江送流水。

---

❶ 罗根泽在《魏晋南北朝文学史》中说："七言体由曹丕创造，但发达的是鲍照；歌行体则不但发展的是鲍照，创造的也是鲍照。"

白云一片去悠悠，青枫浦上不胜愁。谁家今夜扁舟子？何处相思明月楼？
可怜楼上月徘徊，应照离人妆镜台。玉户帘中卷不去，捣衣砧上拂还来。
此时相望不相闻，愿逐月华流照君。鸿雁长飞光不度，鱼龙潜跃水成文。
昨夜闲潭梦落花，可怜春半不还家。江水流春去欲尽，江潭落月复西斜。
斜月沉沉藏海雾，碣石潇湘无限路。不知乘月几人归，落月摇情满江树。

全诗共三十六句，四句一换韵，共换了九韵。又平声"庚"韵起首，中间为仄声"霰"韵、平声"真"韵、仄声"纸"韵、平声"尤"韵、"灰"韵、"文"韵、"麻"韵，最后以仄声"遇"韵结束。全诗随着韵脚的转换、平仄的交错，回环反复，读来抑扬顿挫，有很强的艺术感染力。

《春江花月夜》采用的是乐府古题，但作者赋予了其全新的内容，因此闻一多先生称其为"宫体诗的自赎"（《唐诗杂论·宫体诗的自赎》）。诗中诗情、画意与对宇宙的探索、人生的感叹融为一体，构成了清丽优美、玲珑透彻的意境。虽然是七言歌行，但为唐代各体诗意境的形成奠定了基础。

李白的七言古诗兴寄无端，天马行空、跳荡变化。他以天纵的奇才和江海般的激情将七言古诗的表现力推到了前所未有的高度。

诗例：

将进酒
[唐] 李 白

君不见黄河之水天上来，奔流到海不复回！君不见高堂明镜悲白发，朝如青丝暮成雪。人生得意须尽欢，莫使金樽空对月。天生我材必有用，千金散尽还复来。烹羊宰牛且为乐，会须一饮三百杯。岑夫子，丹丘生，将进酒，杯莫停。与君歌一曲，请君为我倾耳听。钟鼓馔玉不足贵，但愿长醉不愿醒。古来圣贤皆寂寞，惟有饮者留其名。陈王昔时宴平乐，斗酒十千恣欢谑。主人何为言少钱，径须沽取对君酌。五花马，千金裘，呼儿将出换美酒，与尔同销万古愁！

杜甫的七言古诗，亦诗亦史，形式严整，历来被奉为"诗史"。如《秋雨叹三首》"感于哀乐，缘事而发"，对"安史之乱"前夕的天灾以及权臣误国、朝政昏暗导致民怨四起的社会凄惨景象展开描述，是我国诗歌艺术的杰出作品。

诗例：

秋雨叹
[唐] 杜 甫

其一

雨中百草秋烂死，阶下决明颜色鲜。
著叶满枝翠羽盖，开花无数黄金钱。
凉风萧萧吹汝急，恐汝后时难独立。
堂上书生空白头，临风三嗅馨香泣。

其二
阑风长雨秋纷纷，四海八荒同一云。
去马来牛不复辨，浊泾清渭何当分。
禾头生耳黍穗黑，农夫田妇无消息。
城中斗米换衾裯，相许宁论两相值。

其三
长安布衣谁比数，反锁衡门守环堵。
老夫不出长蓬蒿，稚子无忧走风雨。
雨声飕飕催早寒，胡雁翅湿高飞难。
秋来未曾见白日，泥污后土何时干。

再如白居易的《琵琶行》，全诗八十八句，十九次换韵，少则两句一换韵，多则十八句一换韵。

诗例：

琵琶行
[唐] 白居易

元和十年，予左迁九江郡司马。明年秋，送客湓浦口，闻舟中夜弹琵琶者。听其音，铮铮然有京都声。问其人，本长安倡女，尝学琵琶于穆、曹二善才。年长色衰，委身为贾人妇。遂命酒，使快弹数曲。曲罢悯然，自叙少小时欢乐事，今漂沦憔悴，转徙于江湖间。予出官二年，恬然自安，感斯人言，是夕始觉有迁谪意。因为长句，歌以赠之，凡六百一十六言。命曰《琵琶行》。

浔阳江头夜送客，枫叶荻花秋瑟瑟。主人下马客在船，举酒欲饮无管弦。
醉不成欢惨将别，别时茫茫江浸月。忽闻水上琵琶声，主人忘归客不发。
寻声暗问弹者谁，琵琶声停欲语迟。移船相近邀相见，添酒回灯重开宴。
千呼万唤始出来，犹抱琵琶半遮面。转轴拨弦三两声，未成曲调先有情。
弦弦掩抑声声思，似诉平生不得志。低眉信手续续弹，说尽心中无限事。
轻拢慢捻抹复挑，初为《霓裳》后《六幺》。大弦嘈嘈如急雨，小弦切切如私语。
嘈嘈切切错杂弹，大珠小珠落玉盘。间关莺语花底滑，幽咽泉流冰下难。
冰泉冷涩弦凝绝，凝绝不通声暂歇。别有幽愁暗恨生，此时无声胜有声。
银瓶乍破水浆迸，铁骑突出刀枪鸣。曲终收拨当心画，四弦一声如裂帛。
东船西舫悄无言，唯见江心秋月白。沉吟放拨插弦中，整顿衣裳起敛容。
自言本是京城女，家在虾蟆陵下住。十三学得琵琶成，名属教坊第一部。
曲罢曾教善才服，妆成每被秋娘妒。五陵年少争缠头，一曲红绡不知数。
钿头云篦击节碎，血色罗裙翻酒污。今年欢笑复明年，秋月春风等闲度。
弟走从军阿姨死，暮去朝来颜色故。门前冷落鞍马稀，老大嫁作商人妇。
商人重利轻别离，前月浮梁买茶去。去来江口守空船，绕船月明江水寒。

夜深忽梦少年事，梦啼妆泪红阑干。我闻琵琶已叹息，又闻此语重唧唧。
同是天涯沦落人，相逢何必曾相识！我从去年辞帝京，谪居卧病浔阳城。
浔阳地僻无音乐，终岁不闻丝竹声。住近湓江地低湿，黄芦苦竹绕宅生。
其间旦暮闻何物？杜鹃啼血猿哀鸣。春江花朝秋月夜，往往取酒还独倾。
岂无山歌与村笛？呕哑嘲哳难为听。今夜闻君琵琶语，如听仙乐耳暂明。
莫辞更坐弹一曲，为君翻作琵琶行。感我此言良久立，却坐促弦弦转急。
凄凄不似向前声，满座重闻皆掩泣。座中泣下谁最多？江州司马青衫湿。

以上所举七言古诗之例长短不一，句式灵活，平仄不拘，用韵富于变化，多次换韵。

（六）近体诗的形成

诗至唐代，诗体大备。在《诗经》开创的诗歌传统的承绪之中，在经历了魏晋南北朝几百年的蓄势待发之后，中国古代诗歌终于在这个时代攀上了诗歌的巅峰。

王勃、杨炯、卢照邻、骆宾王，这几个"官小而名大，年少而才高"、被称为"初唐四杰"的年轻诗人，虽然还未尽脱齐梁余习，但他们开始把诗歌"从宫廷移到了市井，从台阁移到了江山和塞漠"，丰富了诗歌的题材。他们上承梁陈，下启沈宋，声律风骨兼备的唐诗从他们开始初步定型。

使气任侠的陈子昂，不但在政治上针对时弊提出改革的建议，还在文学方面针对齐、梁以来"文章道弊五百年"的形式主义浮艳诗风，坚定地举起了现实主义的大旗。他极力廓清齐梁绮靡之习，主张恢复汉魏风骨，为唐诗风骨的形成做出了理论上的准备。初唐，五律在宋之问、沈佺期手上最后定型，而且为七律的形成准备了基础。

盛唐是诗国最辉煌绚烂、最富丽堂皇的时代。在这里，中国诗歌史上的"双子星座"（郭沫若语）李白和杜甫先后横空出世！李白以其绝世才华，洒脱飘逸的气质，兴起无端、变幻莫测的想象，浩如江河的激情，将诗歌的浪漫气质发挥到了极致。杜甫则力大才雄，他以"颛洞不可辍"的深沉忧思，以"鲸鱼掣碧海"的雄厚艺术腕力，成为诗歌史上无与伦比的诗家射雕手，被后世冠以"诗圣""诗史""集大成"等美名。并且在近体诗的发展方面，杜甫以其数百首的七律之作使七律这一近体诗形式走向了定型、成熟，从而完成了中国古代诗歌近体化、格律化的进程。

在此期间，有灿若星河的众多诗人，各以其独具的风采照亮着诗国的天空。盛唐田园诗人王维、孟浩然把山水田园的静谧秀丽表现得清丽空远；边塞诗人高适、岑参把边塞生活写得瑰奇壮伟、慷慨豪迈。

杜甫把深沉的抒情融入叙事，标志着诗歌从盛唐诗风向中唐诗风的转变。其缘事而发的现实主义精神肇开中唐元稹、白居易的"惟歌生民病"的新乐府诗，而"语不惊人死不休"的语言精求又开韩愈、孟郊、李贺一路的苦吟诗派；其七律律法则开晚唐李商隐典丽精工的凄美诗风，成为后世典范。

诗在唐代以前本无古近体之分，自唐人创为"律诗"，字数、句数、平仄、押韵、对仗都有严格定规，规范极严，不能逾越。这种律诗称为"今体诗"或"近体诗"。与此相对，结构、声律、对仗、押韵都很宽松的诗称为"古体诗"。诗歌格律是就近体诗而言，而唐律形成以后，古诗创作也受到律风影响，也有人在古诗中夹以律句。

清代修纂的《全唐诗》900卷，收入2 200余人的诗作48 900多首。唐诗以其辉煌的成就，成为我国文学领域里一块光彩夺目的瑰宝。

二、诗余——词的形成和发展

正如朱光潜先生所说："诗歌、音乐、舞蹈原来是混合的。它们的共同命脉是节奏。在原始时代，诗歌可以没有意义，音乐可以没有'和谐'（harmony），舞蹈可以不问姿态，但是都必有节奏。后来三种艺术分化，每种均仍保存节奏，但于节奏之外，音乐尽量向'和谐'方面发展，舞蹈尽量向姿态方面发展，诗歌尽量向文字意义方面发展，于是彼此的距离日渐其远了。"（《诗论》）随着诗歌与音乐的渐去渐远，诗歌与生俱来的与音乐相维系的生命日渐暗淡，而与音乐亲近的天性使得另一种诗歌样式——词诞生了。

词是一种音乐文学，产生于唐代。唐代是一个海纳百川、对外来文化有着新奇的感受力和高度的包容力的时代。那时，从西域传过来的胡乐（主要是龟兹乐和高凉乐）和中原原有的音乐相融合，形成了一种新的音乐即燕（宴）乐。燕乐要求新的歌词与之相配，词也就应运而生了。

初唐，歌者杂用胡夷里巷之曲，根据音乐的节拍，创作出一些长短不齐的诗歌，这也就是最早的词了。词作为一种文学样式，就这样最早产生在歌楼酒馆的宴唱之中。

20世纪初，在甘肃敦煌莫高窟（又称千佛洞）发现了大量五代写本。随后，又发现了唐五代民间词曲，称为敦煌曲子词或敦煌歌辞。王重民先生将这些词曲加以整理，又从伯希和劫走的17卷、斯坦因劫走的11卷，还有罗振玉所藏3卷及日人桥川氏藏影片1卷，集录曲子词213首。经过校补，去掉重复的51首，编成《敦煌曲子词集》，这就是最早的敦煌词集，反映了词兴起于民间时的原始形态。

民间"歌词"之风影响了文人的诗

歌创作，一些中下层文人也为歌馆写词。到了中唐，文人填词者越来越多，张志和、刘禹锡、白居易等诗人，在作诗之余，也有兴趣写写词，词到了文人手里就开始了迅速的艺术化进程。但他们的主要精力是在诗歌创作方面，词创作只是偶一为之。到了晚唐，温庭筠成为第一个大力作词的诗人，他创立了作词的基本规范，并开创了花间词派，被称为"花间鼻祖"。

五代时，西蜀和南唐是词创作的两大中心。在西蜀，温庭筠和韦庄在词创作上齐名，并称"温韦"，第一部词集《花间集》也诞生在西蜀。南唐则有冯延巳以刻画人物内心世界、抒写个人生活感受见长，"开北宋一代风气"（王国维语）。

五代词最高成就的代表是南唐后主李煜，王国维先生评价李煜的词作道："词至李后主而眼界始大，感慨遂深，遂变伶工之词而为士大夫之词。"（《人间词话》）他继承了晚唐以来温庭筠、韦庄等花间词人的创作传统，又受到李璟、冯延巳等南唐词人的影响，将词的创作向前推进了一大步。李煜通过具体可感的个性形象，写自己的人生遭际和真实感情，特别是后期词作写故国之思和亡国之痛，感人至深。而其不事雕琢、语言清新流丽又婉曲深致的艺术特点，又使他的词具有超乎同时代词作的审美感染力。

词至唐五代，词体初步形成。从词的发展史可以看出，词体的形成与音乐和长短句的形式有着非常密切的关系。

在词与音乐的结合方式方面，词体形成以前是"选词以配乐"，唐宋词则是"由乐以定词"。

先秦时，是由诗抒写情志的需要和体制来决定乐曲的形式。汉魏六朝时期，是采诗入乐。入乐的歌诗要依据曲题、声调、乐谱来改造，以适应乐曲的变化，词曲并非完美的结合，这与唐以来有意识地依声填词是不同的。因此，无论是《诗经》，还是汉魏六朝乐府，乃至唐代的五七言绝句，诗乐的结合方式大多是"选词以配乐"。

唐宋词则是"由乐以定词"，即词人根据乐曲的旋律、节拍来填歌词。最初依曲填词，词意与调名统一，如《河渎神》是祭祀河神之曲，所填词也与祭河神有关。但后来此曲普遍流传，不祭河神时也唱此曲，于是文人就用别的抒情意境填词，词意就与调名无关了。初期小令，多为应歌而作，文句简明，词意一看便明，无须再加题目。后来词的作用扩大，意境题材繁复，于是作者有必要再加一个词题或词序以说明词的创作动机或内容。

词的产生还与长短句有着直接的关系。乐曲需要与词相配，开始是用七言绝句的近体诗与之相配，充当歌词。但繁复多变的燕乐曲调和整齐划一的五七言诗的整齐句式之间发生了矛盾，因此采取加和声和衬字的办法来填补节拍，后来有人把无意义的和声（即泛声）、衬字写上有意义的文词，长短句也就应运而生了。于是"依曲拍为句"便成了词与音乐的结合方式。

从选词以配乐到由乐以定词，从歌诗之法到歌词之法，这就是词体的形成过程。大体说来，词在燕乐风行的初盛唐于民间孕育生长，中晚唐、五代时经过一些文人的创作逐步成熟和定型。

词到宋代，才发展到了它的鼎盛时期，成为有宋一代文学的标志。宋初词家如晏殊、欧阳修等，主要还是沿袭晚唐五代词风，多写个人的离愁别绪。范仲淹的词作则开始呈现出一种开阔的境界，给宋初的词作注入了一种新的活力。同时期的柳永第一次对词进行了大胆的革新，他创制并写作了大量的慢词。柳永多用铺叙和白描的手法，写相思羁旅之情，语言俚俗，明白易懂，产生了广泛影响，以至"凡有井水饮处，即能歌柳词"。

词至苏轼又一变。苏轼打破诗词界限，扩大了词的题材，提高了词的意境，丰富了词的表现手法，开创了豪放词派，使词摆脱了音律的束缚而成为独立的抒情诗体。

北宋后期词坛主流又复归婉约，代表人物为秦观、贺铸、周邦彦。秦观词柔婉清丽，情辞兼胜，被奉为婉约派正宗，与黄庭坚并称"秦七黄九"。贺铸词笔调多变，刚柔相济。而词至周邦彦，又发生一大变化，趋向深化和成熟。周邦彦精通音律，善作慢词，以思力取胜，词风典丽精工，对南宋格律派、风雅派词人影响极大。

南北宋之交，李清照的词作言浅意深、本色当行，被称为"易安体"。她善于炼字炼意，擅长白描，令、慢均工。李清照前期词多写闺情相思，清俊旷逸；后期词抒身世之感、家国之思，苍凉沉郁。

南宋词人在词境上有了进一步的开拓。南宋初期词人如张元干、张孝祥、朱敦儒等，多亲历"靖康之变"，故以词作抒发爱国情怀，上承苏轼，下启辛弃疾。

辛弃疾是南宋最伟大的爱国词人，继承苏轼的豪放之风，但取材更广，使宋词的思想境界和精神面貌达到了前所未有的高度，在词的艺术表现手法方面有了新的突破和发展。

辛词风格多样，或壮怀激烈、豪气逼人，或缠绵哀怨、清新活泼，尤能寓刚柔为一体。在辛弃疾的影响下，陈亮、刘过和稍后的刘克庄、刘辰翁等人形成了一个阵容强大的辛派爱国词人群体。

在宋金对峙、政局相对稳定的南宋后期，出现了以姜夔、吴文英、史达祖、张炎、王沂孙等为代表的格律词派。其中突出者要数姜夔、吴文英，但姜词清空骚雅，吴词工致密丽。

三、中国古典诗歌的形式分类

狭义的中国古典诗歌，从大的分类上包括古体诗和近体诗。

（一）古体诗的形式分类

古体诗是与"近体诗"相对而言的诗体，一般又叫"古诗""古风"。古体诗这一名称，最早出现于唐代，唐人把产生于唐以前较少格律限制的诗称为古体诗。后人沿袭唐人的说法，把唐以前的乐府民歌、文人诗以及唐以后文人仿照它们的体式而写的诗歌，统称为古体诗，主要包括《诗经》《楚辞》、乐府诗、文人拟乐府、古诗等。因此，古体诗的发展轨迹可以粗略地概括为：

《诗经》→《楚辞》→汉乐府→汉代文人诗→魏晋南北朝民歌→魏晋南北朝文人诗歌→唐代的古风、新乐府

古体诗形式比较自由，不受格律的束缚。每首诗句数可多可少，每句诗字数不拘。用字没有一定的平仄要求。押韵也比较自由，可以句句押韵，可以隔句押韵；可以一韵到底，也可以几句一换韵。对仗方面也比较自由，可以对仗，也可以不对仗。

从诗句的字数分，有四言诗、五言诗、六言诗、七言诗和杂言诗等。四言诗是四个字一句，五言诗是五个字一句，七言诗是七个字一句，杂言诗是一首诗中各句字数不等。古体诗中，五言七言诗作较多，唐代以后，四言诗就很少见了，所以一般只分五言古诗、七言古诗两类。五言古体诗简称"五古"，七言古体诗简称"七古"，三、五、七言兼用者，一般也称"七古"。歌行体古诗常在题目中加上"歌""歌行""引""曲""吟"等字。古体诗按字数的大致分类列简表如下：

表一：古体诗形式分类（按字数）表

形式分类	出现或成熟时代	诗 例
四言古诗	西周至春秋时期	《诗经》
五言古诗	成熟于汉代	杜甫《羌村三首》
七言古诗	成熟于唐代	杜甫《悲青坂》
杂言古诗	成熟于唐代	李白《梦游天姥吟留别》
乐府诗	汉代	汉乐府《陌上桑》

（二）近体诗的形式分类

近体诗，与古体诗相对而言，又称今体诗或格律诗，是讲究字数、句数、平仄、对仗和押韵的中国古代诗歌体式。"近体诗"形成于唐代，但这一名称至明代才流行。

近体诗分律诗、绝句、排律三种。律诗、绝句、排律是以句数区分的：律诗由八句构成，绝句由四句构成，排律由十句以上（包括十句）构成。律诗、绝句、排律各分五言、七言两种。每句有五个字的，称为五言律诗，又称五律；每句有七个字的，称为七言律诗，又称七律。绝句和排律亦如是，分别称五绝、七绝，五言排律、七言排律。

表二：近体诗分类表

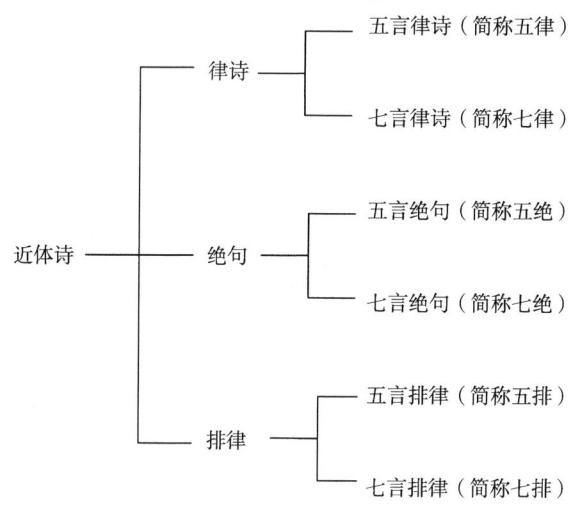

```
                    ┌─ 律诗 ─┬─ 五言律诗（简称五律）
                    │        └─ 七言律诗（简称七律）
                    │
        近体诗 ─────┼─ 绝句 ─┬─ 五言绝句（简称五绝）
                    │        └─ 七言绝句（简称七绝）
                    │
                    └─ 排律 ─┬─ 五言排律（简称五排）
                             └─ 七言排律（简称七排）
```

（三）古体诗与近体诗的区别

古体诗与近体诗有着各自不同的特点。总体来说，古体诗不受格律限制，近体诗严格受格律限制。

详加分析，主要表现在以下几个方面。

1. 结构

古体诗的结构自由灵活，字数、句数都没有限制。近体诗结构有着非常严格的限制，字数、句数都有着严格的规定。

诗例：

蜀道难

[唐] 李　白

噫吁嚱，危乎高哉！蜀道之难，难于上青天！蚕丛及鱼凫，开国何茫然。尔来四万八千岁，不与秦塞通人烟。西当太白有鸟道，可以横绝峨眉巅。地崩山摧壮士死，然后天梯石栈相钩连。上有六龙回日之高标，下有冲波逆折之回川。黄鹤之飞尚不得过，猿猱欲度愁攀援。青泥何盘盘，百步九折萦岩峦。扪参历井仰胁息，以手抚膺坐长叹。问君西游何时还，畏途巉岩不可攀。但见悲鸟号古木，雄飞雌从绕林间。又闻子规啼夜月，愁空山。蜀道之难，难于上青天！使人听此凋朱颜。连峰去天不盈尺，枯松倒挂倚绝壁。飞湍瀑流争喧豗，砯崖转石万壑雷。其险也如此，嗟尔远道之人胡为乎来哉！剑阁峥嵘而崔嵬，一夫当关，万夫莫开。所守或匪亲,化为狼与豺。朝避猛虎,夕避长蛇,磨牙吮血,杀人如麻。锦城虽云乐,不如早还家。蜀道之难,难于上青天!侧身西望长咨嗟。

2. 用韵

古体诗用韵比较自由,可以押平声韵,也可以押仄声韵;可以句句用韵,可以隔句用韵;可以一韵到底,也可以中间换韵。近体诗用韵则有严格规定,一般要用平声韵;必须隔句用韵,押韵一般是在偶数句的最后一个字位,首句入韵的格式则首句可用邻韵;必须一韵到底,中间不能换韵。我们先来看一下古体诗不同于近体诗用韵的情况(近体诗用韵详见第二章)。

(1) 邻韵

所谓邻韵,就是指韵音相近。因为在韵书排列上相邻,故名为"邻韵"。近体诗中除首句入韵可以用邻韵外,所有偶数句上不能用邻韵相押。而古诗就没有这种要求,可以自由地用邻韵相押。

诗例一:

《古风》其十九

[唐] 李 白

西上莲花山,迢迢见明星。
素手把芙蓉,虚步蹑太清。
霓裳曳广带,飘拂升天行。
邀我登云台,高揖卫叔卿。
恍恍与之去,驾鸿凌紫冥。
俯视洛阳川,茫茫走胡兵。
流血涂野草,豺狼尽冠缨。

"清、行、卿、兵、缨"五字押"庚"韵;"星、冥"二字押"青"韵。庚韵和青韵是邻韵。

诗例二:

醉 歌

[宋] 陆 游

读书三万卷,仕宦皆束阁;
学剑四十年,虏血未染锷。
不得为长虹,万丈扫寥廓;
又不为疾风,六月送飞雹。
战马死槽枥,公卿守和约。
穷边指淮泗,异域视京雒。
於乎此何心?有酒吾忍酌?
平生为衣食,敛版靴两脚。

> 心虽了是非，口不给唯诺。
> 如今老且病，鬓秃牙齿落。
> 仰天少吐气，饿死实差乐！
> 壮心埋不朽，千载犹可作！

除了一个"雹"字，一律都用"药"韵字。"雹"是入声，并且是"觉"韵字。觉、药是邻韵，也是押邻韵。值得注意的是，上声和去声有时可以通韵，但是平仄不能通韵，入声字更不能与其他各声通韵。

（2）换韵

近体诗（格律诗）必须一韵到底，中间不能换韵，古体诗则可以自由换韵。古体诗换韵的方式是多种多样的：可以每两句一换韵，四句一换韵，六句一换韵，也可以多到十几句才换韵；可以连用两个平声韵，连用两个仄声韵，也可以平仄韵交替。

诗例：

石壕吏
［唐］杜　甫

> 暮投石壕村，有吏夜捉人。老翁逾墙走，老妇出门看。
> 吏呼一何怒！妇啼一何苦！听妇前致词，三男邺城戍。
> 一男附书至，二男新战死。存者且偷生，死者长已矣。
> 室中更无人，惟有乳下孙。有孙母未去，出入无完裙。
> 老妪力虽衰，请从吏夜归。急应河阳役，犹得备晨炊。
> 夜久语声绝，如闻泣幽咽。天明登前途，独与老翁别。

这首诗一共换六次韵母："村"，上平声十三元韵；"人"，上平声十一真韵；"看"，上平声十四寒韵。真、元、寒通韵。"怒""戍"，"遇"韵；"苦"，"麌"韵。麌、遇，上去通韵。"至"，"寘"韵；"死""矣"，"纸"韵。纸、寘，上去通韵。"人"，"真"韵；"孙"，"元"韵；"裙""文"韵。真、文、元通韵。"衰""炊"，"支"韵；"归"，"微"韵。支、微通韵。"绝""咽""别"，"屑"韵。

3. 平仄

古体诗平仄要求不严格，没有形成一定的规则，可以出现三平调，且着意避免律句。风格高古，尽可能多用拗句，不但用律诗所容许的拗句，而且用一切可能的拗句。据王力《诗词格律》的总结归纳，古体诗经常从以下两方面看拗句：

第一，从三字尾看。

常见的拗句有下列四种平仄格式：

平平平（三平调）；

平仄平；

仄仄仄；

仄平仄。

第二，从全句的平仄看。

拗句的平仄不是交替出现，而是相因的。或者是第二、第四字都仄，或者是第二、第四字都平。如果是七字句，还有第四、第六字都仄或都平。

如岑参《白雪歌送武判官归京》开始八句中，就有三句三字尾用了拗句：

胡天八月即飞雪（仄平仄）；

忽如一夜春风来（平平平）；

狐裘不暖锦衾薄（仄平仄）。

合乎第二种情况（同时也合乎第一种情况）的有五句，即：

北风卷地白草折（四、六字都是仄声，三字尾为"仄仄仄"格式）；

千树万树梨花开（二、四字都是仄声，三字尾为三平调）；

散入珠帘湿罗幕（四、六字都是平声，三字尾为"仄平仄"格式）；

将军角弓不得控（二、四字都是平声，三字尾为"仄仄仄"格式）；

都护铁衣冷难着（四、六字都是平声，三字尾为"仄平仄"格式）。

近体诗平仄则有严格的规定，一句之中平仄交替出现，邻句、邻联间必须遵守严格的平仄粘对规则。

4. 对仗

古体诗对仗自由，可对可不对，一句中可部分对、部分不对。如果有些地方用了对仗，也只是修辞上的需要，而非格律上的要求。如杜甫《岁晏行》这样一首长诗，通篇没有一处对仗；岑参《白雪歌送武判官归京》只用了一个对仗，即"将军角弓不得控，都护铁衣冷难着"，只能算是一种宽对。近体诗除首尾两联外，其他各联都必须对仗。

诗例：

秋登兰山寄张五
〔唐〕孟浩然

北山白云里，隐者自怡悦。相望试登高，心随雁飞灭。
愁因薄暮起，兴是清秋发。时见归村人，沙行渡头歇。
天边树若荠，江畔舟如月。何当载酒来，共醉重阳节。

这首诗除第五、六两句和第九、十两句对仗以外，其他各句都不对仗。

总之，在字数、句数、平仄、用韵、对仗等各方面，近体诗都有特别严格的规范要求，而古体诗都比较自由。

第一篇 近体诗格律

近体诗又称"今体诗""格律诗",是唐代定型、成熟的一种新诗体。它对平仄、对仗、字数有严格的要求。为了与以前没有严格格律限制的诗体相区别,故称为近体诗、今体诗、格律诗。

近体诗格律极严,用四字句来总结,那就是:

(一) 篇有定句

一篇之中,篇有定句。就是除排律外,每首诗句数固定。比如:律诗只能是八句,绝句只能是四句;排律句数虽然不固定,但必须是双数句,十句或十句以上。

诗例一:

秋夜独坐

〔唐〕王 维

独坐悲双鬓,空堂欲二更。
雨中山果落,灯下草虫鸣。
白发终难变,黄金不可成。
欲知除老病,唯有学无生。

这是一首五言律诗,五言律诗要求一首诗有八句。

诗例二:

早发白帝城

〔唐〕李 白

朝辞白帝彩云间,千里江陵一日还。
两岸猿声啼不住,轻舟已过万重山。

这是一首七言绝句,绝句要求一首诗有四句。

(二) 句有定字

一句之中,句有定字。就是每一句诗的字数是固定的,而且一首诗所有诗句的字数都是相同的。比如:五言诗,每句都是五个字;七言诗,每句都是七个字。

诗例一：

旅夜书怀
[唐] 杜　甫

细草微风岸，危樯独夜舟。
星垂平野阔，月涌大江流。
名岂文章著，官应老病休。
飘飘何所似，天地一沙鸥。

诗例二：

相　思
[唐] 王　维

红豆生南国，春来发几枝。
愿君多采撷，此物最相思。

第一首诗是五言律诗，第二首诗是五言绝句，不论是五言律诗还是五言绝句，都要求每句诗有五个字。因此，上面两首诗每句都是五个字。

（三）字有定声

一字之中，字有定声。就是每个字位的平仄是固定的，而且各个字位平仄的配合也是按一定规则进行的。具体诗例在第三章"近体诗的平仄"中详细分析。

（四）韵有定位

一韵之中，韵有定位。就是押韵的位置是固定的，格律诗要隔句用韵，而且押韵要押在偶数句的末字。同时，要求押平声韵，而且一韵到底，中间不能换韵。

诗例：

送友人
[唐] 李　白

青山横北郭，白水绕东城。
此地一为别，孤蓬万里征。
浮云游子意，落日故人情。
挥手自兹去，萧萧班马鸣。

此诗首句用韵，押韵押在偶数句二、四、六、八句的末字上。

（五）联有定对

一联之中，联有定对。律诗有八句，每两句为一联，共四联。第一联称首联，第二联叫颔联，第三联叫颈联，最后一联叫尾联。每一联中上句叫出句，下句叫对句。联有定对，是指律诗、排律，除首尾两联外，中间各联必须对仗。绝句可对仗，也可不对仗。

诗例:

山居秋暝

[唐] 王 维

空山新雨后,天气晚来秋。
明月松间照,清泉石上流。
竹喧归浣女,莲动下渔舟。
随意春芳歇,王孙自可留。

此诗中间两联对仗:"清泉石上流"与"明月松间照"构成对仗;"莲动下渔舟"与"竹喧归浣女"构成对仗。

第一章　近体诗的结构

与古体诗相比，近体诗的结构形式更为整齐，节奏更为和谐，但限制也更多。

近体诗从体例划分，有三种：绝句（每首四句），律诗（一般每首八句），排律（也叫长律，每首十句以上）。

第一节　律诗的结构

诗的结构表现在句数和字数两个方面。律诗分五言律诗和七言律诗两种，五言律诗和七言律诗有着相同的句数，但每句中的字数不同：五言律诗每句五字，七言律诗每句七字。

一、五言律诗的结构

句数：一首诗有八句。

每句字数：每句有五个字。

总字数：全诗共四十字。

［诗例］

和晋陵陆丞早春游望

［唐］杜审言

独有宦游人，偏惊物候新。

云霞出海曙，梅柳渡江春。

淑气催黄鸟，晴光转绿蘋。

忽闻歌古调，归思欲沾巾。

这首诗是和诗，和就是附和的意思。"和"读 hè，唱和，和答。和诗由两首以上的诗组成，第一首是原唱，接下去的就是唱和原诗的和诗。这首诗的诗题说明，先有一个在晋陵任县丞的陆姓朋友（名字不详）写了一首题目为《早春游望》的诗，诗人杜审言因而和诗，即《和晋陵陆丞早春游望》。

江南早春，物候惊新。诗人和朋友陆丞同游赏春，因物感兴，即景生情，而写此诗。诗一开头就发出感慨，说明离乡宦游，对异土之"物候"才有"惊新"之感。中间二联具体写"惊新"："云霞出海曙，梅柳渡江春。淑气催黄鸟，晴光转绿蘋。"如此赏心悦目的美景，但为宦游人，是"偏惊"的一凛，二字惊警生辣，情感浓厚，点出了异乡游子对四季景物变化的敏感。尾联点明思归，道出自己伤春的本意。

全诗对仗工整，结构细密，字字锤炼。

这首诗共八句，每句五字，全诗一共四十字，在结构上完全符合五言律诗的结构特点。

[知识链接]

杜审言的诗多为写景、唱和及应制之作，以浑厚见长。杜审言是杜甫的祖父，杜甫云："吾祖诗冠古。"他工于五律，对近体诗的形成与发展颇有贡献，被后人评为中国五言律诗的奠基人。他的五律《和晋陵陆丞早春游望》被明朝的胡应麟赞许为"初唐五律第一"。他的五言排律《和李大夫嗣真奉使存抚河东》，长达四十韵，为初唐近体诗中第一长篇。

[诗例]

望月怀远

[唐] 张九龄

海上生明月，天涯共此时。
情人怨遥夜，竟夕起相思。
灭烛怜光满，披衣觉露滋。
不堪盈手赠，还寝梦佳期。

这首诗是望月思人的名篇。诗作通过描写主人公望月时起伏的思潮来表达诗人对远方之人殷切怀念的情思。全诗情景交融，细腻入微，情真意永，感人至深。首联"海上生明月，天涯共此时"意境雄浑，胸襟阔大，是千古佳句。

此诗共八句，每句五个字，全诗共四十个字，在结构上完全符合五言律诗的结构特点。

[诗例]

酬张少府

[唐] 王 维

晚年惟好静，万事不关心。
自顾无长策，空知返旧林。
松风吹解带，山月照弹琴。
君问穷通理，渔歌入浦深。

这是王维晚年酬答友人的作品。此诗着意"好静"的志趣，写诗人对闲适生活的快意，表现自己超然物外的姿态。这首诗表面上看似乎很达观，但诗意中还是透出些许失落、苦闷。

此诗共八句，每句五个字，全诗共四十个字，在结构上完全符合五言律诗的结构特点。

［诗例］

月　夜

［唐］杜　甫

今夜鄜州月，闺中只独看。
遥怜小儿女，未解忆长安。
香雾云鬟湿，清辉玉臂寒。
何时倚虚幌，双照泪痕干。

这首诗作于安史之乱爆发之初。公元755年5月，杜甫携家避难鄜州。8月，他只身前往投奔刚在灵武即位的肃宗，途中被安史叛军俘获，拘于长安。杜甫在长安望月思家，写下了这首传诵千古的名作。

这首诗抒写诗人两地相思、思念妻子的至情。诗人将相思之情化为生动具体的生活图景，从对方角度，设想妻子望月怀念自己，又以儿女未解母亲思忆长安的孩童天真之趣，衬托出妻子的孤独忧虑。全诗语浅情深，曲折含蓄。

此诗共八句，每句五个字，全诗共四十个字，在结构上完全符合五言律诗的结构特点。

［知识链接］

1. 杜甫

杜甫（712—770），河南巩县（今巩义市）人，字子美，自号少陵野老、又称杜少陵。因其一生忧国忧民、人格高尚，被后世尊称为"诗圣"。曾经做过检校工部员外郎、左拾遗，世称杜工部、杜拾遗。代表作有"三吏"（《新安吏》《石壕吏》《潼关吏》）、"三别"（《新婚别》《垂老别》《无家别》）等。因其诗作真实地记录了那个时代政治的动乱、人民生活的苦难，故被称为"诗史"。杜甫一生写诗一千五百多首，诗歌艺术精湛，在艺术上被称为"集大成"的诗人。

2. 张九龄

张九龄（678—740），字子寿，一名博物，谥文献，唐玄宗开元年间尚书丞相。因其为唐朝韶州曲江（今广东省韶关市）人，世称"张曲江"；又因谥号文献，称"文献公"。张九龄是西汉留侯张良之后，西晋开国功勋壮武郡公张华十四世孙。张九龄是唐代著名的贤相，他举止优雅，风度不凡，深为世人推崇。张九龄去世后，唐玄宗对宰相所推荐之士总要问"风度得如九龄否"。

二、七言律诗的结构

句数：一首诗有八句。
每句字数：每句有七个字。
总字数：全诗共五十六字。
[诗例]

黄鹤楼
[唐] 崔 颢

昔人已乘黄鹤去，此地空余黄鹤楼。
黄鹤一去不复返，白云千载空悠悠。
晴川历历汉阳树，芳草萋萋鹦鹉洲。
日暮乡关何处是，烟波江上使人愁。

这是一首怀古思乡的诗。诗人登临黄鹤楼，即景生情，思乡之情溢于言表，一气呵成，既自然宏丽，又饶有风骨。诗虽不协律，但音节浏亮而不拗口，成为历代推崇的珍品。传说李白登此楼，看到壁上此诗，大为折服。说："眼前有景道不得，崔颢题诗在上头。"严沧浪也说唐人七言律诗，当以此为第一。严格来说，这首诗并不合律，但却是千古传诵的佳作。可见，诗贵真情自然，格律不能完全束缚天逸之才。

此诗共八句，每句七个字，全诗共五十六个字，在结构上完全符合七言律诗的结构特点。

[知识链接]

黄鹤楼

巍峨耸立于武昌蛇山的黄鹤楼，与湖南岳阳楼、江西滕王阁并称为"江南三大名楼"。始建于公元223年，后来屡毁屡建。传说有位姓辛的老人在蛇山上开了一家酒店，有一位衣衫褴褛的道士回回喝酒不买酒菜，只用随身带着的水果下酒。店主人猜想他一定清贫，就不收他的酒钱，天天用大碗供给道士上好的酒喝。就这样过了半年多，店主人毫无愠色。一天，道士饮罢，用橘皮在酒店的壁上画了一只黄鹤，自言自语道："酒客至拍手，鹤即下飞舞。"店中人有好奇的，便当场试验，面对壁上的画拍手。那黄鹤果然展翅飞下，在店外舞了一圈，又回复原位。此事迅速传开，酒店生意兴隆。可是当地一贪官听到这个消息后，就借口除妖，想把那面墙壁移到官府。这时，道士翩然而至，一招手，黄鹤从墙上飞下来，道士骑鹤而去，从此，那只黄鹤和道士就再也没有出现过。卖酒老人为怀念仙鹤，就在原址修建了黄鹤楼。

[诗例]

登金陵凤凰台

[唐] 李 白

凤凰台上凤凰游，凤去台空江自流。
吴宫花草埋幽径，晋代衣冠成古丘。
三山半落青天外，一水中分白鹭洲。
总为浮云能蔽日，长安不见使人愁。

李白很少写律诗，而《登金陵凤凰台》却是唐代律诗中脍炙人口的杰作。此诗是作者流放夜郎遇赦返回后所作。一说是作者天宝年间被排挤离开长安，南游金陵时所作。

"凤凰台"在金陵凤凰山上，相传南朝刘宋永嘉年间有凤凰集于此山，乃筑台，山和台也因此得名。诗歌开头两句写凤凰台的传说，十四字中连用了三个"凤"字，却不嫌重复，音节极为流转明快。凤凰是祥瑞的象征，当年凤凰来游，象征着王朝的兴盛；如今凤去台空，则象征着王朝的衰落。全诗以登临凤凰台时的所见所感而兴起繁华易逝、江山永固的唱叹，把天荒地老的历史变迁与悠远飘忽的传说故事结合起来抒志言情，表达出深沉的历史感喟和清醒的现实思索。

此诗共八句，每句七个字，全诗共五十六个字，在结构上完全符合七言律诗的结构特点。

[知识链接]

1. 李白

李白（701—762），字太白，号青莲居士，祖籍陇西成纪，出生于碎叶城（当时属唐朝领土，今属吉尔吉斯斯坦），五岁随父亲迁至四川绵州江油县青莲村。李白存世诗文千余篇，有《李太白集》传世。

李白诗歌总体风格清新俊逸，想象丰富，浪漫洒脱，因此被称为"诗仙"。李白和杜甫并称"李杜"。他的诗既反映了时代的繁荣景象，也揭露了统治阶级的荒淫和腐败，更表现出蔑视权贵、反抗传统束缚、追求自由和理想的积极精神。

2. 小律和排律

除了绝句（五绝、七绝）和律诗（五律、七律），诗歌还有两种结构：每首只有六句的，叫小律，也叫三韵小律（即使首句入韵，也仍称为三韵小律）；超过八句，达到十句或十句以上的，叫排律。有的教科书上只列举绝句、律诗、排律这三种诗歌体式，而忽视小律也是律诗的一种。小律和排律，这两种诗都比较少见。

三韵小律举例：

寒闺夜
［唐］白居易

夜半衾裯冷，孤眠懒未能。
笼香销尽火，巾泪滴成冰。
为惜影相伴，通宵不灭灯。

送羽林陶将军
［唐］李　白

将军出使拥楼船，江上旌旗拂紫烟。
万里横戈探虎穴，三杯拔剑舞龙泉。
莫道词人无胆气，临行将赠绕朝鞭。

排律是律诗的延伸，因此其格律规则与律诗同，只是句数超过八句。排律不管多长，要一直遵守粘对规则，除了首联和尾联以外，中间各联皆用对仗。排律常以用多少"韵"作为标题，如杜甫的《上韦左相二十韵》，刘禹锡的《武陵书怀五十韵》等。二十韵，就是说全诗共四十句。五十韵，即一百句。在此举一例：

上韦左相二十韵
［唐］杜　甫

凤历轩辕纪，龙飞四十春。
八荒开寿域，一气转洪钧。
霖雨思贤佐，丹青忆老臣。
应图求骏马，惊代得麒麟。
沙汰江河浊，调和鼎鼐新。
韦贤初相汉，范叔已归秦。
盛业今如此，传经固绝伦。
豫樟深出地，沧海阔无津。
北斗司喉舌，东方领搢绅。
持衡留藻鉴，听履上星辰。
独步才超古，余波德照邻。
聪明过管辂，尺牍倒陈遵。
岂是池中物？由来席上珍。
庙堂知至理，风俗尽还淳。
才杰俱登用，愚蒙但隐沦。
长卿多病久，子夏索居频。
回首驱流俗，生涯似众人。
巫咸不可问，邹鲁莫容身。

感激时将晚，苍茫兴有神。
为公歌此曲，涕泪在衣巾。

写作训练

关于律诗的结构，有"起""承""转""合"四个部分。所谓"起"，就是诗歌的首联，即诗意的开始，也称为破题；"承"，就是诗歌的颔联，承接首联的意思；"转"，就是诗歌的颈联，此联不能再接颔联的意思写，要另辟蹊径；"合"，就是诗歌的尾联，是全诗的收结。理解了律诗的结构，才能创作出优秀的诗篇。

【实践项目】

1. 分析李白诗《长干行》《蜀道难》的结构，说说它们是否是律诗，为什么？

2. 分析杜甫诗《石壕吏》《兵车行》的结构，说说它们是否是律诗，为什么？

3. 分析王维《渭城曲》的结构，说说这首诗是否是律诗，为什么？

4. 分析王维《山居秋暝》诗以及杜甫《登岳阳楼》诗的结构，说出两首诗在结构上是哪种诗歌体式。

5. 分析下列诗歌的结构，说一下它们结构上的特征。

又见喜鹊筑新巢

杨春茂

天风浩荡驱寒霾，地气升腾孕花开。
鹊跃惊得蛰梦醒，欢声迎回新春来。
乐筑爱巢择良木，雄飞雌从衔枯柴。
待到夏日绿胜红，喜见新雏戏松岩。

月牙泉

赵逵夫[1]

蒹葭依旧汉时濆，沉茹悲欢水一痕。
几许英雄惊白发，罕逢天马睹行云。
涟漪远涉丝绸路，皮橐难移塞外春。
留取粼波常荡漾，游人借此洗风尘。

---

[1] 赵逵夫，西北师范大学文学院教授，博士生导师。

6. 试以大海为题，写一首七言八句诗。

第二节　绝句的结构

从格律上来说，绝句有古绝和律绝两种。古绝是不讲究格律的古诗绝句，律绝是讲究格律的律诗绝句。从句式和字数来说，古诗绝句和律诗绝句的结构完全相同，都有五言绝句和七言绝句两种，五言绝句和七言绝句有着相同的句数，但每句中的字数不同：五言绝句每句五字，七言绝句每句七字。绝句和律诗的区别在于：律诗八句；绝句四句，句数是律诗句数的一半。

一、五言绝句的结构

句数：一首诗有四句。
每句字数：每句有五个字。
总字数：全诗共二十字。
［诗例］

送　别

［唐］王　维

山中相送罢，日暮掩柴扉。
春草年年绿，王孙归不归。

这首山中送别诗匠心别运，不是写离亭饯别的情景，而是从送别回来写起：黄昏日暮，独掩柴扉。那友人离别后心中空荡荡的感觉，思念友人将长夜难眠的孤寂，在含蓄幽静中传出。尾联刚刚送罢，却又望归，离别的寂寞怅惘之情如见，意味也更加深长。

王维善于从生活中选取看似平凡的素材，朴素、自然的语言中显示出深厚、真挚的感情，味外有味，令人神远。

此诗共四句，每句五个字，全诗共二十个字，在结构上完全符合五言绝句的结构特点。

[诗例]

鹿　柴
[唐] 王　维

空山不见人，但闻人语响。
返景入深林，复照青苔上。

"文章本天成，妙手偶得之。"（陆游《文章》）古来好诗，往往是"清水出芙蓉"，自然清新。此诗妙处，就在于天然一段光景，随手拾来，自然入诗，自然成就一流诗境。

此诗共四句，每句五字，全诗共二十字，在结构上完全符合五言绝句的结构特点。

[知识链接]

王维（701—761；一说699—761），字摩诘，号摩诘居士，河东蒲州（今山西省运城市）人，祖籍山西祁县，唐朝著名诗人、画家、音乐家。因做过大乐丞，世称"王右丞"。又因笃信佛教，有"诗佛"之称。王维受禅宗影响很大，精通佛学，他的名和字便来自佛教人物维摩诘。王维不仅是文学史上与李白、杜甫齐名的诗人，还精通书法、音乐、绘画等。在绘画史上，他又和"北宗之祖"李思训齐名，为"南宗之祖"，是文人画的开山祖师。他的诗歌描写山林清幽之色，与田园诗人孟浩然合称"王孟"。苏轼评价王维："味摩诘之诗，诗中有画；观摩诘之画，画中有诗。"

[诗例]

《马诗》其四
[唐] 李　贺

此马非凡马，房星本是星。
向前敲瘦骨，犹自带铜声。

李贺的《马诗》一共有二十三首，以第四首最为著名。这首诗写马本非凡马，但却没有得到好的待遇，因此瘦骨嶙峋。虽然如此，仍是铮铮硬骨，上前叩击，仍然带着金属的铿锵之声。此诗以马喻人，暗喻非凡杰出之才未遇明主。"向前敲瘦骨，犹自带铜声"两句苍劲有力，质感强烈，出神入化。

此诗共四句，每句五个字，全诗共二十个字，在结构上完全符合五言绝句的结构特点。

[知识链接]

房星为二十八星宿之一。《瑞应图》："马为房星之精。"《晋书·天文志》："房驷星，亦曰天驷，为天马，主车驾。房星明，则王者明。"

[诗例]

行　宫

[唐]　元　稹

寥落古行宫，宫花寂寞红。
白头宫女在，闲坐说玄宗。

这是一首抒发历史盛衰之感的诗，重大的主题却通过一个寥落的行宫和一个闲极无聊的白头宫女来表现。特别是红花和白头的强烈对比，给人以触目惊心的感受。

此诗共四句，每句五个字，全诗共二十个字，在结构上完全符合五言绝句的结构特点。

二、七言绝句的结构

句数：一首诗有四句。
每句字数：每句有七个字。
总字数：全诗共二十八字。

[诗例]

回乡偶书

[唐]　贺知章

其一

少小离家老大回，乡音无改鬓毛衰。
儿童相见不相识，笑问客从何处来。

其二

离别家乡岁月多，近来人事半消磨。
惟有门前镜湖水，春风不改旧时波。

《回乡偶书二首》是作者晚年之作，但诗中仍充满生活情趣。第一首诗抒发作者久客他乡的伤感：离乡日久，回乡已是满头白发。在久别的亲切的故乡，倒反成了儿童眼里的客人。第二首诗抓住了家乡的变与不变的对比，传达出作者对生活变迁、岁月沧桑、物是人非的感慨与无奈。

两首诗，每首共四句，每句七个字，全诗共二十八个字，在结构上完全符合七言绝句的结构特点。

[知识链接]

贺知章（659—744），字季真，晚年自号四明狂客，越州永兴（今浙江省萧山市）人。贺知章为人旷达不羁，有"清谈风流"之誉。贺知章诗文以绝句见长，其写景、抒怀之作风格独特、清新洒脱，著名的《咏柳》《回乡偶书》脍炙人口，千古传诵。

[诗例]

黄鹤楼送孟浩然之广陵
[唐] 李 白

故人西辞黄鹤楼，烟花三月下扬州。
孤帆远影碧空尽，唯见长江天际流。

李白对比自己大十几岁的孟浩然非常敬仰，还曾写过《赠孟浩然》一诗，诗中说："吾爱孟夫子，风流天下闻。红颜弃轩冕，白首卧松云。醉月频中圣，迷花不事君。高山安可仰，徒此揖清芬。"如此敬仰的朋友就在这烟花三月春光迷人、正可同赏共游的时节离别了，诗人充满了依依不舍的留恋之情和离别的孤独感伤。但此诗并没有直接写这种感情，而是呈现出一个江边久立的形象，他望着友人的船只渐行渐远，消逝在浩渺的烟波中，眼前只有浩浩江水，他仍久久伫立，浑然忘我，真是别有一番滋味在心头。

此诗共四句，每句七个字，全诗共二十八个字，在结构上完全符合七言绝句的结构特点。

[诗例]

赤 壁
[唐] 杜 牧

折戟沉沙铁未销，自将磨洗认前朝。
东风不与周郎便，铜雀春深锁二乔。

赤壁之战曾造就了一群叱咤风云的英雄，如此激烈的战争，诗人却通过一段沉埋于泥沙的断戟来表现。此次战斗的英雄周瑜创造了中国战争史上少有的以少胜多的历史，备受人称赞，而诗人却不以成败论英雄，犀利地指出历史的偶然性。如此大的历史批评主题，诗人却通过一段小小的不起眼的断戟来表现。国家可能会丧亡这样的大事件，也通过二乔这样的不参与国事的女人来象征。小诗以小见大，别出心裁。

此诗共四句，每句七个字，全诗共二十八个字，在结构上完全符合七言绝句的结构特点。

[知识链接]

杜牧（803—约852），字牧之，号樊川居士，宰相杜佑之孙，京兆万年

（今陕西西安）人。因晚年居长安南樊川别墅，故后世称"杜樊川"，有《樊川文集》。人称"小杜"，以别于杜甫。当时与李商隐并称"小李杜"，以别于以"李杜"并称的李白和杜甫。杜牧的诗歌以七言绝句著称，内容以咏史抒怀为主。

写作训练

绝句又称截句、断句、绝诗。全诗四句，通常有五言、七言两种。简称五绝、七绝，偶有六绝。绝句分为律绝和古绝。

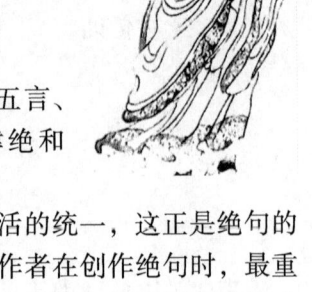

绝句中的四句诗追求单纯和丰富的统一、严整和灵活的统一，这正是绝句的艺术结构内在规律。绝句的最大特点是极具灵活性，写作者在创作绝句时，最重要的是要把这种灵活的语气变化为一种必要的结构原则自觉地加以运用，这样才会创作出优秀的诗歌。

【实践项目】

1. 分析乐府诗《上邪》《有所思》的结构，说说它们是否是绝句，为什么？
2. 分析杜甫诗《赠卫八处士歌》的结构，说说这首诗是否是绝句，为什么？
3. 分析李白诗《金陵酒肆留别》的结构，说说这首诗是否是绝句，为什么？
4. 分析王维诗《红豆》及《竹里馆》的结构，说出两首诗在结构上是哪种诗歌体式。
5. 分析杜甫诗《江南逢李龟年》的结构，说出这首诗在结构上是哪种诗歌体式。
6. 试以晚霞为题，写一首五言四句诗。

7. 试以草原为题，写一首七言四句诗。

第二章　近体诗的用韵

用韵即押韵，又作压韵，是指在韵文创作中，把相同韵部的字放在规定的位置上，使朗诵或咏唱时产生流畅和谐的美感。这些使用了同一韵部字的地方，称为韵脚。诗歌都是押韵的，押韵是诗歌的基本特征之一。但古体诗和现代诗的押韵都比较自由，而近体诗的押韵则非常严格。在北方戏曲中，韵又叫辙，押韵叫合辙。

押韵是增强诗歌音乐性的重要手段，近体诗为了使声调和谐，容易记忆，对于押韵十分讲究。古人通常使用官方颁布的专门押韵的书作为参考，如《唐韵》《广韵》《礼部韵略》《佩文诗韵》《诗韵集成》《诗韵合壁》等，以南宋王文郁撰的《新刊韵略》最为流行，即常见的106部平水韵（详见附录一）。一般近体诗写作要求押平水韵中的平声韵。

第一节　近体诗押韵的规则

近体诗押韵有着比较严格的规定，除首句可押可不押外，下面二、四、六、八句必须押平声韵。具体来说，近体诗押韵的规则有以下几条。

一、隔句押韵，押韵押在偶数句的最末一个字上

近体诗押韵是隔句押韵，押韵要押在偶数句的最末一个字上，绝句在二、四句押韵，律诗在二、四、六、八句押韵，排律在每一个偶数句上押韵。不论是绝句、律诗，还是排律，首句都可押可不押。如果首句句末是平收的，首句就要入韵；如果首句句末是仄收的，那么，首句就不入韵。

请看下列几首诗：

登鹳雀楼
［唐］王之涣
白日依山尽，黄河入海流。
欲穷千里目，更上一层楼。

江南曲

[唐] 李 益

嫁得瞿塘贾,朝朝误妾期。
早知潮有信,嫁与弄潮儿。❶

上面两首诗都是隔句押韵,押韵押在偶数句第二、四句的末尾一个字上。《登鹳雀楼》中"流""楼",都属于平水韵上平声中的十一"尤"部。《江南曲》中的"期""儿",都属于平水韵下平声中的四"支"部。两首诗首句句末都是仄声收尾,首句不入韵。

再看下面几首诗:

送杜少府之任蜀州

[唐] 王 勃

城阙辅三秦,
风烟望五津。
与君离别意,
同是宦游人。
海内存知己,
天涯若比邻。
无为在歧路,
儿女共沾巾。

这首诗首句入韵,押韵押在首句及偶数句第二、四、六、八句的末尾一个字上。韵字"秦""津""人""邻""巾"都属于平水韵上平声中的十一"真"韵部。

---

❶ "儿"字,古音念 ní 音,故"期"和"儿"押韵。

枫桥夜泊
[唐] 张　继
月落乌啼霜满天，江枫渔火对愁眠。
姑苏城外寒山寺，夜半钟声到客船。

这首诗首句入韵，押韵押在首句及偶数句第二、四句的末尾一个字上。韵字"天""眠""船"都属于平水韵下平声中的一"先"韵部。

山　行
[唐] 杜　牧
远上寒山石径斜，
白云深处有人家。
停车坐爱枫林晚，
霜叶红于二月花。

这首诗首句入韵，押韵押在首句及偶数句第二、四句的末尾一个字上。韵字"斜""家""花"都属于平水韵下平声中的六"麻"韵部。

在现代汉语普通话的音韵系统中，"斜"与"家""花"不是同一韵部的字，但是，唐代"斜"字读 siá（s 读浊音），和"家""花"在同一韵部。现代上海话中"斜"字还保留了中古的这种读音。

二、近体诗只押平声韵

近体诗规定，一首诗中只押一个韵部的韵（首句入韵，可用邻韵），而且只押平声韵。这和古体诗不同。古体诗可以押平声韵，也可以押仄声韵，可以在一首诗中既押平声韵，又押仄声韵。

如《古诗十九首·青青河畔草》中，"柳""牖""手""妇""守"都属于上声韵中的二十五"有"部：

青青河畔草，郁郁园中柳。
盈盈楼上女，皎皎当窗牖。
娥娥红粉妆，纤纤出素手。
昔为倡家女，今为荡子妇，
荡子行不归，空床难独守。

再看上文已提到过的《春江花月夜》：

> 春江潮水连海平，海上明月共潮生。
> 滟滟随波千万里，何处春江无月明。
> 江流宛转绕芳甸，月照花林皆似霰。
> 空里流霜不觉飞，汀上白沙看不见。
> 江天一色无纤尘，皎皎空中孤月轮。
> 江畔何人初见月，江月何年初照人？
> 人生代代无穷已，江月年年望相似。
> 不知江月待何人，但见长江送流水。
> 白云一片去悠悠，青枫浦上不胜愁。
> 谁家今夜扁舟子，何处相思明月楼？
> 可怜楼上月徘徊，应照离人妆镜台。
> 玉户帘中卷不去，捣衣砧上拂还来。
> 此时相望不相闻，愿逐月华流照君。
> 鸿雁长飞光不度，鱼龙潜跃水成文。
> 昨夜闲潭梦落花，可怜春半不还家。
> 江水流春去欲尽，江潭落月复西斜。
> 斜月沉沉藏海雾，碣石潇湘无限路。
> 不知乘月几人归，落月摇情满江树。

全诗共三十六句，四句一换韵，共换九韵。又以平声庚韵起首，中间为仄声霰韵，平声真韵，仄声纸韵，平声尤韵、灰韵、文韵、麻韵，最后以仄声遇韵结束。全诗平仄交错运用，韵脚不断转换，声音、韵律、节奏与情景密切配合，共同创造出了春江花月夜的幽美意境。

近体诗则不是这样，必须押平声韵，而且不论押多少韵、用多少个韵字，都必须是押同一个韵部的韵字。如杜甫的《题郑十八著作虔》：

> 台州地阔海冥冥，云水长和岛屿青。
> 乱后故人双别泪，春深逐客一浮萍。
> 酒酣懒舞谁相拽，诗罢能吟不复听。
> 第五桥东流恨水，皇陂岸北结愁亭。
> 贾生对鵩伤王傅，苏武看羊陷贼庭。
> 可念此翁怀直道，也沾新国用轻刑。
> 祢衡实恐遭江夏，方朔虚传是岁星。
> 穷巷悄然车马绝，案头干死读书萤。

全诗共九韵（首句入韵），九个韵字"冥""青""萍""听""亭""庭""刑""星""萤"都是平水韵中下平声的九"青"韵部。

三、近体诗押韵要一韵到底

古体诗可以随意换韵。如卢照邻的《长安古意》用赋的写作手法，铺张扬厉，描绘了长安城外的山河关塞、城内的大街小巷，高门的宫阙府第、亭台楼阁、花鸟树木，以及城中的车马游盛、歌吹舞筵，帝都的繁华奢侈，同时也铺叙了长安社会各阶层人物，如王侯、贵戚、将相、御史、廷尉、执金吾、游侠、歌儿舞女、失意文士的生活活动，生动地勾勒了一幅长安社会的生活风俗画。这首诗68句，可谓长篇巨制，但音节圆美流转，读来琅琅上口，其用韵是一个很重要的因素。我们看这首诗：

长安古意
[唐] 卢照邻

长安大道连狭斜，青牛白马七香车。玉辇纵横过主第，金鞭络绎向侯家。
龙衔宝盖承朝日，凤吐流苏带晚霞。百尺游丝争绕树，一群娇鸟共啼花。
游蜂戏蝶千门侧，碧树银台万种色。复道交窗作合欢，双阙连甍垂凤翼。
梁家画阁中天起，汉帝金茎云外直。楼前相望不相知，陌上相逢讵相识？
借问吹箫向紫烟，曾经学舞度芳年。得成比目何辞死，愿作鸳鸯不羡仙。
比目鸳鸯真可羡，双去双来君不见？生憎帐额绣孤鸾，好取门帘帖双燕。
双燕双飞绕画梁，罗帷翠被郁金香。片片行云着蝉鬓，纤纤初月上鸦黄。
鸦黄粉白车中出，含娇含态情非一。妖童宝马铁连钱，娼妇盘龙金屈膝。
御史府中乌夜啼，廷尉门前雀欲栖。隐隐朱城临玉道，遥遥翠幰没金堤。
挟弹飞鹰杜陵北，探丸借客渭桥西。俱邀侠客芙蓉剑，共宿娼家桃李蹊。
娼家日暮紫罗裙，清歌一啭口氛氲。北堂夜夜人如月，南陌朝朝骑似云。

南陌北堂连北里，五剧三条控三市。弱柳青槐拂地垂，佳气红尘暗天起。
汉代金吾千骑来，翡翠屠苏鹦鹉杯。罗襦宝带为君解，燕歌赵舞为君开。
别有豪华称将相，转日回天不相让。意气由来排灌夫，专权判不容萧相。
专权意气本豪雄，青虬紫燕坐春风。自言歌舞长千载，自谓骄奢凌五公。
节物风光不相待，桑田碧海须臾改。昔时金阶白玉堂，即今惟见青松在。
寂寂寥寥扬子居，年年岁岁一床书。独有南山桂花发，飞来飞去袭人裾。

这首诗开头八句用平声韵：斜、车、家、霞、花，接下来的八句又用仄声韵：侧、色、翼、直、识，再改用四句一换韵，如第一个四句用平声韵：烟、年、仙，第二个四句韵转用仄声韵：羡、见、燕。后面各韵都是如此：四句一换韵，前四句各韵脚都协平声，而后四句各韵均换协仄声韵。如此往复，连类而上，形成了有规律的"隔八间四而平仄互换"的韵律，曲尽抑扬顿挫、婉转流丽之妙，形成生龙活虎般腾踔的节奏。

近体诗的押韵则必须一韵到底，中间不能换韵。如上面所例举的杜甫诗《题郑十八著作虔》共九韵，押的是同一个韵部——平水韵中下平声第九韵"青"部。

第二节　近体诗用韵应该注意的问题

近体诗用韵必须遵守以上规则，同时，还要注意以下问题：

（一）避免重韵

一字两义而并押之，谓之重韵，即同一个韵字在一首诗的韵脚里重复出现。如"耳"为五官之一，又为语助辞；"干"为干涉之义，又可作"干戈"解。这样的字就不能在一首诗的韵脚里重复出现。

（二）避免同义字相押

一韵中有几个字都是同义的，如六麻之"花""葩"，七阳之"芳""香"，十一尤之"忧""愁"，意义都相同，不能在一首诗中同作韵字。

还有实字虚用、虚字实用者。如一东韵之"风"字，不能当作"讽刺"之"风"字押；四支韵之"思"字，不能当作"意思"之"思"字押。

（三）避免出韵

出韵，即落韵。因为古今语音的变化，许多我们认为是同韵的字在官韵中被分别列入不同的韵部之中，如"冬"与"东"在平水韵中分属一东与二冬两个不同韵部，如果在同一首诗中相押，即为出韵。

[知识链接]

1. 在现代汉语拼音中，a、e、o的前面可能还有i、u、ü，如ia、ua、uai、iao、ian、uan、üan、iang、uang、ie、üe、iong、ueng等，这种开头的韵母i、u、ü叫做韵头，主要韵母相同而韵头不同的字也算是同韵字，也可以押韵。

2. 古体诗、近体诗用韵的区别

古体诗	近体诗
1. 一首诗可以用一个平声韵或仄声韵，也可随意换韵。 2. 一首诗中每句都可以用韵，偶数句可以用韵，奇数句也可以用韵。 3. 用于韵脚的字可以重复。 4. 诗中可以用邻韵和上、去声通押。 5. 允许散文化的句子。	1. 一首诗除首句可以邻韵通押外，其他句子只限用一个韵，中间不能换韵。 2. 一首诗中除首句以外，奇数句不能押韵。 3. 用于韵脚的字不能重复，而且不用韵句子的末一字，平仄声不能与用韵句子的末字相同。 4. 除首句入韵可用邻韵外，其他诗句不能用邻韵。 5. 不允许散文化的句子。

写作训练

近体诗必须押同部到底的平声韵。平水韵虽然在南宋才出现，但因为与唐人的"同用""独用"的规定一脉相承，因此其与唐朝人的用韵大体吻合。宋代以后，平水韵更是诗人创作近体诗的用韵标准，从此，一直沿用数百年之久。近体诗用韵要求很严，除首句可用邻韵外，一般不允许邻韵通押，就是字数少的窄韵也不能出韵。这样，吟诵起来才会朗朗上口、前后呼应，如果做不到押韵，就会出韵（不押韵）。

【实践项目】

1. 朗诵白居易《琵琶行》，分析其用韵情况。
2. 写出下面两首诗所用的韵字是平水韵中哪个韵部的韵字：

临洞庭湖赠张丞相

　　［唐］ 孟浩然

　　八月湖水平，涵虚混太清。
　　气蒸云梦泽，波撼岳阳城。
　　欲济无舟楫，端居耻圣明。
　　坐观垂钓者，徒有羡鱼情。

长沙过贾谊宅

　　［唐］ 刘长卿

　　三年谪宦此栖迟，万古惟留楚客悲。
　　秋草独寻人去后，寒林空见日斜时。
　　汉文有道恩犹薄，湘水无情吊岂知。
　　寂寂江山摇落处，怜君何事到天涯。

3. 试以"真"部字为韵，写一首五言诗。
4. 试以"阳"部字为韵，写一首七言诗。

第三章　近体诗的平仄

平仄是诗词格律的一个术语：诗人们把四声分为平、仄两大类，平就是平声（今天普通话的阴平、阳平），仄就是上、去、入三声。仄，按字义解释，就是不平的意思。

划分平、仄两大类的依据是什么呢？就是声调的升降变化和长短。平声较长，没有升降变化；而其他三声较短，有升降变化（入声也可能是微升或微降）。较长、没有升降变化的平声（包括阴平、阳平两类）就归入平声；较短、有升降变化的上、去、入三声就归入仄声。因此，平、上、去、入四声就归入了平、仄两大类型。如果让这两类声调在诗词中交错出现，那就能使声调呈现出多样化特征，形成抑扬顿挫、清浊相间的音声之美，而不至于平直单调。

平仄在诗词中又是怎样交错的呢？我们可以概括为两句话：

（1）平仄在本句中是交替出现的；

（2）平仄在对句中是对立出现的。

例如毛泽东《长征》诗的第五、六两句：

　　　　金沙水拍云崖暖，大渡桥横铁索寒。

两句诗的平仄是：

　　　　平平｜仄仄｜平平｜仄，仄仄｜平平｜仄仄｜平。

这两句诗，每两个字一个节拍。平起句平平后面跟着的是仄仄，仄仄后面跟着的是平平，最后一个又是仄。仄起句仄仄后面跟着的是平平，平平后面跟着的是仄仄，最后一个又是平。这就是交替。就对句来说，"金沙"对"大渡"，是平平对仄仄，"水拍"对"桥横"，是仄仄对平平，"云崖"对"铁索"，是平平对仄仄，"暖"对"寒"，是仄对平。这就是对立。

关于诗词的平仄规则，下文还要详细讨论。现在先谈一谈我们怎样辨别平仄。

辨别平仄分两种情况：一种是以现代普通话读音为标准；一种是以古代的读音为标准。

以现代普通话读音为标准，平仄很容易区别，现代普通话读音的阴平、阳平为平声；上声、去声为仄声。

麻烦的是以古代的读音为标准辨别平仄。古代的平声读音全部归入平声类，古代的上、去、入三声则归入仄声类。但是从平水韵的时代到使用现代汉语普通话的今天，汉语读音已经发生了很大的变化。最麻烦的是古代读音中的入声字，在今天普通话读音中已消失，分别归入了现代普通话的阴、阳、上、去四声中。归入上、去的两种情况可以不考虑，因为现代汉语的上、去也还在仄声中。需要仔细辨别的是归入普通话阴平、阳平中的部分，在古代的读音中归入仄声类，而在现代汉语普通话读音中就归入平声类了。因此，我们在读古代诗歌，或者以平水韵押韵创作诗歌时，就要特别注意这部分归入普通话阴平、阳平中的入声字。

如果方言是吴方言、闽粤方言等南方方言（譬如说，你是江浙人或山西人、湖南人、华南人），因为这些方言中入声还保存着，按自然发音辨别平仄就可以了。

如果北方人，那么，就需要学习一些辨别平仄的方法。古代入声字现在既然多数变成了普通话里的去声，去声也是仄声，就毋须再分辨去和入；又有一部分变了上声，上声也是仄声，也不用再分辨上和入。因此，由入变去和由入变上的字都不妨碍我们辨别平仄。只有由入变平（阴平、阳平）才造成了辨别平仄的困难。我们遇到诗律上规定用仄声的地方，而诗人用了一个在今天读来是平声的字，引起了我们的怀疑，可以查字典或韵书来解决。注意，凡韵尾是—n 或—ng 的字，不会是入声字。一些常见的归入现代汉语普通话的阴平、阳平的古代入声字，还需要在反复的实践和辨识中记住。具体的辨别方法和常见的入声字表见附录二专家总结的"入声字的辨别"。

第一节　近体诗的平仄规则

为了了解近体诗的平仄规则，我们先来看几首诗的平仄。

《马诗》其五
[唐]　李　贺

大漠沙如雪，燕山月似钩。
⊘仄平平仄，平平仄仄平。
何当金络脑，快走踏清秋。
⊘平平仄仄，⊘仄仄平平。

春　望
[唐]　杜　甫

国破山河在，城春草木深。
⊘仄平平仄，平平仄仄平。
感时花溅泪，恨别鸟惊心。
⊘平平仄仄，⊘仄仄平平。
烽火连三月，家书抵万金。
⊘仄平平仄，平平仄仄平。

白头搔更短，浑欲不胜簪。

⊗平平仄仄，仄仄仄平平。

（注：带圈字符"平""仄"表示可平可仄，以后不再标出。《春望》一诗中用到的现代汉语普通话读阴平、阳平的入声字有：国、别、白。）

从上面两首诗中，我们可以清楚地了解每个字的平仄以及字与字、行与行、联与联之间平仄排列的关系。据此我们可以发现这样的规律：

一、一句当中平仄交替出现

《马诗》第一句"大漠沙如雪"，"雪"是入声字，其平仄出现的规律是两个一组，平仄交替出现：⊗仄/平平/仄。这是五言句子，两两出现后，五言句的最后就只有一个字，所以最后出现了一个仄声；第二句"燕山月似钩"，其平仄也是交替出现：平平/仄仄/平；第三句"何当金络脑"的平仄也是交替出现：⊗平平/仄仄；第四句"快走踏清秋"平仄交替出现：⊗仄仄/平平。

由此可见，一句当中，或两个字一组，或三个字一组（诗句的末尾则可能会出现单字一组），平仄交替出现。

《春望》也是如此。我们再来看杜甫的《春望》第一句"国破山河在"，其中"国"是入声字，其平仄也是交替出现：⊗仄/平平/仄；第二句"城春草木深"，其平仄关系为：平平/仄仄/平；第三句"感时花溅泪"，其平仄关系是：⊗平平/仄仄；第四句"恨别鸟惊心"，其平仄关系是：⊗仄仄/平平。其他各句也是如此，或者两个一组，或者三个一组，平仄交替出现。

因此，南朝梁代的文人就已总结出作诗构成音韵美的一个规律是"一句之中音韵尽殊"，也即近体诗平仄规则的第一条：一句当中，平仄交替出现。

根据这种规则，五言句就会出现四种平仄排列的句式，这就是五言格律诗的四种基本句式：

A. ⊗仄仄平平（仄起平收式）

B. ⊗仄平平仄（仄起仄收式）

C. 平平仄仄平（平起平收式）

D. ⊗平平仄仄（平起仄收式）

A、B 两种以仄声起，C、D 两种以平声起；A、C 两种以平声收尾，B、D 两种以仄声收尾。任何五言诗句，不管怎样变化都不外是这四种句式。

（注：因为第一个字往往可平可仄，所以所谓的仄起、平起，往往是以第二个字的平仄来决定。"⊗""⊗"表示可平可仄。）

七言格律诗也是四种基本句式，可以看作是五言诗前加上一组平仄相反的字位而成：

A. ⊗平⊗仄仄平平（平起平收式）（在五言格律句式 A 前加一组平声）

B. ⊙平⊙仄平平仄（平起仄收式）（在五言格律句式 B 前加一组平声）

C. ⊙仄平平仄仄平（仄起平收式）（在五言格律句式 C 前加一组仄声）

D. ⊙仄⊙平平仄仄（仄起仄收式）（在五言格律句式 D 前加一组仄声）

二、同联的两句当中，平仄相对出现

《马诗》首联"大漠沙如雪，燕山月似钩"，两句平仄是相对出现的：⊙仄平平仄，平平仄仄平。第二联"何当金络脑，快走踏清秋"，两句平仄也是相对出现的：⊙平平仄仄，⊙仄仄平平。

《春望》第一联"国破山何在，城春草木深"，其平仄关系为：⊙仄平平仄，平平仄仄平。第二联"感时花溅泪，恨别鸟惊心"，其平仄关系为：⊙平平仄仄，⊙仄仄平平。其中第一句第一号字位是可平可仄的。其他各句也是这样的规律：两句之中，相同的字位平仄相对出现。这叫做"对"，我们平常见的对联、平常说的对对子，平仄上也要讲究"对"。

因此，近体诗平仄的第二个规则就是：同联的两句当中，平仄相对出现。

三、邻联当中，上联的对句和下联的出句，平仄相粘

在《马诗》当中，第一联对句（一联的第二句叫对句）为"燕山月似钩"，其平仄关系为"平平仄仄平"，第二联出句（一联的第一句叫出句）为"何当金络脑"，其平仄关系为"⊙平平仄仄"。上下两联相邻诗句的平仄关系为：下联出句的第一、二、四号字位和上联对句的相应字位平仄相同，第三、五号字位和上联对句的相应字位则相反。也就是说，除了第三、五号字位外，其他字位平仄相同。这就叫做"相粘"。因此，所谓"相粘"，就是有同、有不同。具体地说，对于五言诗，下联出句第一、二、四号字位和上联对句的相应字位平仄相同，第三、五号字位和上联对句的相应字位平仄则相反。对于七言诗，则是下联出句第二、三、四、六号字位和上联对句的相应字位平仄相同，第五、七号字位和上联对句的相应字位平仄则相反。七言律句的第一号字位可平可仄。

这就是近体诗平仄规则的第三条：邻联当中，上联的对句和下联的出句，平仄相粘。

第二、三条规律合起来就叫做"粘对"，这是律诗格律很重要的一条规则。粘对的作用，是使声调多样化。"对"，使上下两句的平仄富有变化；"粘"，使前后两联的平仄参差关联。违反了粘的规则，叫做失粘；违反了对的规则，叫做失对。

明白了粘对的道理，只要知道了第一句的平仄，一联的平仄就能用"对"的规则推导出来。有了一联，根据"粘"的规则，邻联的第一句也就推导出来了。如此，再根据"对"的规则推导出第二联的第二句，就这样推导下去，一首律

第三章　近体诗的平仄

诗的平仄也都能推导出来了。明白了粘对的道理，不管长律有多长，也能依照粘对的规则来安排平仄。

有了一、二、三这三条规则，我们就能很自然地推导出整首诗的平仄关系应该怎样安排了。例如：根据"一句之中，平仄交替出现"的规则，两字一组，平仄交替，我们推导出一个五言句：仄仄平平仄。有了第一句，我们再根据"两句当中，平仄相对出现"的规则推导，就可以得出第二句：平平仄仄平。有了一联，我们根据邻联当中，"上联的对句和下联的出句，平仄相粘"的规则，则可以推导出下联的出句平仄格式应为：平平仄仄平，因为这一句是奇数句，不入韵，因此最后一个字不能用平声，而用仄声，故而把第三号字位和第五号字位的平仄互换，就成为"平平平仄仄"。下句再根据相对规则则是：仄仄仄平平。依此类推，得出一首完整的五言诗的平仄关系：

⟨仄⟩仄平平仄，平平仄仄平。
⟨平⟩平平仄仄，⟨仄⟩仄仄平平。
⟨仄⟩仄平平仄，平平仄仄平。
⟨平⟩平平仄仄，⟨仄⟩仄仄平平。

这也就是《春望》一诗的平仄关系。这里，第一、三、四、五、七、八各句第一号字位可平可仄。第二、六句第一号字位的平仄不能变，其中缘由讲平仄格式的时候会详细说明。我们再通过几首具体的诗来巩固一下对律诗平仄规则的认识。

［诗例］

登鹳雀楼

［唐］王之涣

白日依山尽，黄河入海流。
⟨仄⟩仄平平仄，平平仄仄平。

欲穷千里目，更上一层楼。
⟨平⟩平平仄仄，⟨仄⟩仄仄平平。

第一联：

第一句平仄交替出现：仄仄平平仄；第二句和上句平仄相对出现：平平仄仄平。

第二联：

第三句和上句平仄相粘：平平平仄仄；第四句和上句平仄相对：仄仄仄平平。

以上各句，一句之内，平仄都交替出现；两句之间，平仄相对；邻联中，上联的对句和下联的出句，平仄相粘（有同，有不同）。

· 57 ·

[诗例]

山居秋暝

[唐] 王　维

空山新雨后，天气晚来秋。
⑪平平仄仄，⑫仄仄平平。
明月松间照，清泉石上流。
⑫仄平平仄，平平仄仄平。
竹喧归浣女，莲动下渔舟。
⑪平平仄仄，⑫仄仄平平。
随意春芳歇，王孙自可留。
⑫仄平平仄，平平仄仄平。

第一联：

第一句平仄交替出现：⑪平平仄仄；第二句和第一句平仄相对：⑫仄仄平平。

第二联：

第二联中的第一句和第一联中的第二句平仄相粘：⑫仄平平仄；第二联中的第二句和同联中的第一句平仄相对：平平仄仄平。

第三联：

第三联中的第一句和上联中的第二句平仄相粘：⑪平平仄仄；本联中的第二句和上句平仄相对：⑫仄仄平平。

第四联：

第四联中的第一句和上联中的第二句平仄相粘：⑫仄平平仄；本联中的第二句和上句平仄相对：平平仄仄平。

《山居秋暝》中的各句平仄，也是遵循着这样的规律：一句之内，平仄都交替出现；两句之间，平仄相对；邻联中，上联的对句和下联的出句，平仄相粘（有同，有不同）。

写作训练

律诗的格律，其实就是平仄的交替原则。照着格律写出来的诗读起来抑扬顿挫，能有更好的音乐效果。在律诗中，每句必须平仄相间，同联的两句必须平仄相对，联与联之间必须平仄相粘。尤为需要注意是，先辨汉字的四声才分清平仄。古人将汉字分为平、上、去、入四种声调，仄声包括上、去、入三调。上、去容易辨别，最难辨别的是古代读入声、而今读平声的那些字，因为古之入声字读音在普通话中已基本消失，这是最不容易辨别的。

【实践项目】

1. 写出下列几首诗的平仄，并分析其与近体诗平仄规则的符合度，判断其是否为近体诗。

送綦毋潜落第归乡

〔唐〕王　维

圣代无隐者，英灵尽来归。
遂令东山客，不得顾采薇。
既至君门远，孰云吾道非。
江淮度寒食，京洛缝春衣。
置酒临长道，同心与我违。
行当浮桂棹，未几拂荆扉。
远树带行客，孤城当落晖。
吾谋适不用，勿谓知音稀。

下终南山过斛斯山人宿置酒

〔唐〕李　白

暮从碧山下，山月随人归。
却顾所来径，苍苍横翠微。
相携及田家，童稚开荆扉。
绿竹入幽径，青萝拂行衣。
欢言得所憩，美酒聊共挥。
长歌吟松风，曲尽河星稀。
我醉君复乐，陶然共忘机。

终南山

〔唐〕王　维

太乙近天都，连山到海隅。
白云回望合，青霭入看无。
分野中峰变，阴晴众壑殊。
欲投人处宿，隔水问樵夫。

过故人庄

〔唐〕孟浩然

故人具鸡黍，邀我至田家。
绿树村边合，青山郭外斜。
开轩面场圃，把酒话桑麻。
待到重阳日，还来就菊花。

2. 试以路为主题写一首诗，要求结构、平仄均符合近体诗格律要求。

第二节　近体诗的平仄格式

近体诗的平仄格式是在四种基本句式的基础上形成的。因此，五言律诗有四种基本平仄格式，七言律诗、五言绝句和七言绝句也各有四种基本平仄格式，近体诗共有十六种基本格式。排律句数不固定，是律诗的延伸，熟悉了律诗的格式，依此推导下去就可以。我们先来看五言绝句的平仄格式。

一、五言绝句的平仄格式

（一）首句仄起式
1. 首句仄起平收式（首句入韵）
仄仄仄平平，平平仄仄平。
平平平仄仄，仄仄仄平平。
（注："平"表示韵脚，以后同此，不再注出。）
［诗例］

哥舒歌
　　［唐］西鄙人
北斗七星高，哥舒夜带刀。
仄仄仄平平，平平仄仄平。
至今窥牧马，不敢过临洮。
仄平平仄仄，仄仄仄平平。

秋日湖上
　　［唐］薛　莹
落日五湖游，烟波处处愁。
仄仄仄平平，平平仄仄平。
浮沉千古事，谁与问东流？
平平平仄仄，平仄仄平平。

塞下曲
[唐] 卢　纶

林暗草惊风，将军夜引弓。
㊀仄仄平平，平平仄仄平。
平明寻白羽，没在石棱中。
㊀平平仄仄，㊀仄仄平平。

（注：《塞下曲》中的"白"字是入声字，用着重号表示。以后入声字都用着重号表示，不再注出。）

2. 首句仄起仄收式（首句不入韵）

㊀仄平平仄，平平仄仄平。
㊀平平仄仄，㊀仄仄平平。

[诗例]

相　思
[唐] 王　维

红豆生南国，春来发几枝。
㊀仄平平仄，平平仄仄平。
愿君多采撷，此物最相思。
㊀平平仄仄，㊀仄仄平平。

宫　词
[唐] 张　祜

故国三千里，深宫二十年。
㊀仄平平仄，平平仄仄平。
一声何满子，双泪落君前。
㊀平平仄仄，㊀仄仄平平。

桃花谷

[清] 张实居

小径穿深树，临崖四五家。
⊘仄平平仄，平平仄仄平。
泉声天半落，满涧溅桃花。
⊕平平仄仄，⊘仄仄平平。

(二) 首句平起式

1. 首句平起平收式（首句入韵）

平平仄仄平，⊘仄仄平平。
⊘仄平平仄，平平仄仄平。

[诗例]

闺人赠远

[唐] 王 涯

花明绮陌春，柳拂御沟新。
平平仄仄平，⊘仄仄平平。
为报辽阳客，流芳不待人。
⊘仄平平仄，平平仄仄平。

细 雨

[唐] 李商隐

帷飘白玉堂，簟卷碧牙床。
平平仄仄平，⊘仄仄平平。
楚女当时意，萧萧发彩凉。
⊘仄平平仄，平平仄仄平。

2. 首句平起仄收式（首句不入韵）

⊕平平仄仄，⊘仄仄平平。
⊘仄平平仄，平平仄仄平。

[诗例]

听 筝

[唐] 李 端

鸣筝金粟桂，素手玉房前。
⊕平平仄仄，⊘仄仄平平。
欲得周郎顾，时时误拂弦。
⊘仄平平仄，平平仄仄平。

送郭司仓

［唐］王昌龄

映门淮水绿，留骑主人心。
(仄)平平仄仄，(平)仄仄平<u>平</u>。
明月随良掾，春潮夜夜深。
(平)仄平平仄，平平仄仄<u>平</u>。

三间庙

［唐］戴叔伦

沅湘流不尽，屈子怨何深。
(平)平平仄仄，(仄)仄仄平<u>平</u>。
日暮秋风起，萧萧枫树林。
(仄)仄平平仄，平平仄仄<u>平</u>。

枕　石

［明］高攀龙

心同流水净，身与白云轻。
(平)平平仄仄，(平)仄仄平<u>平</u>。
寂寂深山暮，微闻钟磬声。
(仄)仄平平仄，平平仄仄<u>平</u>。

［**实践项目**］

1. 写出下列各诗的平仄，说出是哪种格式。（用(平)(仄)表示可平可仄，用下加横线标志韵脚，用着重号标出入声字。）

弹　琴

［唐］刘长卿

泠泠七弦上，静听松风寒。
古调虽自爱，今人多不弹。

新嫁娘

［唐］王　建

三日入厨下，洗手作羹汤。
未谙姑食性，先遣小姑尝。

春　怨

［唐］金昌绪

打起黄莺儿，莫教枝上啼。
啼时惊妾梦，不得到辽西。

雨中登祝融峰
赵逵夫

久仰衡峰顶，春膏岂谓艰？
层云弥广宇，误我觅千山。

2. 试以春日为题作一首五言绝句。

二、七言绝句的平仄格式

（一）首句仄起式

1. 首句仄起平收式（首句入韵）

仄仄平平仄仄平，
平平仄仄仄平平。
平平仄仄平平仄，
仄仄平平仄仄平。

［诗例］

漫 兴
［唐］杜 甫

肠断春江欲尽头，杖藜徐步立芳洲。
平仄平平仄仄平，仄平仄仄平平平。
颠狂柳絮随风舞，轻薄桃花逐水流。
平平仄仄平平仄，仄仄平平仄仄平。

秋 夕
［唐］杜 牧

银烛秋光冷画屏，轻罗小扇扑流萤。
平仄平平仄仄平，仄平仄仄平平平。

天阶夜色凉如水，坐看牵牛织女星。
ⓟ平ⓧ仄平平仄，ⓧ仄平ⓧ仄仄平。

嫦　娥
〔唐〕李商隐

云母屏风烛影深，长河渐落晓星沉。
ⓟ仄平平仄仄平，ⓟ平ⓧ仄仄平平。
嫦娥应悔偷灵药，碧海青天夜夜心。
ⓟ平ⓧ仄平平仄，ⓧ仄平平仄仄平。

观书有感
〔宋〕朱　熹

半亩方塘一鉴开，天光云影共徘徊。
ⓧ仄平平仄仄平，ⓟ平ⓧ仄仄平平。
问渠那得清如许？为有源头活水来。
ⓧ平ⓧ仄平平仄，ⓧ仄平平仄仄平。

2. 首句仄起仄收式（首句不入韵）

ⓧ仄ⓟ平平仄仄
ⓟ平ⓧ仄仄平平。
ⓟ平ⓧ仄平平仄，
ⓧ仄平平仄仄平。

〔诗例〕

九月九日忆山东兄弟
〔唐〕王　维

独在异乡为异客，每逢佳节倍思亲。
ⓧ仄ⓧ平平仄仄，ⓧ平ⓟ仄仄平平。
遥知兄弟登高处，遍插茱萸少一人。
ⓟ平ⓧ仄平平仄，ⓧ仄平平仄仄平。

上高侍郎
〔唐〕高　蟾

天上碧桃和露种，日边红杏倚云栽。
ⓟ仄ⓧ平平仄仄，ⓧ平ⓟ仄仄平平。
芙蓉生在秋江上，不向东风怨未开。
ⓟ平ⓧ仄平平仄，ⓧ仄平平仄仄平。

赠刘景文
[宋]苏 轼

荷尽已无擎雨盖，菊残犹有傲霜枝。
⊕仄⊗平平仄仄，⊗平⊕仄仄平平。
一年好景君须记，最是橙黄橘绿时。
⊕平⊗仄平平仄，⊗仄平平仄仄平。

无 题
鲁 迅

血沃中原肥劲草，寒凝大地发春华。
⊗仄⊕平平仄仄，⊕平⊗仄仄平平。
英雄多故谋夫病，泪洒崇陵噪暮鸦。
⊕平⊗仄平平仄，⊗仄平平仄仄平。

（二）首句平起式

1. 首句平起平收式（首句入韵）

⊕平⊗仄仄平平，
⊗仄平平仄仄平。
⊗仄⊕平平仄仄，
⊕平⊗仄仄平平。

[诗例]

早发白帝城
[唐]李 白

朝辞白帝彩云间，千里江陵一日还。
⊕平⊗仄仄平平，⊗仄平平仄仄平。
两岸猿声啼不住，轻舟已过万重山。
⊗仄⊕平平仄仄，⊕平⊗仄仄平平。

客中作
[唐]李 白

兰陵美酒郁金香，玉碗盛来琥珀光。
⊕平⊗仄仄平平，⊗仄平平仄仄平。
但使主人能醉客，不知何处是他乡。
⊗仄⊗平平仄仄，⊗平⊕仄仄平平。

春 宵
　　[宋] 苏 轼
春宵一刻值千金，花有清香月有阴。
⊕平⊗仄仄平平，⊕仄平平仄仄平。
歌管楼台声细细，秋千院落夜沉沉。
⊕仄⊗平平仄仄，⊕平⊗仄仄平平。

《雪梅》其二
　　[宋] 卢梅坡
有梅无雪不精神，有雪无诗俗了人。
⊗平⊗仄仄平平，⊗仄平平仄仄平。
日暮诗成天又雪，与梅并作十分春。
⊗仄⊗平平仄仄，⊗平⊗仄仄平平。

2. 首句平起仄收式（首句不入韵）
⊕平⊗仄平平仄，
⊗仄平平仄仄平。
⊗仄⊕平平仄仄，
⊕平⊗仄仄平平。

[诗例]

忆江柳
　　[唐] 白居易
曾栽杨柳江南岸，一别江南两度春。
⊕平⊗仄平平仄，⊗仄平平仄仄平。
遥忆青青江岸上，不知攀折是何人。
⊗仄⊕平平仄仄，⊗平⊕仄仄平平。

春 晴
　　[唐] 王 驾
雨前初见花间蕊，雨后全无叶底花。
⊗平⊕仄平平仄，⊗仄平平仄仄平。
蜂蝶纷纷过墙去，却疑春色在邻家。
⊕仄⊕平仄平仄，⊗平⊕仄仄平平。

（注：此诗第三句当作拗救，第五字拗，该用平声用了仄声，第六字救，该用仄声换为平声。）

约 客
　　［宋］赵师秀
　黄梅时节家家雨,青草池塘处处蛙。
　⊕平⊗仄平平仄,⊕仄平平仄仄平。
　有约不来过夜半,闲敲棋子落灯花。
　⊗仄⊗平平仄仄,⊕平⊕仄仄平平。

（注：第三句中的"过"字两读，既读去声，也读平声。）

饮湖上初晴后雨
　　［宋］苏 轼
　水光潋滟晴方好,山色空蒙雨亦奇。
　⊗平⊗仄平平仄,⊕仄平平仄仄平。
　欲把西湖比西子,淡妆浓抹总相宜。
　⊗仄⊕平仄平仄,⊗平⊕仄仄平平。

（注：此诗第三句用了拗救，第五号平声位用了仄声，成为拗，第六号仄声位用平声救。）

[实践项目]

1. 写出下列各诗的平仄，说出是哪种格式。（用⊕⊗表示可平可仄，用下划线标志韵脚，用着重号标出入声字）

桃花溪
　　［唐］张 旭
　隐隐飞桥隔野烟,石矶西畔问渔船。
　桃花尽日随流水,洞在清溪何处边?

芙蓉楼送辛渐
　　［唐］王昌龄
　寒雨连江夜入吴,平明送客楚山孤。
　洛阳亲友如相问,一片冰心在玉壶。

逢入京使
　　［唐］岑 参
　故园东望路漫漫,双袖龙钟泪不干。
　马上相逢无纸笔,凭君传语报平安。

江南逢李龟年
　　［唐］杜 甫
　岐王宅里寻常见,崔九堂前几度闻。
　正是江南好风景,落花时节又逢君。

《月下槐城四首》其一
韩成武❶
三春柳色未暇评，五月槐风动客情。
最是温馨三五夜，满城香雪月朦胧。

2. 试以蓝天为题作一首七言绝句。

三、五言律诗平仄格式

（一）首句仄起式

1. 首句仄起平收式（首句入韵）

㊄仄仄平<u>平</u>，平平仄仄<u>平</u>。
㊂平平仄仄，㊄仄仄平<u>平</u>。
㊄仄平平仄，平平仄仄<u>平</u>。
㊂平平仄仄，㊄仄仄平<u>平</u>。

［诗例］

月夜忆舍弟
［唐］杜　甫

戍鼓断人行，边秋一雁声。
㊄仄仄平<u>平</u>，平平仄仄<u>平</u>。
露从今夜白，月是故乡明。
㊄平平仄仄，㊄仄仄平<u>平</u>。
有弟皆分散，无家问死生。
㊄仄平平仄，平平仄仄<u>平</u>。

---

❶ 韩成武，男，1947年5月17日生，天津市武清人。教授，博士生导师。1964—1969年在河北大学中文系读书，1979年师从詹锳先生从事古代文学和《文心雕龙》研究。曾任河北大学中文系副主任、主任。现任成功学院杜甫研究所所长，兼任中国杜甫研究会副会长、河北省诗词协会副会长、保定诗词楹联学会会长。

寄书长不达，况乃未休兵。
⊙平平仄仄，⊘仄仄平平。

终南山
　　［唐］王　维
太乙近天都，连山接海隅。
⊘仄仄平平，平平仄仄平。
白云回望合，青霭入看无。❶
⊘平平仄仄，⊘仄仄平平。
分野中峰变，阴晴众壑殊。
平仄平平仄，平平仄仄平。
欲投人处宿，隔水问樵夫。
⊘平平仄仄，⊘仄仄平平。

临洞庭湖赠张丞相
　　［唐］孟浩然
八月湖水平，涵虚混太清。❷
⊘仄平仄平，平平仄仄平。
气蒸云梦泽，波撼岳阳城。
⊘平平仄仄，⊘仄仄平平。
欲济无舟楫，端居耻圣明。
⊘仄平平仄，平平仄仄平。
坐观垂钓者，徒有羡鱼情。
⊘平平仄仄，⊘仄仄平平。

秋日赴阙题潼关驿楼
　　［唐］许　浑
红叶晚萧萧，长亭酒一瓢。
⊘仄仄平平，平平仄仄平。
残云归太华，疏雨过中条。
⊘平平仄仄，⊘仄仄平平。
树色随山迥，河声入海遥。
⊘仄平平仄，平平仄仄平。
帝乡明日到，犹自梦渔樵。
⊘平平仄仄，⊘仄仄平平。

---

❶ "看"在中古语音系统中是两读字，一读平声，一读去声。
❷ "八月湖水平"一句用了拗救，第三号字位拗，第四号字位救。

2. 首句仄起仄收式（首句不入韵）
⊘仄平平仄，平平仄仄平。
⊕平平仄仄，⊘仄仄平平。
⊘仄平平仄，平平仄仄平。
⊕平平仄仄，⊘仄仄平平。

[诗例]

春　望
[唐] 杜　甫

国破山河在，城春草木深。
⊘仄平平仄，平平仄仄平。
感时花溅泪，恨别鸟惊心。
⊘平平仄仄，⊘仄仄平平。
烽火连三月，家书抵万金。
⊕仄平平仄，平平仄仄平。
白头搔更短，浑欲不胜簪。
⊘平平仄仄，⊕仄仄平平。

旅夜书怀
[唐] 杜　甫

细草微风岸，危樯独夜舟。
⊘仄平平仄，平平仄仄平。
星垂平野阔，月涌大江流。
⊘平平仄仄，⊘仄仄平平。
名岂文章著，官因老病休。
⊕仄平平仄，平平仄仄平。
飘飘何所似，天地一沙鸥。
⊕平平仄仄，⊘仄仄平平。

在狱咏蝉
[唐] 骆宾王

西陆蝉声唱，南冠客思深。❶
⊕仄平平仄，平平仄仄平。
不堪玄鬓影，来对白头吟。
⊘平平仄仄，⊕仄仄平平。

---

❶ "思"在中古语音系统中是两读字，一读平声，一读去声。

露重飞难尽,风多响易沉。
⊘仄平平仄,平平仄仄平。
无人信高洁,谁为表予心。❶
⊕平仄平仄,⊕仄仄平平。

蝉
[唐] 李商隐

本以高难饱,徒劳恨费声。
⊘仄平平仄,平平仄仄平。
五更疏欲断,一树碧无情。
⊘平平仄仄,⊘仄仄平平。
薄宦梗犹泛,故园芜已平。❷
⊘仄仄平仄,⊘平平仄仄。
烦君最相警,我亦举家清。
⊕平平仄仄,⊘仄仄平平。

(二) 首句平起式

1. 首句平起平收式(首句入韵)

平平仄仄平,⊘仄仄平平。
⊘仄平平仄,平平仄仄平。
⊕平平仄仄,⊘仄仄平平。
⊘仄平平仄,平平仄仄平。

[诗例]

晚 晴
[唐] 李商隐

深居俯夹城,春去夏犹清。
平平仄仄平,⊕仄仄平平。
天意怜幽草,人间重晚晴。
⊕仄平平仄,平平仄仄平。
并添高阁迥,微注小窗明。
⊘平平仄仄,⊕仄仄平平。
越鸟巢乾后,归飞体更轻。
⊕仄平平仄,平平仄仄平。

---

❶ "无人信高洁"一句用了拗救,第三号字位拗,第四号字位救。

❷ "薄宦梗犹泛,故园芜已平",第一句第三号字位应用平声,用了仄声,第二句的第三号字位来救上句之拗,本来应用仄声换用了平声。

风　雨
[唐] 李商隐

凄凉宝剑篇，羁泊欲穷年。
平平仄仄平，⊙仄仄平平。
黄叶仍风雨，青楼自管弦。
⊙仄平平仄，平平仄仄平。
新知遭薄俗，旧好隔良缘。
⊙平平仄仄，⊙仄仄平平。
心断新丰酒，销愁又几千。
⊙仄平平仄，平平仄仄平。

没蕃故人
[唐] 张　籍

前年伐月支，城下没全师。
平平仄仄平，⊙仄仄平平。
蕃汉断消息，死生长别离。❶
⊙仄仄平仄，仄平平仄平。
无人收废帐，归马识残旗。
⊙平平仄仄，⊙仄仄平平。
欲祭疑君在，天涯哭此时！
仄仄平平仄，平平仄仄平。

2. 首句平起仄收式（首句不入韵）

⊙平平仄仄，⊙仄仄平平。
⊙仄平平仄，平平仄仄平。
⊙平平仄仄，⊙仄仄平平。
⊙仄平平仄，平平仄仄平。

[诗例]

喜见外弟又言别
[唐] 李　益

十年离乱后，长大一相逢。
⊙平平仄仄，⊙仄仄平平。
问姓惊初见，称名忆旧容。
⊙仄平平仄，平平仄仄平。

---

❶ "蕃汉断消息，死生长别离"两句用了拗救。前一句第三字正格应该用平，而这里用了仄，下一句就在该用仄声的第三字用了平声来救。

别来沧海事，语罢暮天钟。
⊛平平仄仄，⊛仄仄平平。
明日巴陵道，秋山又几重。
⊛仄平平仄，平平仄仄平。

云阳馆与韩绅宿别
［唐］司空曙

故人江海别，几度隔山川。
⊛平平仄仄，⊛仄仄平平。
乍见翻疑梦，相悲各问年。
⊛仄平平仄，平平仄仄平。
孤灯寒照雨，湿竹暗浮烟。
⊛平平仄仄，⊛仄仄平平。
更有明朝恨，离杯惜共传。
⊛仄平平仄，平平仄仄平。

夜宴左氏庄
［唐］杜　甫

风林纤月落，衣露净琴张。
⊛平平仄仄，⊛仄仄平平。
暗水流花径，春星带草堂。
⊛仄平平仄，平平仄仄平。
检书烧烛短，看剑引杯长。
⊛平平仄仄，⊛仄仄平平。
诗罢闻吴咏，扁舟意不忘。❶
⊛仄平平仄，平平仄仄平。

送友人
［唐］李　白

青山横北郭，白水绕东城。
⊛平平仄仄，⊛仄仄平平。
此地一为别，孤蓬万里征。
⊛仄仄平仄，平平仄仄平。
浮云游子意，落日故人情。
⊛平平仄仄，⊛仄仄平平。

---

❶ "忘"在中古语音系统中两种读音，一读平声，一读去声。

挥手自兹去，萧萧班马鸣。❶
⊕仄仄平仄，平平平仄<u>平</u>。

狱中赠邹容
　　章太炎

邹容吾小弟，被发下瀛洲。
⊕平平仄仄，⊕仄仄平<u>平</u>。
快剪刀除辫，干牛肉作糇。
仄仄平平仄，平平仄仄<u>平</u>。
英雄一入狱，天地亦悲秋。❷
⊕平仄仄仄，⊕仄仄平<u>平</u>。
临命须掺手，乾坤只两头。
仄仄平平仄，平平仄仄<u>平</u>。

[**实践项目**]

1. 写出下列各诗的平仄，说出是哪种格式。(用⊕⊕表示可平可仄，用下划线标志韵脚，用着重号标出入声字。)

春夜喜雨
　　[唐] 杜　甫

好雨知时节，当春乃发生。
随风潜入夜，润物细无声。
野径云俱黑，江船火独明。
晓看红湿处，花重锦官城。

贼平后送人北归
　　[唐] 司空曙

世乱同南去，时清独北还。
他乡生白发，旧国见青山。
晓月过残垒，繁星宿故关。
寒禽与衰草，处处伴愁颜。

---

❶ 此诗中"此地一为别"和"挥手自兹去"两句，正格应为"仄仄平平仄"，但两句都在第三个字位用了仄声。因为对于五言句而言，一、三位置的平仄相对灵活，因此这种拗可不救。第一个拗句诗人没有救，第二个拗句就在对句该用仄声的第三号字位用了平声来救。

❷《狱中赠邹容》诗中，"英雄一入狱"一句的正格应为"平平平仄仄"，第三字该用平声的地方用了仄声，五言中，有些情况下一、三可不论，所以这种拗句不用救。

谷口书斋寄杨补阙

[唐] 钱 起

泉壑带茅茨，云霞生薜帷。
竹怜新雨后，山爱夕阳时。
闲鹭栖常早，秋花落更迟。
家僮扫萝径，昨与故人期。

除夕夜作

韩成武

白雪降春野，礼花腾夜空。
年糕千户异，欢乐九州同。
事业杯堪把，儿孙喜亦重。
举家欣侧儿，世纪大钟鸣。

2. 试以漫山红叶为题，作一首结构、平仄与律诗相符合的五言诗。

四、七言律诗平仄格式

七律是五律的扩展，扩展的办法是在五字句的上面加一个两字的头，仄上加平，平上加仄。

（一）首句仄起式

1. 首句仄起平收式

⊗仄平平仄仄平，⊗平⊗仄仄平平。
⊗平⊗仄平平仄，⊗仄平平仄仄平。
⊗仄⊗平平仄仄，⊗平⊗仄仄平平。
⊗平⊗仄平平仄，⊗仄平平仄仄平。

· 76 ·

[诗例]

望月有感
[唐] 白居易

时难年荒世业空,弟兄羁旅各西东。
⊕仄平平仄仄平,⊘平⊕仄仄平平。
田园寥落干戈后,骨肉流离道路中。
⊕平⊕仄平平仄,⊘仄平平仄仄平。
吊影分为千里雁,辞根散作九秋蓬。
⊘仄⊕平平仄仄,⊘平⊕仄仄平平。
共看明月应垂泪,一夜乡心五处同。
⊘仄⊕平平仄仄,⊘仄平平仄仄平。

无 题
[唐] 李商隐

相见时难别亦难,东风无力百花残。
⊕仄平平仄仄平,⊘平⊕仄仄平平。
春蚕到死丝方尽,蜡炬成灰泪始干。
⊕平⊕仄平平仄,⊘仄平平仄仄平。
晓镜但愁云鬓改,夜吟应觉月光寒。
⊘仄⊘平平仄仄,⊘平⊕仄仄平平。
蓬山此去无多路,青鸟殷勤为探看。
⊕平⊕仄平平仄,⊘仄平平仄仄平。

中 年
[唐] 郑 谷

漠漠秦云淡淡天,新年景象入中年。
⊘仄平平仄仄平,⊘平仄仄仄平平。
情多最恨花无语,愁破方知酒有权。
⊕平⊕仄平平仄,⊘仄平平仄仄平。
苔色满墙寻故第,雨声一夜忆春田。
⊕仄⊕平平仄仄,⊘仄⊕平仄仄平。
衰迟自喜添诗学,更把前题改数联。
⊕平⊕仄平平仄,⊘仄平平仄仄平。

寓 意
[宋] 晏 殊

油壁香车不再逢,峡云无迹任西东。
⊕仄平平仄仄平,⊕平⊕仄仄平平。

梨花院落溶溶月，柳絮池塘淡淡风。
平平仄仄平平仄，仄仄平平仄仄平。
几日寂寥伤酒后，一番萧索禁烟中。
仄仄平平平仄仄，仄平仄平仄仄平平。
鱼书欲寄何由达？水远山长处处同。
平平仄仄平平仄，仄仄平平仄仄平。

2. 首句仄起仄收式

仄仄平平平仄仄，平平仄仄仄平平。
平平仄仄平平仄，仄仄平平仄仄平。
仄仄平平平仄仄，平平仄仄仄平平。
平平仄仄平平仄，仄仄平平仄仄平。

[诗例]

阁 夜

[唐] 杜 甫

岁暮阴阳催短景，天涯霜雪霁寒宵。
仄仄平平平仄仄，平平仄仄仄平平。
五更鼓角声悲壮，三峡星河影动摇。
仄平仄仄平平仄，仄仄平平仄仄平。
野哭几家闻战伐，夷歌数处起渔樵。
仄仄仄平平仄仄，平平仄仄仄平平。
卧龙跃马终黄土，人事音书漫寂寥。
仄平仄仄平平仄，平仄平平仄仄平。

遣悲怀之二

[唐] 元 稹

昔日戏言身后事，今朝都到眼前来。
仄仄仄平平仄仄，平平平仄仄平平。
衣裳已施行看尽，针线犹存未忍开。
平平仄仄平平仄，平仄平平仄仄平。
尚想旧情怜婢仆，也曾因梦送钱财。
仄仄仄平平仄仄，平平平仄仄平平。
诚知此恨人人有，贫贱夫妻百事哀。
平平仄仄平平仄，平仄平平仄仄平。

旅次洋州寓居郝氏林亭
〔唐〕方　干

举目纵然非我有，思量似在故山时。
⊘仄⊘平平仄仄，⊘平⊘仄仄平平。
鹤盘远势投孤屿，蝉曳残声过别枝。
⊘平⊘仄平平仄，⊘仄平平仄仄平。
凉月照窗欹枕倦，澄泉绕石泛觞迟。
⊘仄⊘平平仄仄，⊘平⊘仄仄平平。
青云未得平行去，梦到江南身旅羁。❶
⊘平⊘仄平平仄，⊘仄平平平仄平。

清　明
〔宋〕黄庭坚

佳节清明桃李笑，野田荒冢自生愁。
⊘仄⊘平平仄仄，⊘平⊘仄仄平平。
雷惊天地龙蛇蛰，雨足郊原草木柔。
⊘平⊘仄平平仄，⊘仄平平仄仄平。
人乞祭余骄妾妇，士甘焚死不公侯。
⊘仄⊘平平仄仄，⊘平⊘仄仄平平。
贤愚千载知谁是，满眼蓬蒿共一丘。
⊘平⊘仄平平仄，⊘仄平平仄仄平。

（二）首句平起式

1. 首句平起平收式

⊘平⊘仄仄平平，⊘仄平平仄仄平。
⊘仄⊘平平仄仄，⊘平⊘仄仄平平。
⊘平⊘仄平平仄，⊘仄平平仄仄平。
⊘仄⊘平平仄仄，⊘平⊘仄仄平平。

〔诗例〕

送李少府贬峡中王少府贬长沙
〔唐〕高　适

嗟君此别意何如？驻马衔杯问谪居。
⊘平⊘仄仄平平，⊘仄平平仄仄平。

---

❶ 此诗"梦到江南身旅羁"一句正格应为"仄仄平平仄仄平"，第五号字位应为仄声，而此处用了平声。七言律句中，有"一、三、五不论，二、四、六分明"的说法，第五字出现拗，可以不救。

巫峡啼猿数行泪，衡阳归雁几封书。❶
⊕仄⊕平仄平仄，⊕平⊕仄仄平平。
青枫江上秋帆远，白帝城边古木疏。
⊕平⊕仄平平仄，⊕仄平平仄仄平。
圣代即今多雨露，暂时分手莫踟蹰。
仄仄⊕平平仄仄，⊕平⊕仄仄平平。

贫　女
[唐] 秦韬玉

蓬门未识绮罗香，拟托良媒益自伤。
⊕平⊕仄仄平平，⊕仄平平仄仄平。
谁爱风流高格调，共怜时世俭梳妆。
⊕仄⊕平平仄仄，⊕平⊕仄仄平平。
敢将十指夸偏巧，不把双眉斗画长。
仄平⊕仄平平仄，⊕仄平平仄仄平。
苦恨年年压金线，为他人作嫁衣裳。
仄仄⊕平平仄仄，⊕平⊕仄仄平平。

偶　成
[宋] 程　颢

闲来无事不从容，睡觉东窗日已红。
⊕平⊕仄仄平平，⊕仄平平仄仄平。
万物静观皆自得，四时佳兴与人同。
⊕仄⊕平平仄仄，⊕平⊕仄仄平平。
道通天地有形外，思入风云变态中。
仄平⊕仄仄平仄，⊕仄平平仄仄平。
富贵不淫贫贱乐，男儿到此是豪雄。
仄仄⊕平平仄仄，⊕平⊕仄仄平平。

梅　花
[宋] 林　逋

众芳摇落独暄妍，占尽风情向小园。
仄平⊕仄仄平平，⊕仄平平仄仄平。
疏影横斜水清浅，暗香浮动月黄昏。
⊕仄⊕平仄平仄，⊕平⊕仄仄平平。

❶　"巫峡啼猿数行泪"正格应为"仄仄平平平仄仄"，此处第五字用了仄声，第六字该用仄声的位置即用了平声救上字之拗。

霜禽欲下先偷眼，粉蝶如知合断魂。
⊕平⊙仄平平仄，⊙仄平平仄仄平。
幸有微吟可相狎，不须檀板共金樽。❶
⊙仄⊕平仄平仄，⊙平⊕仄仄平平。

戏答元珍
［宋］欧阳修

春风疑不到天涯，二月山城未见花。
⊕平⊕仄仄平平，⊙仄平平仄仄平。
残雪压枝犹有橘，冻雷惊笋欲抽芽。
平仄⊕平平仄仄，⊙平⊕仄仄平平。
夜闻归雁生乡思，病入新年感物华。
⊙平⊕仄平平仄，⊙仄平平仄仄平。
曾是洛阳花下客，野芳虽晚不须嗟。
⊕仄⊕平平仄仄，⊙平⊕仄仄平平。

2. 首句平起仄收

⊕平⊕仄平平仄，⊙仄平平仄仄平。
⊙仄⊕平平仄仄，⊕平⊕仄仄平平。
⊕平⊕仄平平仄，⊙仄平平仄仄平。
⊙仄⊕平平仄仄，⊕平⊕仄仄平平。

［诗例］

客 至
［唐］杜 甫

舍南舍北皆春水，但见群鸥日日来。
⊙平⊕仄平平仄，⊙仄平平仄仄平。
花径不曾缘客扫，蓬门今始为君开。
⊕仄⊕平平仄仄，⊕平⊕仄仄平平。
盘飧市远无兼味，樽酒家贫只旧醅。
⊕平⊕仄平平仄，⊕仄平平仄仄平。
肯与邻翁相对饮，隔篱呼取尽余杯。
⊙仄⊕平平仄仄，⊙平⊕仄仄平平。

---

❶《梅花》诗第三句、第六句用了拗救，都是在第五字拗、第六字救。

野 望
[唐] 杜 甫

西山白雪三城戍，南浦清江万里桥。
平平⊙仄平平仄，平仄平平仄仄<u>平</u>。
海内风尘诸弟隔，天涯涕泪一身遥。
⊙仄⊙平平仄仄，平平⊙仄仄平<u>平</u>。
惟将迟暮供多病，未有涓埃答圣朝。
平平⊙仄平平仄，⊙仄平平仄仄<u>平</u>。
跨马出郊时极目，不堪人事日萧条。
⊙仄⊙平平仄仄，⊙平⊙仄仄平<u>平</u>。

寄李儋元锡
[唐] 韦应物

去年花里逢君别，今日花开已一年。
仄平⊙仄平平仄，平仄平平仄仄<u>平</u>。
世事茫茫难自料，春愁黯黯独成眠。
⊙仄⊙平平仄仄，平平⊙仄仄平<u>平</u>。
身多疾病思田里，邑有流亡愧俸钱。
⊙平⊙仄平平仄，仄仄平平仄仄<u>平</u>。
闻道欲来相问讯，西楼望月几回圆。
平仄⊙平平仄仄，⊙平⊙仄仄平<u>平</u>。

《遣悲怀》其一
[唐] 元 稹

谢公最小偏怜女，自嫁黔娄百事乖。
平平⊙仄平平仄，⊙仄平平仄仄<u>平</u>。
顾我无衣搜荩箧，泥他沽酒拔金钗。
⊙仄⊙平平仄仄，平平⊙仄仄平<u>平</u>。
野蔬充膳甘长藿，落叶添薪仰古槐。
⊙平⊙仄平平仄，⊙仄平平仄仄<u>平</u>。
今日俸钱过十万，与君营奠复营斋。
平仄⊙平平仄仄，⊙平⊙仄仄平<u>平</u>。

[实践项目]

1. 写出下列各诗的平仄，说出是哪种格式。（用⊙⊙表示可平可仄，用下划线标志韵脚，用着重号标出入声字）

望蓟门
[唐] 祖　咏

燕台一望客心惊，笳鼓喧喧汉将营。
万里寒光生积雪，三边曙色动危旌。
沙场烽火侵胡月，海畔云山拥蓟城。
少小虽非投笔吏，论功还欲请长缨。

奉和圣制从蓬莱向兴庆阁道中留春雨中春望之作应制
[唐] 王　维

渭水自萦秦塞曲，黄山旧绕汉宫斜。
銮舆迥出千门柳，阁道回看上苑花。
云里帝城双凤阙，雨中春树万人家。
为乘阳气行时令，不是宸游玩物华。

2. 以沙漠为题写一首结构和平仄与七律要求相符合的七言诗。

五、律诗平仄的其他问题

（一）律诗忌犯

律诗平仄有严格的规则，但也有一定的灵活性。除了一些严格的避忌以外，有些平仄的改变是允许的，有些还是可以补救的。总的来说，孤平和三平调是律诗要坚决避忌的声犯，其他声犯或可补救，或可不计较。

1. 孤平

作为律诗创作一直规避的一种声犯，"孤平"最早是清乾隆年间李汝湘从对大量作品的分析中发现的。他当时归纳了大量的前人诗句，发现基本上没有"仄平仄仄平"这样的句式，因此，他在《广声调谱》中提出来，将此句式称为"孤平句"。但将"孤平"真正总结为律诗创作的大忌，并流传开来成为一种共识的人，则是王力先生。

王力先生在《诗词格律》中说：除了韵脚的平声字外，只剩一个字是平声字，称为"孤平"。

在五言"平平仄仄平"这个句型中，第一字必须用平声；如果用了仄声字，就是犯了孤平。因为除了韵脚之外，只剩一个平声字了。吟诵起来，音节缓急就不均匀了。七言是五言的扩展，所以在"仄仄平平仄仄平"这个句型中，第三字如果用了仄声，也叫犯孤平。在唐人的律诗中，绝对没有孤平的句子。

由此可见，孤平是律诗（包括长律、律绝）的大忌，故律诗应避免犯孤平。在这种情况下，由于内容的需要，五言第一字、七言第三字必须要用仄声的话，另外有一种补救的方法，详见"拗救"。

2. 三平调

三平调也是律诗的大忌，就是一句诗中最后三个字全是平声，这是典型的古风句式。

如五言的仄起平收句：

仄仄仄平平

在这种句型中，第一字是可平可仄的，但第三字不能用平声字，如果用了平声字，成了：

仄仄平平平

在句尾连续出现了三个平声，这就叫做"三平调"，这是古体诗专用的形式，作近体诗时必须尽量避免，而且无法补救。

同样，七言平起平收句"平平仄仄仄平平"，第一和第三字都可平可仄，但是第五字不能用平声，否则也成了三平调。

值得说明的是，五言的"平平平仄仄"和七言的"仄仄平平平仄仄"句型中有三个相连的平声，因为它们不在韵脚，所以不在此例。

3. 失粘失对

律诗的平仄讲究"粘对"，目的是使平仄更具规律和多样化，以达到朗读时抑扬顿挫、错落有致的效果。

"对"，就是平对仄，仄对平。每一联的对句和出句相同位置的平仄都是相对的，即平对仄，仄对平。

但是，还有一种特殊格式，如五律：

仄仄仄平平，（出句）
平平仄仄平。（对句）

或者是：

平平仄仄平，（出句）
仄仄仄平平。（对句）

七律：

平平仄仄仄平平，（出句）
仄仄平平仄仄平。（对句）

84

或者是：

仄仄平平仄仄平，（出句）
平平仄仄仄平平。（对句）

上述每组出句和对句有的平仄不对，也是合乎规律的，如果非要平仄相对，有的句型末字就变成了仄声，这是不符合诗律的。因为在诗律中，对句的最后一个字要押韵，而且只能押平声韵。也就是说，平仄不对的情况，是由于偶数句末尾要入韵造成的。由于末字平仄必须是平声，造成了律句平仄格式的变动，有些句式其他字位的平仄也要做相应的调整。

"粘"，就是平粘平，仄粘仄；要使第三句跟第二句相粘，第五句跟第四句相粘，第七句跟第六句相粘。

粘对的规则是随着近体诗格律的形成而出现的，目的是使声调多样化。所以，古体诗没有粘对的要求。在近体诗出现之初，人们对粘对的规则还不够重视，于是就出现不粘、不对的现象。如果不"对"，上下两句的平仄就雷同了；如果不"粘"，前后两联的平仄又雷同了。

这种违反粘的规则，叫做"失粘"；违反对的规则，叫做"失对"。在王维等人的律诗中，由于律诗还处于形成阶段，就没有遵守粘对这一规则。例如：

使至塞上

[唐] 王 维

单车欲问边，属国过居延。
征蓬出汉塞，归雁入胡天。
大漠孤烟直，长河落日圆。
萧关逢候骑，都护在燕然。

这里第三句的第二个字和第二句的第二个字不粘。

随着格律诗的进一步发展和完善，格律诗中的"失粘"和"失对"的现象很少见了，律诗成熟后，粘对就成为格律诗必须遵守的一项原则。

4. "上尾"

诗律追求平仄，而仄声包括上、去、入三声。按照常规，上、去、入三声应交替使用。在一首诗中，如果同一声连用，如"上上""去去""入入"，则不符合作诗规则，应该避免。还有，一首律诗的四个出句（尾字）最好上、去、入都有，至少不要连用两个上声，或连用两个去声，或连用两个入声。如果连用，就称为"上尾"。唐代大诗人，一般不违反这个规则，尤其是杜甫。如：

蜀 相
[唐] 杜 甫

丞相祠堂何处寻（平）？锦官城外柏森森。
映阶碧草自春色（入），隔叶黄鹂空好音。
三顾频烦天下计（去），两朝开济老臣心。
出师未捷身先死（上），长使英雄泪满襟。

《曲江》其一
[唐] 杜 甫

一片飞花减却春（平），风吹万点正愁人。
且看欲尽花经眼（上），莫厌伤多酒入唇。
江上小堂巢翡翠（去），苑边高冢卧麒麟。
细推物理须行乐（入），何用浮名绊此身。

从作诗的技巧来说，应该避免"上尾"，但避"上尾"不是必须遵守的一条规则，这种要求不是绝对的。

5. 重字

重字，就是一个字不在同一首诗中重复使用。许多诗人作诗都很讲究，不在一首诗中使用同一个字。但是，也有的诗人为了造成双声叠韵，或为了特别强调某一点，故意使用重复字，这种情况则应另当别论。如：

歌管楼台声细细，秋千院落夜沉沉。

——苏轼

月光如水水如天。

——赵嘏

山外青山楼外楼。

——林升

故园更在北山北，佳节可怜三月三。

——王铚

这些诗句中使用重复字，追求的是一种强烈的艺术效果，并不是疏忽而致。一般来说，都是在一句中发生的。但也有的诗并不是追求艺术效果而使用重复字，如陆游的一首诗：

十一月四日风雨大作
[宋] 陆 游

僵卧孤村不自哀，尚思为国戍轮台。
夜阑卧听风吹雨，铁马冰河入梦来。

这首诗在不同的诗句中用了两次"卧"字，出现重复字。一般而言，在同一首律诗中，当句可以出现重复的字，如对仗中的句中自对，就往往需要重复，

· 86 ·

但不同的句子中则尽量避免重复字。古体诗则不作要求，如《石壕吏》："老翁逾墙走，老妇出门看。"又如《白雪歌送武判官归京》："千树万树梨花开。"

（二）律句的变格

1. 拗救

前面我们已经学习了律句的几种常格，凡平仄不依常格的句子，就叫做"拗句"。律诗中如果多用拗句，就变成了古风式的律诗。

律句中前面一字用了拗，后面必须"救"。所谓"救"，就是补救、补偿。一般来说，前面该用平声的地方用了仄声，后面必须在适当的位置上补偿一个平声。同样的道理，前面该用仄声的地方用了平声，后面就在适当的位置上补偿一个仄声。下面的三种情况是比较常见的：

（1）在该用"平平仄仄平"的地方，第一字用了仄声，那么，第三字就补偿一个平声，以免犯孤平，这样就变成了"仄平平仄平"。七言则是由"仄仄平平仄仄平"换成"仄仄仄平平仄平"。这是本句自救或句中自救。

（2）在该用"仄仄平平仄"的地方，第四字用了仄声（或三、四两字都用了仄声），那么就在对句的第三字改用平声来补偿，这样就成为"仄仄平仄仄，平平平仄平"。七言则成为"平平仄仄平仄仄，仄仄平平平仄平"。这是对句相救。

（3）在该用"仄仄平平仄"的地方，第四字没有用仄声，只是第三字用了仄声。七言则是第五字用了仄声。这是半拗，可救可不救，和（1）（2）种情况的严格性稍有不同。

诗人在运用（1）的同时，常常在出句用（2）或（3）。这样既构成本句自救，又构成对句相救。现在试举出几个例子。并加以说明：

宿五松山下荀媪家

[唐] 李　白

我宿五松下，寂寥无所欢。
田家秋作苦，邻女夜舂寒。
跪进雕胡饭，月光明素盘。
令人惭漂母，三谢不能餐。

第一句"五"字第二句"寂"字都是该平而用仄，"无"字平声，既救第二句的第一字，也救第一句的第三字。第六句是孤平拗救，和第二句同一类型，但它只是本句自救，跟第五句无拗救关系。

天末怀李白

[唐] 杜　甫

凉风起天末，君子意如何？
鸿雁几时到？江湖秋水多。
文章憎命达，魑魅喜人过。
应共冤魂语，投诗赠汨罗。

第一句是特定的平仄格式，用"平平仄平仄"代替"⊙平平仄仄"。第三句"几"字仄声拗，第四句"秋"字平声救。这是第（3）类。

赋得古原草送别
　　[唐] 白居易
　　离离原上草，一岁一枯荣。
　　野火烧不尽，春风吹又生。
　　远芳侵古道，晴翠接荒城。
　　又送王孙去，萋萋满别情。

第三句"不"字仄声拗，第四句"吹"字平声救。这是第（2）类。

咸阳城东楼
　　[唐] 许　浑
　　一上高楼万里愁，蒹葭杨柳似汀洲。
　　溪云初起日沉阁，山雨欲来风满楼。
　　鸟下绿芜秦苑夕，蝉鸣黄叶汉宫秋。
　　行人莫问当年事，故国东来渭水流。

第三句"日"字拗，第四句"欲"字拗，"风"字既救本句"欲"字，又救出句"日"字。这是（1）（3）两类相结合。

《新城道中》其一
　　[宋] 苏　轼
　　东风知我欲山行，吹断檐间积雨声。
　　岭上晴云披絮帽，树头初日挂铜钲。
　　野桃含笑竹篱短，溪柳自摇沙水清。
　　西崦人家应最乐，煮芹烧笋饷春耕。

第五句"竹"字拗，每六句"自"字拗，"沙"字既救本句的"自"字，又救出句的"竹"字。这是（1）（3）两类的结合。

夜泊水村
　　[宋] 陆　游
　　腰间羽箭久凋零，太息燕然未勒铭。
　　老子犹堪绝大漠，诸君何至泣新亭？
　　一身报国有万死，双鬓向人无再青！
　　记取江湖泊船处，卧闻新雁落寒汀。

第五句"有万"二字都拗，第六句"向"字拗，"无"字既是本句自救，又是对句相救。这是（1）（2）两类的结合。

　　由此看来，律诗一般总是合律的。有些律诗看来好像不合律，其实是用了拗救，仍属合律。这种拗救的做法，唐诗较常见。宋代以后，讲究音律的诗人如苏轼、陆游等仍旧精于此道。

（说明：关于拗救，王力先生最早进行详细解释，后来虽有一些修正，但也并不能作为定论。我们这里直接引用王力先生《诗词格律》的解说，让同学们对律句的变格有一个大致的了解。）

2. 特定的平仄格式

在五言"平平平仄仄"这个句型中，可以使用另一个格式，就是"平平仄平仄"。七言是五言的扩展，所以在七言"仄仄平平平仄仄"这个句型中，也可以使用另一个格式，就是"仄仄平平仄平仄"。这种格式的特点是：五言第三、四两字的平仄互换位置，七言第五、六两字的平仄互换位置。注意：在这种情况下，五言第一字、七言第三字必须用平声，不再是可平可仄的了。

这种格式在唐宋的律诗中是很常见的，和常规的诗句一样常见。

例如：

宿建德江
［唐］孟浩然

移舟泊烟渚，日暮客愁新。
野旷天低树，江清月近人。

此诗的格式是：

平平仄平仄，仄仄仄平平。
仄仄平仄仄，平平仄仄平。

其实，此诗的正格是：

平平平仄仄，仄仄仄平平。
仄仄平平仄。平平仄仄平。

这第一句的"泊烟渚"三字，应该是"平仄仄"，用了"仄平仄"就是这种特殊的格式。即五律、五绝的单句三、四字，七律、七绝中的五、六字平仄可以互换。至于第三句的"低"字，还是错了。

又如：

宿 府
［唐］杜 甫

清秋幕府井梧寒，独宿江城蜡炬残。
永夜角声悲自语，中天月色好谁看。
风尘荏苒音书绝，关塞萧条行路难。
已忍伶俜十年事，强移栖息一枝安。

第七句"已忍伶俜十年事"应为"仄仄平平平仄仄"，写成"仄仄平平仄平仄"，就变成特殊格式了。这种特殊的平仄格式，一般在第七句。例如：

月　夜
[唐] 杜　甫

今夜鄜州月，闺中只独看。
遥怜小儿女，未解忆长安。
香雾云鬟湿，清辉玉臂寒。
何时倚虚幌，双照泪痕干！

春日忆李白
[唐] 杜　甫

白也诗无敌，飘然思不群。
清新庾开府，俊逸鲍参军。
渭北春天树，江东日暮云。
何时一樽酒，重与细论文。

渡荆门送别
[唐] 李　白

渡远荆门外，来从楚国游。
山随平野尽，江入大荒流。
月下飞天镜，云生结海楼。
仍怜故乡水，万里送行舟。

观　猎
[唐] 王　维

风劲角弓鸣，将军猎渭城。
草枯鹰眼疾，雪尽马蹄轻。
忽过新丰市，还归细柳营。
回看射雕处，千里暮云平。

山中寡妇
[唐] 杜荀鹤

夫因兵死守蓬茅，麻苎衣衫鬓发焦。
桑柘废来犹纳税，田园荒尽尚征苗。
时挑野菜和根煮，旋斫生柴带叶烧。
任是深山更深处，也应无计避征徭！

夜泊水村
[宋] 陆　游

腰间羽箭久凋零，太息燕然未勒铭。
老子犹堪绝大漠，诸君何至泣新亭。
一身报国有万死，双鬓向人无再青。
记取江湖泊船处，卧闻新雁落寒汀。

（三）关于"一三五不论，二四六分明"

关于律诗的平仄，历来有这样一句话："一三五不论，二四六分明。"这是对七律（包括七绝）来说的。人们一直将它作为作诗的口诀来遵循。

律诗诗句每两个字为一个节奏，节奏点落在偶数字位上。"一三五不论"，意思是说：七言的第一、第三、第五字，五言的第一、第三字，其平仄可以不拘，也就是说可平可仄。因为七言的一、三、五，五言的一、三不在节奏点上，故可以有一定的灵活性。

"二四六分明"，意思是说：七言的第二、第四、第六字，五言的第二、第四字，平仄必须分明。因为这些字都是偶数字位，正在节奏点上，所以其平仄不能够随意改变。

至于末尾一字，因为处于韵脚的位置上，必须押韵，所以其平仄绝不能随意改变。

七言律诗"一三五不论，二四六分明"、五言律诗"一三不论，二四分明"说的就是这个道理。

这个口诀对于初学律诗的人是有用的，因为它简单易记，对于作诗很有用处。但值得注意的是，这种说法需要一定的条件，这样笼统地说是不全面、不准确的，容易引起误解。

因此，对"一三五不论，二四六分明"这一说法还必须要加以修正或补充。我们分开来说，先看"一三五不论"的情况：

第一，五言的"平平仄仄平"、七言的"仄仄平平仄仄平"这种格式中，五言的第一字、七言的第三字不能不论。

在五言的"平平仄仄平"这种格式中，如果第一字不论，误用了仄声字，这一句就变成了"仄平仄仄平"，如此就严重违反了作诗的规律，诗论的术语叫作犯"孤平"。犯"孤平"指的是：一句诗，除了韵脚之外，只剩下一个平声字，此乃作诗大忌。科举考试时，考生如果犯"孤平"，诗写得再好也不会及格。同样，在七言"仄仄平平仄仄平"这个特定格式中，第三字也不能不论，道理同五言。所以，不论是不对的，必须要论。

第二，五言的"仄仄仄平平"、七言的"平平仄仄仄平平"这种格式中，五言的第三字、七言的第五字也必须要论。

在五言的"仄仄仄平平"格式中，如果第三字不论，用了平声，那么最后三个字就都变成了平声，这一句就成了"仄仄平平平"，这叫"三平调"。"三平调"是古风的特色，但对律诗来说，却是大忌，应该避免。（在"平平平仄仄"这一句式中，第三字也尽可能不用仄声，以免形成"三仄脚"，但这不是格律的硬性规定。）同样，在七言"平平仄仄仄平平"这个特定格式中，第五字也不能不论，道理同五言。

再说"二四六分明":

五言第二字"分明"没有问题,七言就是第二、四两字"分明",这也是对的。至于五言第四字、七言第六字,就不一定"分明"。依五言的特定格式"平平仄平仄"来看,第六字就不"分明"了。又如五言的"仄仄平平仄"这个格式,也可以换成"仄仄平仄仄",只需在对句第三字补偿一个平声就是了。七言由此类推,就是第六字不一定要"分明"。

因此,"二四六分明"这句话要看具体的条件。

我们还是以五言诗的四句(种)基本格式来看,把可平可仄、可以不论的字加上括孤,即变成如下的样子:

⑪仄㊉平仄

平平㊉仄平

㊉平㊉仄仄

⑪仄仄平平

可以看出,五言诗的"平平仄仄平"格式,第一字不能不论;"仄仄仄平平"格式,第三字不能不论。

七言诗的基本平仄格式则变成:

㊉平㊉仄㊉平仄

⑪仄平平㊉仄平

⑪仄㊉平㊉仄仄

㊉平㊉仄仄平平

可以看出,七言诗的各种句子,第一字的平仄一律可以不论;第二字的平仄,一律必须分明。后面五个字的平仄要求,和五言诗相同。

总之,在不会造成孤平和三平调的前提下,才可"一三五不论"。

写作训练

格律诗有四个核心句式即:1. 平平仄仄平;2. ⑪仄平平仄;3. ㊉平平仄仄;4. ⑪仄仄平平。

这四个核心句式就可以构成近体诗的基本平仄格式。大体上可以归纳为这几个步骤:1. 四句构成两联;2. 两联组成绝句;3. 绝句重复成律诗;4. 五言加两言扩展成七言。

只要掌握了这四个核心句式,那就掌握了近体诗的基本平仄了。

【实践项目】

1. 分析下列各诗的平仄,说出是哪种格式。(用㊉⑪表示可平可仄,用下划线标志韵脚,用着重号标出入声字。)

登柳州城楼寄漳汀封连四州刺史
〔唐〕柳宗元
城上高楼接大荒，海天愁思正茫茫。
惊风乱飐芙蓉水，密雨斜侵薜荔墙。
岭树重遮千里目，江流曲似九回肠。
共来百越文身地，犹是音书滞一乡。

西塞山怀古
〔唐〕刘禹锡
王濬楼船下益州，金陵王气黯然收。
千寻铁锁沉江底，一片降幡出石头。
人世几回伤往事，山形依旧枕寒流。
从今四海为家日，故垒萧萧芦荻秋。

秋 思
〔宋〕陆 游
利欲驱人万火牛，江湖浪迹一沙鸥。
日长似岁闲方觉，事大如天醉亦休。
砧杵敲残深巷月，井梧摇落故园秋。
欲舒老眼无高处，安得元龙百尺楼。

自 嘲
鲁 迅
运交华盖欲何求？未敢翻身已碰头。
破帽遮颜过闹市，漏船载酒泛中流。
横眉冷对千夫指，俯首甘为孺子牛。
躲进小楼成一统，管他冬夏与春秋。

咏赵壹
赵逵夫
须眉豪美笔如椽，揖见三公意泰然。
解摈当年奸究恨，疾邪有句古今传。
同担道义哭时彦，独扫颓风激世贤。
秦陇世出刚毅士，山河型典岂能蠲。

自 勉
韩成武
立身为教更何求？布袜青衫未肯羞。
但使三餐能果腹，何妨一笑到黄头？
清廉视教非迂梦，富贵于文是寇仇。
韩愈无须进学解，师心不在稻粱谋。

2. 试以雾霾为题写一首七言律诗。

第四章　近体诗的对仗

近体诗格律包括结构（字数、句式）、押韵、平仄、对仗四个方面的规则，因此，对仗是近体诗格律的一个重要方面，近体诗要求严格的对仗。

第一节　关于对仗

对仗又称队仗、排偶。就是把两句中相对应的位置上的字或词形成对偶，有如公府仪仗，两两相对。对仗与汉魏时代的骈偶文句密切相关，可以说是由骈偶发展而成的，对仗本身也是一种骈偶。但对仗又不是简单的对偶，它在句式、平仄、词性、结构、内容等方面，都有特定的要求。

一、句式相同

句式相同的一联才能构成对仗，以实现诗句的对称美，两个句子字数不相同是无法构成对仗的。

我国对对子有悠久的历史传统，不仅写诗需要对仗，民间的对联也需要对仗，亭台楼阁的门柱上会题对子，婚寿喜庆之事也送对联。从一字到长篇，不论字数多少都可以对仗。但构成对仗的两句字数必须相同，结构要对称。如附录四《声律启蒙》所列举的"云"对"雨"、"雪"对"风"是一字对，"来鸿"对"去燕"、"宿鸟"对"鸣虫"是二字相对，还有三字对三字、四字对四字……甚至几十字对几十字。

如我们春节常见的一些对联"三阳开泰，五福临门"是四字对四字，"一年四季春常在，万紫千红花永开"是七字对七字，"春满人间百花吐艳，福临小院四季常安"是八个字对八个字。

有些公园的回廊亭阁间都题有楹联，例如紫竹院公园"菡苕亭"题有两副楹联，一副是"月移竹影疑仙苑，风送荷香度画廊"，两句都是七字句。另一副"竹本无心节外偏生枝叶，藕虽有孔胸中不染尘埃"两句都是十个字。

在文学作品中，也往往会出现对仗的句子，特别是骈文。如王勃的《滕王阁序》"秋水共长天一色，落霞与孤鹜齐飞"，七言对七言，是千古名句。

格律诗或为五言或为七言，字数都是固定的、整齐的，因而易于形成对仗。如杜甫《绝句》诗："两个黄鹂鸣翠柳，一行白鹭上青天。窗含西岭千秋雪，门泊东吴万里船。"四句诗，两两相对，构成对仗的句子都是整齐的七言句式。

再如孟浩然的诗《过故人庄》："故人具鸡黍，邀我至田家。绿树村边合，青山郭外斜。开轩面场圃，把酒话桑麻。待到重阳日，还来就菊花。"中间两联各构成对仗。

二、平仄相对

对仗不仅要求句式相同，字数、结构对称，还要求平仄相对，也就是平对仄、仄对平，与前面讲的"粘对"规则中"对"的规则是相同的。律诗中，除首尾两联不要求对仗外，中间各联都要求对仗。

［诗例］

终南山

［唐］王　维

太乙近天都，连山到海隅。
白云回望合，青霭入看无。
分野中峰变，阴晴众壑殊。
欲投人处宿，隔水问樵夫。

因为律诗平仄有"一三五不论，二四六分明"之说，又有偶数句末尾须押韵的要求，因此看其平仄是否相对，五言主要看二、四、五三字，七言主要看四、六、七三字。

王维的《终南山》一诗中，中间两联对仗，其第二联的平仄是"仄平平仄仄，平仄仄平平"，平仄一一相对，平对仄，仄对平；第三联的平仄是"平仄平平仄，平平仄仄平"，除第一字外，其他各字也是平对仄、仄对平。

［诗例］

临洞庭湖赠张丞相

［唐］孟浩然

八月湖水平，涵虚浑太清。
气蒸云梦泽，波撼岳阳城。
欲渡无舟楫，端居耻圣明。
坐观垂钓者，徒有羡鱼情。

此诗的中间两联对仗，第二联的平仄是"仄平平仄仄，仄仄仄平平"，应该相对的位置平仄都相对；第三联的平仄是"仄仄平平仄，平平仄仄平"，每一个字的平仄都完全相对。

[诗例]

旅夜书怀
[唐] 杜 甫
细草微风岸，危樯独夜舟。
星垂平野阔，月涌大江流。
名岂文章著，官应老病休。
飘飘何所似，天地一沙鸥！

这首诗中间两联对仗。"星垂平野阔，月涌大江流"一联的平仄是"平平平仄仄，仄仄仄平平"，两句平仄一一相对；"名岂文章著，官应老病休"一联的平仄是"平仄平平仄，平平仄仄平"，除第一字外，两句中其他各字的平仄都一一相对。

[诗例]

登 高
[唐] 杜 甫
风急天高猿啸哀，渚清沙白鸟飞回。
无边落木萧萧下，不尽长江滚滚来。
万里悲秋常作客，百年多病独登台。
艰难苦恨繁霜鬓，潦倒新停浊酒杯。

诗中中间两联对仗。第二联"无边落木萧萧下，不尽长江滚滚来"，其平仄为"平平仄仄平平仄，仄仄平平仄仄平"，上下两句各七个字，每个字都是平对仄，仄对平，一一相对；第三联"万里悲秋常作客，百年多病独登台"，其平仄为"仄仄平平平仄仄，仄仄平平仄平平"，除第一字外，上下两句其他六字平仄都一一相对。

还要注意拗而不救和变格的情况，其对仗是关键字位平仄相对，而不是一一相对。如李白的《送友人》"此地一为别，孤蓬万里征"一联的平仄是"仄仄仄平仄，平平仄仄平"，前一句是拗句：第三号字位本该用平声，这里用了仄声，而且没有救，因此，两句第三号字位就出现了平仄相同的情况。

三、词性相同

对仗要求对句与出句相同位置上的词性和结构要相同或相近。即在词性上名词对名词、动词对动词、形容词对形容词。在结构上字对字、词对词、词组对词组，主语对主语、谓语对谓语、宾语对宾语等。如《笠翁对韵》中说的："茶对酒，赋对诗，燕子对莺儿。栽花对种竹，落絮对游丝。"不仅要求词性相对，还要同类词相对。

按照律诗对仗的要求，词大约有九大类：

名词、形容词、数词（数目字）、颜色词、方位词、动词、副词、虚词、代词。

其中，表示人和事物名称的名词字数最多，又细分为许多小类，如《词林典腋》分为三十门类：天文、时令、地理、宫室、人物、形体、帝后、职官、闱阁、人伦、政治、礼仪、音乐、技术、文事、外教、武备、珍宝、器物、布帛、服饰、饮食、菽粟、草木、百花、果品、飞鸟、走兽、鳞介、昆虫。其中又分近类和远类，凡词性相近或互相有关系的叫近类，如天文、地理和时令部分，人伦、人物和形体，文事和武备，等等；词性不相同，又无多大关系的叫远类，如动物和服饰，天文和饮食，人伦和器物，等等。写作对联时，如同类无词可对，可求近类，万不得已时，也可以求之远类，古人把远类相对叫做"对开"。这种分法非常繁琐，因此，王力先生在《古代汉语》中做了简化，将名词重新分为十四小类：

一、天文类：月、日、云、星、雪、风、雨、雾、霞、雷、霜、露、霁、虹、电、霾等；

二、时令类：晓、时、晨、暮、春、夏、秋、冬、早、晚、朝、夕、昼、夜等；

三、地理类：峰、山、谷、壑、江、湖、海、田、岭、原等；

四、宫室类：房、廊、亭、榭、楼、台、屋、宇、庙、寺、宫、殿、阁、厦、堂、室等；

五、器用类：刀、枪、剑、戟、棍、棒、锄、锹、锅、碗、瓢、盆、勺、筷、碟、盘等；

六、服饰类：帽、领、袖、鞋、衫、裤、袜、巾、玉、佩等；

七、饮食类：茶、酒、菜、饭等；

八、文具类：笔、墨、纸、砚等；

九、文学类：诗、词、歌、赋、篇、章、诏、檄、书、联等；

十、草木类：松、桃、林、桂、竹、花、草、柏、李等；

十一、动物类：马、牛、羊、鸟、鱼、犬、鹿、猴、鸡、虫等；

十二、身体类：眼、耳、鼻、舌、口、手、腰、脚、肩、背等；

十三、人事类：道德、才情等；

十四、人伦类：父、母、兄、弟、姐、妹、舅、婶、侄、孙等。

以上是对仗的三条规则，也就是说，要构成对仗就必须同时满足这三方面的要求。在遵守这些规则的同时，还要避免出现下列情况：

一、合掌

近体诗（除排律外）字数不多，要用有限的文字表达尽量丰富的内容，就不能浪费文字。两句或两联意思若相似，就称为合掌，就像两掌相合。如一句为"飞鸿击广宇"，对句为"大雁搏长空"，说的是一个意思，就是合掌了。

二、对句重字

对仗中的重字有两种情况：一种是对句与出句重字；一种是句内重字。句内重字是允许的，但对句中不能出现重字。一句内叠字属于句内重字，也是允许的。

[知识链接]

1. 楹联

又称对联或对子，是写在纸、布上或刻在竹子、木头、柱子上的对偶语句，对仗工整，平仄协调，是一字一音的中文语言独特的艺术形式。

楹联习俗源于我国古代汉语的对偶现象，相传起于五代后蜀主孟昶。西晋时期（公元290年左右），出现合律讲究的对句。在一千七百余年的历史传衍过程中，楹联与骈赋、律诗等传统文体形式互相影响、借鉴，历北宋、明、清三次重要发展时期，形式日益多样，文化积淀逐渐丰厚。楹联有偶语、俪辞、联语等通称，以"对联"称之，则肇始于明代。楹联习俗在华人乃至全球使用汉语的地区以及与汉语汉字有文化渊源的民族中传承、流播，对于弘扬中华民族文化有着重大价值。

因为作为一种习俗，楹联是中华民族优秀传统文化的重要组成部分，所以2005年国务院把楹联习俗列入第一批国家非物质文化遗产名录。

楹联从功能上分主要有以下几种：

春联：春联古称春贴，是一年一度新春佳节时书写张贴的一种时令对联。春联习俗起源于五代，至宋代已成形，明代已很普遍。春联具有祝颂性、时效性和针对性特点，并突出一个"春"字。

婚联：婚联是为庆贺结婚之喜而撰写的对联，通常张贴于婚娶之家的大门、洞房门、厅堂或妆奁堂上。其内容多是对结婚双方的热情赞美和良好祝福，带有浓烈的吉祥、喜庆色彩。

寿联：寿联是为过寿的人祝寿专用的对联，其内容一般是评赞过寿者的功业才能、道德文章，祝福过寿者多福高寿、美满幸福，多有佩服的感情色彩。

挽联：挽联，也叫丧联，来源于挽词，是一种人们用于对死者表示缅怀、寄托哀思的对联。往往贴在门口、骨灰盒两侧、追悼会会场两侧、花圈上，一般用白纸配黑字，具有肃穆、庄严、追念和哀思的感情色彩。

2. 练习写对联的步骤

如何学会对对联？可以从单字到多字、从简单到复杂逐步训练，练习时要注意基本的平仄相对。

（1）一字联：

仄——平

例：古——今；是——非

（2）二字联：

A. 平仄——仄平

例：鱼阵——雁行；红玉——绿珠；诗骨——酒肠。

B. 仄仄——平平

例：霹雳——虹霓；济北——淮南；汉瓦——秦砖。

（3）三字联：

A. 平仄仄——仄平平

例：星拱北——月流西

桃叶渡——杏花村

临水驿——傍山城

B. 平平仄——仄仄平

例：清和月——料峭天

旌旗动——鼓角喧

排云殿——得月楼

（4）四字联：

A. 平平仄仄——仄仄平平

例：齐蝉噪晚——蜀鸟啼宵

风吹海黑——雨过天青

台荒鹿走——峡断猿啼

B. 仄平平仄——平仄仄平

例：海蟾轮满——江水流长

菊存栗里——莲爱濂溪

（5）五字联：

A. 仄仄平平仄——平平仄仄平

例：孤灯寒照雨——湿竹暗浮香

夏暖薰杨柳——春浓醉海棠

晚风归弄笛——明月坐吹箫

B. 平平平仄仄——仄仄仄平平

例：新知遭薄俗——旧好隔良缘

凉风桑叶岸——细雨菊花天

(6) 六字联：

只有一种形式：仄仄平平仄仄——平平仄仄平平

日落江声带湿——风来海气含腥

村舍酒旗一角——堞楼谯鼓三更

秋静竹帘卷雨——夜寒菱镜含霜

(7) 七字联：

A. 平平仄仄平平仄——仄仄平平仄仄平

例：苔色满墙寻故第——雨声一夜忆春田

B. 仄仄平平平仄仄——平平仄仄仄平平

例：海内风尘诸弟隔——天涯涕泪一身遥

写作训练

对仗是一种形成整齐美的修辞手段，也是构成格律形式、呈现格律气氛的重要因素。讲究对称是中国古代文化的一贯传统，大至宫殿、陵寝，小至平民百姓门户、摆设，仕女束装，都讲究对称。文学也是如此，早在先秦的诗歌中就出现对偶句。如《诗经》："昔我往矣，杨柳依依；今我来思，雨雪霏霏。"(《小雅·采薇》)《楚辞》："令沅湘兮无波，使江水兮安流……鸟次兮屋上，水周兮堂下。"(《九歌·湘君》)。散文也经常使用对仗，如《易经》："同声相应，同气相求。"(《易·乾代言》)魏晋以后对仗流行，发展为通篇骈四俪六的骈体代。从此，诗歌对仗逐渐规范化。初唐以后，格律定型时期，对偶就成为格律诗的重要组成部分。

【实践项目】

1. 同学们两两一组，一人出上联，一人对下联，练习对对子。

2. 春节，我国民俗都要贴对联，根据你学习的对仗知识，给自己家的大门、卧室、书房、客厅等各拟一副对联。

3. 有一对新人喜结良缘，试拟一副对联相庆。

第二节 律诗的对仗

近体诗中，绝句对于对仗的要求不是很严格，可以对仗，也可以不对仗。但是律诗对于对仗的要求非常严格，除首尾两联外，其他各联中必须使用对仗。律诗的四联，各有一个特定的名称，第一联叫首联，第二联叫颔联，第三联叫颈联，第四联叫尾联。按照规定，颔联和颈联必须对仗，首联和尾联可对可不对。

还需要特别注意的是：

第一，数目词、颜色词、方位词各自自成一类，这三类词很少跟别的词相对，其他如干支、卦名等词也各自相对。

第二，不及物动词常常跟形容词相对。

第三，连绵词只能跟连绵词相对，连绵词当中又有连绵名词，如属动物的有鹧鸪、鹦鹉、鸳鸯、蚂蚁、蝴蝶、凤凰等，属植物类的有海棠、月桂、杨梅、荔枝、金桔、玉兰等，属人物的渔父、耕叟、牧童、织女、樵夫、教师等。连绵词也要求词性相对，不同词性的连绵词一般是不能相对的。

第四，专有名词只能与专有名词相对，人名对人名，地名对地名。

例如，中央电视台1982年春节征联出句是："碧野、田间、牛得草"，评为冠军的对句为："金山、林里、马识途"。上下联各以三个文化界人名相对，就连各字的分类相对也非常工整，出句和对句的第一字都是颜色字，第二、三字都是地理类名词，第四字都是方位词，第五字都是动物类名词，第六字都是动词，第七字都是具体名词，两个对句不论从词类还是语意上都对得非常巧妙。

一、对仗的种类

从不同的角度划分，对仗有不同的种类。从对仗的工整角度划分，律诗的对仗有三种：宽对、邻对和工对。

（一）宽对、邻对与工对

宽对、邻对与工对是以对仗的工整完美程度划分的。

1. 宽对

宽对相对于工对而言，是大体工整的对仗，只要词性相同，就能构成宽对。如名词对名词，动词对动词，形容词对形容词，这是最普通的情况。陆游诗《书愤》中的颈联为"塞上长城空自许，镜中衰鬓已先斑"，"镜中"对"塞上"，"衰鬓"对"长城"，"已先斑"对"空自许"，都不是同一类别的词、词组，甚至也不在相邻的类别中。又如，杜牧《早雁》中的"须知胡骑纷纷在，岂逐春风一一回"也是这种宽对。

宽对的另外一类是一部分相对一部分不相对的局部对。这里的局部对，指的是传统的"半对半不对"。它的主要特点是五言多以前两字和后三字为界，七言多以前四字和后三字为界。要么前半句相对后半句不对（或不工），要么后半句相对前半句不对（或不工）。

下面举例说明：

利州南渡

[唐] 温庭筠

澹然空水对斜晖，曲岛苍茫接翠微。
波上马嘶看棹去，柳边人歇待船归。
数丛沙草群鸥散，万顷江田一鹭飞。
谁解乘舟寻范蠡，五湖烟水独忘机。

天末怀李白
[唐] 杜 甫

凉风起天末，君子意如何。
鸿雁几时到，江湖秋水多。
文章憎命达，魑魅喜人过。
应共冤魂语，投诗赠汨罗。

送 远
[唐] 杜 甫

带甲满天地，胡为君远行。
亲朋尽一哭，鞍马去孤城。
草木岁月晚，关河霜雪清。
别离已昨日，因见古人情。

碧涧别墅喜皇甫侍御相访
[唐] 刘长卿

荒村带返照，落叶乱纷纷。
古路无行客，寒山独见君。
野桥经雨断，涧水向田分。
不为怜同病，何人到白云。

送魏大从军
[唐] 陈子昂

匈奴犹未灭，魏绛复从戎。
怅别三河道，言追六郡雄。
雁山横代北，狐塞接云中。
勿使燕然上，惟留汉将功。

上述对仗中都是半句对、半句不对的局部对：第一首中的"接翠微"与"对斜阳"相对，第二首中的"江湖"与"鸿雁"相对，第三首中的"鞍马"与"亲朋"相对，第四首中的"落叶"与"荒村"相对，第五首中的"魏绛"与"匈奴"相对。其他部分基本不对。这种局部对，诗人写诗时经常使用。

2. 邻对

邻对是近体诗对仗中的一种。有些构成对仗的词虽然不属于同一门类，但所属的词义门类比较接近，这样构成的对仗就叫"邻对"。如天文与时令、地理与宫室、器物与衣饰、植物与动物、方位与数量等词义门类的词，关系就比较相近。用这些意义接近的词为对，就是邻对。邻对又有近"邻"、远"邻"之分，但不论远近，都称为邻对。

例如：

王维《使至塞上》："征蓬出汉塞，归雁入胡天。"以"天"对"塞"是天文对地理。

陈子昂《春夜别友人》："离堂思琴瑟，别路绕山川。"以"路"对"堂"是地理对宫室。

杜牧《早雁》："仙掌月明孤影过，长门灯暗数声来。""长门"与"仙掌"是居室类对器物类。"月明"与"灯暗"、"孤影"与"数声"可以说是"远邻"了，它们构成的对仗也都属邻对。

白居易《感春》："草青临水地，头白见花人。""草"与"头"不同类，"水"与"花"不同类，"地"与"人"不同类，这也算是邻对。

3. 工对

工对即对偶工整的对仗。凡同一小类的词相对，叫做工对。如以名词对为例，工对不仅要求词性相对，还要求同一小类名词相对，即人名对人名、地名对地名、颜色词对颜色词、数目词对数目词、方位词对方位词、天文词对天文词，等等。

有些名词虽属于不同的小类，但是在语言中经常平列，有些是近类名词，如天地、花鸟、诗酒等，也算工对。例如：

敏捷诗千首，飘零酒一杯。

——杜甫《不见》

感时花溅泪，恨别鸟惊心。

——杜甫《春望》

反义词相对也是工对。例如李白《塞下曲》的"晓战随金鼓，宵眠抱玉鞍"中，"晓"和"宵"是反义词，这两句也是工对。同义词相对，则似工而实拙。《文心雕龙》中就说："反对为优，正对为劣。"因为同义词相对，很容易造成合掌。

句中自对而又两句相对，也是工对。如杜甫《春望》中"国破山河在，城春草木深"，山与河是地理，草与木是植物，句中自对，两句中地理对植物也是工对。

在一联对仗中，个别字、词不对仗，但只要多数字对得工整，就是工对。譬如李商隐《无题》中的"身无彩凤双飞翼，心有灵犀一点通"，"身无"对"心有"，"彩凤"对"灵犀"，"双飞"对"一点"，都非常工整；而"翼"对"通"，却不怎么工整。"通"为不及物动词，在这里可作名词用，整个对仗还是工整的。

再举一例：

书　愤

［宋］陆　游

早岁那知世事艰，中原北望气如山。
楼船夜雪瓜洲渡，铁马秋风大散关。
塞上长城空自许，镜中衰鬓已先斑。
出师一表真名世，千载谁堪伯仲间。

这首七律中，颔联和颈联都用了对仗。颔联中的"铁马"对"楼船"，都是战争工具；"秋风"对"夜雪"，是天文对；"大散关"对"瓜洲渡"，是专有名词的地名相对。这一联的对仗非常合乎规范，是工对。

有些属于同一门类的词，经常在文章中对称使用，如"歌舞""声色""心迹""老病"，如果用为对仗，就会构成巧妙的工对。

也有不同小类名词通对的情况，例如植物类的"花"字，会以"风花雪月"之意的"花"字，和天文类的风、雷、月相对，也可以花鸟、花蝶、花烛、花锦等联合词的意义，与鸟、蝶、烛、锦等字相对。再比如，因为古有"诗酒琴棋客"这样的名士，所以饮食类的"酒"字可以和文化类的诗、歌、琴、棋相对。天文类的"日""月"二字，又可同时令类任何字相对，因为时令类也有日、月。天文类的"风"字，除能同"花"对外，又可同世、俗、景、貌、火等字相对，因为"风"字能组成世风、风俗、风景、风貌、风火等联合词。琴、书、剑为古文人必备之物，也可通对。"子"字因为有父子、果子、甲子等联合词，便能同人伦类、植物类和干支通对。因为有"水性杨花"这一成语，杨和风、水也可以通对。这类通对的情况也是工对。还有"金玉""金石""人地""人物""兵马"等，如果用为对仗，也是好的工对。如：

草青临水地，头白见花人。

——白居易《感春》

晓战随金鼓，宵眠抱玉鞍。

——李白《塞下曲六首》之一

就对仗的工整程度而言，宽对＜邻对＜工对，工整程度依次渐强。

(二) 正对与反对、流水对

从上下句在意义上的联系看，对仗又分为正对、反对、流水对。

1. 正对

正对是对仗中的对句和出句在字数、词性、结构相同的基础上，意思相关、相近或相补、相衬，两句是从不同的角度来共同说明同一事理。但要注意，不管是相关、相近还是相补、相衬，它们表现的不是同一个意思，如果是同一个意思，就成了"合掌"。如：

《新城道中》其一

[宋] 苏 轼

东风知我欲山行，吹断檐间积雨声。
岭上晴云披絮帽，树头初日挂铜钲。
野桃含笑竹篱短，溪柳自摇沙水清。
西崦人家应最乐，煮葵烧笋饷春耕。

这首诗的颔联和颈联的对仗就是正对。

下面的各联诗句也是正对：

> 锦江春色来天地，玉垒浮云变古今。
>
> ——杜甫《登楼》
>
> 五岭逶迤腾细浪，乌蒙磅礴走泥丸。
>
> ——毛泽东《长征》
>
> 破帽遮颜过闹市，漏船载酒泛中流。
>
> ——鲁迅《自嘲》

需要注意的是，正对上下两句的内容，要力避同义、近义。因为短小的近体诗中要包含丰富的内容，就需要高度凝练。

2. 反对

反对是对仗中的出句、对句在字数、词性、结构相同的基础上，意思一正一反，构成互衬，上下两句形成强烈的对比、映衬之势。例如：

> 新松恨不高千尺，恶竹应须斩万竿。
>
> ——杜甫《将赴成都草堂途中有作先寄严郑公》
>
> 牢骚太盛防肠断，风物长宜放眼量。
>
> ——毛泽东《和柳亚子先生》
>
> 横眉冷对千夫指，俯首甘为孺子牛。
>
> ——鲁迅《自嘲》

这类对仗揭示矛盾尖锐，表达爱憎分明，形象对比强烈，具有很强的艺术感染力。

3. 流水对

流水对又名串对。一般对仗对句与出句是并列的关系，它们各自都有自己的独立性。但是，也有一种对仗是一句话分成两句话，两句话只是一个整体，各句独立出来没有明确的意义，至少意义不完整，这叫流水对。流水对上下联意思顺连，在语法上形成一个复句，构成连贯、递进、转折、选择、假设、目的等复合关系。

最经典、最有代表性的流水对是杜甫《闻官军收河南河北》中的尾联："即从巴峡穿巫峡，便下襄阳向洛阳。"这一联写了诗人还乡的路线：水路从巴峡穿过巫峡（至襄阳），再转陆路，由襄阳直奔洛阳。这样由水路到陆路，两句诗是整个行程有顺序地行进、转换，顺序固定不能颠倒。

再看下面的例子，也是一些流水对：

> 欲穷千里目，更上一层楼。
>
> ——王之涣《登鹳雀楼》
>
> 却看妻子愁何在，漫卷诗书喜欲狂。
>
> ——杜甫《闻官军收河南河北》

请看石上藤萝月,已映洲前芦荻花。

——杜甫《秋兴八首》之二

开轩面场圃,把酒话桑麻。

——孟浩然《过故人庄》

塞上长城空自许,镜中衰鬓已先斑。

——陆游《书愤》

山重水复疑无路,柳暗花明又一村。

——陆游《游山西村》

上面几联都是流水对。流水对在对仗中是最难的,但运用得好,也最能使诗歌生色。

(三)借对

借对也称为假对,它是通过借音或借义的手段来构成对仗。也就是说,一个词有两个或两个以上的意义,诗人在诗中用的是甲义,但是同时借用它的乙义来与另一词相为对仗,这就叫借对。下面例举几种形式:

1. 借音对仗

可分为三种情况:

(1)假义对:如杨凭的《巴江夜雨》中"青草连湖岸,繁花忆楚人"一联。"湖"借音为"胡",与"楚"字对。

宋代严羽在《沧浪诗话》中说到借对,并举了许多诗例:"有借对。孟浩然'厨人具鸡黍,稚子摘杨梅',太白'水舂云母碓,风扫石楠花',少陵'竹叶于人既无分,菊花从此不须开'是也。"

按:借"杨"为"羊"来对"鸡",借"楠"为"男"来对"母",这是借音;"竹叶",是酒名,借"叶"来对"花",这是借义。

(2)假数对:如郑谷的《寄南浦谪官》中"白首为迁客,青山绕万州"一联,"迁"假借为数字"千",与"万"对。

(3)假色对:这种情况较多见,如借"篮"为"蓝",借"皇"为"黄",借"沧"为"苍",借"珠"为"朱",借"清"为"青"。

如杜甫《野望》"西山白雪三城戍,南浦清江万里桥"一联中的"白"是表示颜色的形容词,而所对应的"清"字是普通形容词,按"工对"的规则行不通。作者为了描写特定的环境,借用"清""青"字音相同的特点进行对仗。

再看杜甫的《恨别》:"思家步月清宵立,忆弟看云白日眠。""清"和"青"声音相同,所以用"清"对"白"。

王安石的《江亭晚眺》"清江无限好,白鸟不胜闲"一联也是将"清"借音为"青",与"白"对。

李商隐的《春雨》"红楼隔雨相望冷,珠箔飘灯独自归"中,"珠"借音为"朱",与"红"对。

2. 词性的借对

杜甫《旅夜》"星垂平野阔，月涌大江流"一联中，"阔"是形容词，"流"是动词。由于都含有"远、大、长"的性质，因此是形容词和借用形容词意义的动词构成对仗。另如《春望》"感时花溅泪，恨别鸟惊心"一联中，"时"是名词，"别"是动词，同样因为借"别"的名词性义构成对仗。再有杜甫的《野望》"海内风尘诸弟隔，天涯涕泪一身遥"一联中，"风尘"是名词，"涕泪"是动词，但同样构成词性的借对。

3. 借义对仗

这一类借对，可以扼要地阐释为"利用一词多义"。即：一个词有两个以上的意义，诗中用的是甲义，但借用其乙义或丙义等构成工对。例如杜甫的《曲江》："酒债寻常行处有，人生七十古来稀。""寻常"既是平常的意思，但又是古代计量单位。古代八尺为寻，两寻为常，所以借来对数目字"七十"。杜甫的另一首诗《巫峡敝庐奉赠侍御四舅》中写道："行李淹吾舅，诛茅问老翁。"其中的"李"借其植物意与"茅"字构成对仗，也是借义对仗。

借对在对仗的工整程度上属于工对。

二、对仗的位置

1. 常规对仗——中间两联对仗

对仗一般用在律诗的中间两联：颔联和颈联，即第三、四句和第五、六句。这是律诗对仗的常规。如下诗例都是中间两联对仗：

春日忆李白
［唐］杜　甫

白也诗无敌，飘然思不群。
清新庾开府，俊逸鲍参军。
渭北春天树，江东日暮云。
何时一樽酒，重与细论文？

客　至
［唐］杜　甫

舍南舍北皆春水，但见群鸥日日来。
花径不曾缘客扫，蓬门今始为君开。
盘飧市远无兼味，尊酒家贫只旧醅。
肯与邻翁相对饮，隔篱呼取尽余杯。

望秦川
［唐］李　颀

秦川朝望迥，日出正东峰。
远近山河净，逶迤城阙重。

秋声万户竹，寒色五陵松。
客有归欤叹，凄其霜露浓。

钱塘湖春行
[唐] 白居易

孤山寺北贾亭西，水面初平云脚低。
几处早莺争暖树，谁家新燕啄春泥。
乱花渐欲迷人眼，浅草才能没马蹄。
最爱湖东行不足，绿杨阴里白沙堤。

2. 非常规对仗

中间两联即颔联及颈联对仗是律诗的要求，是对仗的常规。但也有其他对仗。

（1）首联对仗

首联对仗不是格律的要求，可用可不用，要根据内容而定。即使首联用了对仗，中间两联也必须对仗。凡是首联用对仗的律诗，一首诗中就有三联对仗。请看下面两首诗例：

汉江临泛
[唐] 王　维

楚塞三湘接，荆门九派通。
江流天地外，山色有无中。
郡邑浮前浦，波澜动远空。
襄阳好风日，留醉与山翁。

恨　别
[唐] 杜　甫

洛城一别四千里，胡骑长驱五六年。
草木变衰行剑外，兵戈阻绝老江边。
思家步月清宵立，忆弟看云白日眠。
闻道河阳近乘胜，司徒急为破幽燕。

再授连州至衡阳酬柳柳州赠别
[唐] 刘禹锡

去国十年同赴召，渡湘千里又分岐。
重临事异黄丞相，三黜名惭柳士师。
归目并随回雁尽，愁肠正遇断猿时。
桂江东过连山下，相望长吟有所思。

上述的五律和七律中，除了颔联和颈联用了对仗外，它们的首联也用了对仗。

(2) 尾联对仗

尾联对仗也不是格律的要求，也是可用可不用。到了尾联，一首诗要结束了，对仗是不太适合作结束语的，但也有例外。例如：

过香积寺
〔唐〕王　维

不知香积寺，数里入云峰。
古木无人径，深山何处钟。
泉声咽危石，日色冷青松。
薄暮空潭曲，安禅制毒龙。

闻官军收河南河北
〔唐〕杜　甫

剑外忽传收蓟北，初闻涕泪满衣裳。
却看妻子愁何在？漫卷诗书喜欲狂！
白日放歌须纵酒，青春作伴好还乡。
即从巴峡穿巫峡，便下襄阳向洛阳。

柳州峒氓
〔唐〕柳宗元

郡城南下接通津，异服殊音不可亲。
青箬裹盐归峒客，绿荷包饭趁虚人。
鹅毛御腊缝山罽，鸡骨占年拜水神。
愁向公庭问重译，欲投章甫作文身。

这三首律诗中，除了颔联和颈联对仗外，它们的尾联也对仗。

(3) 一联对仗

律诗以中间两联对仗为原则，但是，在特殊情况下，也有只有一联的对仗。这种单联对仗，常见于颈联。这种只有一联对仗的诗，盛唐时期比较多见。诗评家称这种首联、颔联都不用对仗，直到颈联才出现对仗的诗为"蜂腰体"谓其腰细，"若已断而复续也"。例如：

《塞下曲》其一
〔唐〕李　白

五月天山雪，无花只有寒。
笛中闻折柳，春色未曾看。
晓战随金鼓，宵眠抱玉鞍。
愿将腰下剑，直为斩楼兰。

与贾至舍人于龙兴寺剪落梧桐枝望灉湖
〔唐〕李　白

剪落青梧枝，灉湖坐可窥。
雨洗秋山净，林光澹碧滋。
水闲明镜转，云绕画屏移。
千古风流事，名贤共此时。

与诸子登岘山
〔唐〕孟浩然

人事有代谢，往来成古今。
江山留胜迹，我辈复登临。
水落鱼梁浅，天寒梦泽深。
羊公碑尚在，读罢泪沾襟。

上面几首五言律诗都只用了一联对仗，都用在颈联。在古诗中，这种情况很少见。

（4）首联、颈联对仗

诗歌还有一种对仗的特殊方式，虽然存在两联对仗，但不是中间两联对仗，而是首联和颈联对仗。有的诗评家称这种形式为"偷春格"，因其把本应在颔联出现的对仗用在首联，"如梅花偷春色而先开也"。例如：

送杜少府之任蜀州
〔唐〕王　勃

城阙辅三秦，风烟望五津。
与君离别意，同是宦游人。
海内存知己，天涯若比邻。
无为在歧路，儿女共沾巾。

（5）四联全对仗

除了格律要求的颔联和颈联对仗外，首联和尾联都用了对仗，即四联全对仗，这种情况非常罕见。如：

登　高
〔唐〕杜　甫

风急天高猿啸哀，渚清沙白鸟飞回。
无边落木萧萧下，不尽长江滚滚来。
万里悲秋常作客，百年多病独登台。
艰难苦恨繁霜鬓，潦倒新停浊酒杯。

次北固山下
　　[唐] 王　湾
客路青山外，行舟绿水前。
潮平两岸阔，风正一帆悬。
海日生残夜，江春入旧年。
乡书何处达？归雁洛阳边。

登定王陵
　　[宋] 朱　熹
寂寞番王后，光华帝子来。
千年余故国，万事只空台。
日月东西见，湖山表里开。
从知爽鸠乐，莫作雍门哀。

以上几首律诗的四联全用了对仗，在古代诗人的律诗中，四联全为对仗的情况很少见。

三、长律的对仗

长律也叫排律。顾名思义，之所以叫长律、排律，就是把律诗延长了，可以称其为长篇的律诗。

长律的对仗和律诗相同，除了首尾两联外，其余各联一律用对仗。

[诗例]

寄李十二白二十韵
　　[唐] 杜　甫
昔年有狂客，号尔谪仙人。
笔落惊风雨，诗成泣鬼神。
声名从此大，汩没一朝伸。
文彩承殊渥，流传必绝伦。
龙舟移棹晚，兽锦夺袍新。
白日来深殿，青云满后尘。
乞归优诏许，遇我宿心亲。
未负幽栖志，兼全宠辱身。
剧谈怜野逸，嗜酒见天真。
醉舞梁园夜，行歌泗水春。
才高心不展，道屈善无邻。
处士祢衡俊，诸生原宪贫。
稻粱求未足，薏苡谤何频。
五岭炎蒸地，三危放逐臣。

　　　　几年遭鵩鸟，独泣向麒麟。
　　　　苏武先还汉，黄公岂事秦。
　　　　楚筵辞醴日，梁狱上书辰。
　　　　已用当时法，谁将此义陈。
　　　　老吟秋月下，病起暮江滨。
　　　　莫怪恩波隔，乘槎与问津。

杜甫的这首五言排律除了首联和尾联以外，中间各联都用了对仗。

[诗例]

余思未尽加为六韵重寄微之

[唐] 白居易

　　　　海内声华并在身，箧中文字绝无伦。
　　　　遥知独对封章草，忽忆同为献纳臣。
　　　　走笔往来盈卷轴，除官递互掌丝纶。
　　　　制从长庆辞高古，诗到元和体变新。
　　　　各有文姬才稚齿，俱无通子继余尘。
　　　　琴书何必求王粲，与女犹胜与外人。

白居易的这首七言排律通篇用了对仗。

[知识链接]

对仗原则上是按照汉语划分的词类相对，这是最基本的对仗，但更为精彩的还是小类词的对仗。在下列前七类中，每类里的词可构成邻对（近对）。下面是参考王力《汉语诗律学》整理的名词小类的划分及例字。

第一类

(一) 天文门

例字：天、空、日、月、风、雨、霜、雪、霰、雷、电、虹、霓、霄、云、霞、霭、气、烟、星、斗、岚、阳、阴、照、晖、曛、露、雾、霪、烽、火、飙

(二) 时令门

例字：年、岁、月、日、时、更、刻、分、世、节、春、夏、秋、冬、晨、夕、朝、晚、午、昼、夜、寒、暑、晴、晦、昏、晓、闰

第二类

(一) 地理门

例字：地、土、山、水、江、河、川、湖、海、波、浪、涛、潮、冰、池、洲、林、潭、泽、渠、桥、乡、村、关、塞、城、市、道、路、国、郭、郊、州、县、郡、镇

(二) 宫室门

例字：房、宅、庐、舍、楼、台、堂、馆、斋、宫、室、阁、门、户、街、

112

巷、寺、观、庙、店、垒、仓、库、栏、梁、柱、阶

第三类

（一）器物门

例字：舟、船、车、辇、钟、鼓、床、榻、枕、席、旗、角、干、戈、刀、剑、箭、灯、镜、案、香、烛、炉、壶、杯、樽、盘、碗、缸、钱、瓶、瓮

（二）衣饰门

例字：衣、裳、襟、裙、裾、巾、冠、帽、环、钗、带、杖、履、靴、袍、衫、袭、扇、冕、盔、甲

（三）饮食门

例字：酒、茶、茗、糕、饼、药、丹、餐、酿、醅、盐、酱、浆、饭、肴、羹、粥、蔬、菜、汤、蜜

第四类

（一）文具门

例字：笔、墨、纸、砚、印、筒、筹、签、书、剑、琴、瑟、弦、萧、笛、棋、卷、轴、简、策、册、毫、幅

（二）文学门

例字：诗、书、赋、章、句、经、论、集、策、约、文、字、信、函、诏、令、符、旨、篇、碑、词、辞、咏、歌、谣、制、典、籍、图、画

第五类

（一）草木花果门

例字：树、木、花、草、藤、萝、杨、柳、菊、桂、枝、叶、桃、李、苔、萼、蕊、芦、莲、蒲、麦、禾、松、荷

（二）鸟兽虫鱼门

例字：鼠、牛、虎、兔、龙、蛇、马、羊、猴、鸡、狗、猪、鸟、雀、鹊、鱼、虾、蟹、蝉、龟、鹅、鸭、燕、雁、鹤、鹏、鸿

第六类

（一）形体门

例字：身、心、肌、肤、骨、肉、发、头、手、首、眼、目、面、脸、眉、腰、胸、声、色、音、容、影、须、鬓、羽、毛、牙、齿、爪、角

（二）人事门

例字：功、名、恩、怨、愁、闲、才、情、歌、舞、吟、笑、言、谈、思、想、爱、憎、荣、辱、品、行、德、性、灵

第七类

（一）人伦门

例字：兄、弟、父、母、君、臣、夫、妻、师、友、姑、嫂、儿、女、叔、伯、圣、贤、仙、佛、王、侯、将、相、军、士、兵、农、渔、樵、僧、道、尼

（二）代名对

例字：吾、我、余、予、汝、尔、君、子、他、谁、何、孰、或、自、己、相、者、人、某

第八类

（一）方位对

例字：东、南、西、北、中、外、里、边、前、后、左、右、上、下

（二）数目对

例字：一、二、三、四、五、六、七、八、九、十、百、千、万、亿、两、双、对、独、孤、单、数、几、再、群、诸、众、满

（三）颜色对

例字：红、黄、白、黑、青、绿、赤、紫、翠、苍、蓝、碧、朱、丹、绯、殷、金（黄）、银（白）、玉（白）、粉（白）、皓、素、彩、玄

（四）干支对

例字：甲、乙、丙、丁、戊、己、庚、辛、壬、癸、子、丑、寅、卯、辰、巳、午、未、申、酉、戌、亥

第九类

（一）人名对

（二）地名对

第十类

（一）副词

例字：忽、渐、才、已、将、欲、即、皆、俱、怎、岂、空、徒、枉、每、亦、又、却、莫、休、不、未、只、但、尚、复、可、能、尝

（二）连介词

例字：与、共、同、并、且、还、于、而、则、因、为、之

（三）助词

例字：也、矣、焉、哉、乎、耶、尔、耳、兮、然、止、之

写作训练

律诗一般只要求颔联、颈联对仗，但也有首联对仗的，如杜甫《春望》"国破山河在，城春草木深"；也有尾联对仗的，如前举杜甫诗；也有全诗用对仗的，如杜甫《登高》"风急天高猿啸哀"。绝句本来不要求对仗，但也有对仗的，如杜甫《八阵图》"功盖三分国，名成八阵图"，还有全首对仗的，如杜甫《绝句》"两个黄鹂鸣翠柳"。杜诗最工整，笔者建议学诗者最好从杜诗入手。近体诗的对仗用得好，可以使诗生色，但过分追求对仗工整必然束缚诗歌的意境，不能光追求对仗而忽略诗歌的思想。对仗用得好，全诗看起来整齐匀称，节奏鲜明，便于吟诵，易于记忆，音调铿锵，富有音乐美，表意凝练集中，概括力强。

【实践项目】

1. 模仿杜甫的《客至》诗,写一首迎客诗。
2. 以阅读者为主题,写一首五言律诗。
3. 以丰收为主题,写一首绝句。

第二篇 词的格律

词是唐代兴起的一种新的文学样式，宋代达到全盛，成为宋代的代表文学。词最初称为"曲词"或者"曲子词"，是配合宴乐乐曲而填写的歌词。后来逐渐跟音乐分离，成为诗的别体，所以又称为"诗余"。词的别称还有：近体乐府、长短句、曲子、曲词、乐章、琴趣等。词牌是词的调子的名称，不同的词牌在句数、字数、平仄上都有自己的规定。文人词深受律诗的影响，所以词中的律句特别多。

词在格式、句式、平仄、用韵等方面和诗有一定的联系，又有自己的特点。

一、没有统一固定的格式

词不像格律诗一样有十六种基本的格式，词句的格式不统一、不固定。词有不同的词调，不同的词调格式也不同，有着不同的句式、平仄和用韵，这些不同的格式就形成不同的词谱。清代的《钦定词谱》收入826种词谱，据说还不全面。

二、句式长短不一

词又称为"长短句"，就是因为不像诗那样有着整齐的句式，而是长短不一。词最短的句子只有一个字，如《十六字令》第一句就只有一个字，多者则可达十几个字。如宋代袁去华的词《归字谣》："归。目断吾庐小翠微。斜阳外，白鸟傍山飞。"就有一字、三字、五字、七字句，句式长短不一。

三、平仄有严格的限制

词的平仄格式来源于律诗，有着严格的限制。每一个句子都有自己的平仄格式，往往是由五言、七言律句的变化而成，所以多有律句，但也有一些拗句。词用律句还是拗句，是词谱中的硬性规定，不能随意更改。有些词谱不但有严格的平仄限制，连声调也有规定。

四、押韵形式多样

词的用韵没有正式的规定，可以隔句押韵，也可以连续押韵，还可以三句押韵。既可以押平声韵，也可以押仄声韵；既可以一韵到底，也可以中间换韵；既可以平仄通押，也可以平仄交错押韵。词的押韵从总体上来看好像没有任何规定，但每个词调的押韵又是固定的，押什么韵、怎样押韵都要严格按照这一词调词谱的规定，不能随意更改。

第一章　词的结构

词是长短句形式，不像近体诗那样有着整齐的结构。词的结构不同，词的字数、句数不同，词的种类也不同。

第一节　词的种类

词的句子虽然长短不一，但是全篇的字数是固定的，每句的平仄也是比较固定的。按字数划分，词大致可分三类：小令、中调、长调。这种分类法是明代顾从敬在《类编草堂诗余》中首次提出来的，后人又将此分类法予以明确。

一、小令：五十八字以内为小令。

二、中调：五十九字至九十字为中调。

三、长调：九十一字以外为长调。

但也有人认为这种分法未免太绝对化，小令、中调、长调这样截然划分不够科学。但我们今天也仍沿用这种分类法。

除按字数划分种类外，还可以按结构段落划分。按结构段落，词可以分为单调、双调、三叠、四叠。

一、单调

所谓单调，就是一首词只有一段。单调的词往往就是一首小令，它看上去很像一首诗，但是是长短句形式。例如：

天仙子

［唐］皇甫松

晴野鹭鸶飞一只，

水蘋花发秋江碧。

刘郎此日别天仙，

登绮席，

泪珠滴，

十二晚峰青历历。

这首词三十四字，五句，五仄韵，是一首单调的小令。

再如：

渔歌子
　　[唐] 张志和
　西塞山前白鹭飞，桃花流水鳜鱼肥。
青箬笠，绿蓑衣，斜风细雨不须归。

这首词二十七字，五句，也是一首单调的小令。

单调的词常见的还有《如梦令》《捣练子》《潇湘神》《江南春》《忆王孙》《十六字令》等。

还有一些单调的词，除了本格外，还有变格。如《忆江南》，又名《望江南》《梦江南》《江南好》《望江梅》《春去也》《梦游仙》《安阳好》《步虚声》《壶山好》《望蓬莱》《江南柳》等。《忆江南》的正格是二十七字的小令，如白居易的《忆江南·江南好》：

　　　　　　江南好，
　　　　　　风景旧曾谙。
　　　　　　日出江花红胜火，
　　　　　　春来江水绿如蓝。
　　　　　　能不忆江南？

变格为上下两段，如欧阳修的《望江南·江南蝶》：

　　　　　　江南蝶，
　　　　　　斜日一双双。
　　　　　　身似何郎全傅粉，
　　　　　　心如韩寿爱偷香，
　　　　　　天赋与轻狂。

　　　　　　微雨后，
　　　　　　薄翅腻烟光。
　　　　　　才伴游蜂来小院，
　　　　　　又随飞絮过东墙，
　　　　　　长是为花忙。

二、双调

双调就是一首词有上下两段。

词的段也叫片、阕。第一段叫上片、上阕，第二段叫下片、下阕。也有称前片、后片，或者，前阕、后阕的。双调的词最多，是词的主体。双调的词有的是小令，有的是中调或长调。

双调上下两片关系也不同，两段字数有相同，也有不同。

（一）上下片相同

有的双调词上下两片字数相同，平仄、押韵等也完全一样，这样的词就像一首曲谱配着两首歌词。如《巫山一段云》《三字令》《唐多令》《破阵子》《鹊桥仙》《渔家傲》等，都属于这一类。它们的上下片句数、句式、平仄、押韵等都完全一样。如：

巫山一段云

［唐］李　珣

古庙依青嶂，
行宫枕碧流。
水声山色锁妆楼。
往事思悠悠。

云雨朝还暮，
烟花春复秋。
啼猿何必近孤舟。
行客自多愁。

踏莎行·郴州旅舍

［宋］秦　观

雾失楼台，
月迷津渡，
桃源望断无寻处。
可堪孤馆闭春寒，
杜鹃声里斜阳暮。

驿寄梅花，
鱼传尺素，
砌成此恨无重数。
郴江幸自绕郴山，
为谁流下潇湘去？

两首词上片和下片在句数、句式、平仄、押韵等方面完全相同。

（二）上下片不同

上下片不同又有两种情况。

一种是下片与上片略有不同。如《浣溪沙》，上下片的区别只是上片首句入韵，下片首句不入韵，其他则完全相同。再如《鹧鸪天》：

鹧鸪天

［宋］辛弃疾

壮岁旌旗拥万夫，

锦襜突骑渡江初。
燕兵夜娖银胡䩮，
汉箭朝飞金仆姑。

追往事，叹今吾，
春风不染白髭须。
却将万字平戎策，
换得东家种树书。

这首词下片开头处把上片首句的七字句改为两句，各为三字句，叫作"换头"，是双调词中最常见的形式。

另外一种是下片与上片有较大不同，如《八声甘州》《扬州慢》《洞仙歌》《淡黄柳》等，上下片的句式、字数、平仄都不尽相同。

我们来看词例：

淡黄柳

［宋］姜　夔

空城晓角，
吹入垂杨陌。
马上单衣寒恻恻。
看尽鹅黄嫩绿，
都是江南旧相识。

正岑寂，
明朝又寒食。
强携酒、小桥宅。
怕梨花落尽成秋色。
燕燕飞来，
问春何在，
唯有池塘自碧。

这首《淡黄柳》，双调，六十五字。上下片完全不同。它的上片五句，三仄韵；下片七句，五仄韵。而且句式也各不相同。

三、三叠、四叠

三叠、四叠就是一首词有三段、四段。三叠、四叠的词调很少。《兰陵王》《宝鼎现》《夜半乐》等是三叠；《莺啼序》是四叠。下面三叠、四叠各举例词一首。

三叠：

兰陵王

[宋] 周邦彦

柳阴直,
烟里丝丝弄碧。
隋堤上、曾见几番,
拂水飘绵送行色。
登临望故国。
谁识京华倦客?
长亭路,
年去岁来,
应折柔条过千尺。

闲寻旧踪迹。
又酒趁哀弦,
灯照离席。
梨花榆火催寒食。
愁一箭风快,
半篙波暖,
回头迢递便数驿。
望人在天北。

凄恻,
恨堆积。
渐别浦萦回,
津堠岑寂,
斜阳冉冉春无极。
念月榭携手,
露桥闻笛。
沉思前事,
似梦里,
泪暗滴。

四叠:

莺啼序

[宋] 吴文英

残寒正欺病酒,
掩沈香绣户。
燕来晚、飞入西城,

似说春事迟暮。
画船载、清明过却,
晴烟冉冉吴宫树。
念羁情、游荡随风,
化为轻絮。

十载西湖,
傍柳系马,
趁娇尘软雾。
溯红渐、招入仙溪,
锦儿偷寄幽素。
倚银屏、春宽梦窄,
断红湿、歌纨金缕。
暝堤空,
轻把斜阳,
总还鸥鹭。

幽兰旋老,
杜若还生,
水乡尚寄旅。
别后访、六桥无信,
事往花委,
瘗玉埋香,
几番风雨。
长波妒盼,
遥山羞黛,
渔灯分影春江宿,
记当时、短楫桃根渡。
青楼彷佛,
临分败壁题诗,
泪墨惨淡尘土。

危亭望极,
草色天涯,
叹鬓侵半苎。
暗点检、离痕欢唾,
尚染鲛绡,
亸凤迷归,

破鸾慵舞。
殷勤待写，
书中长恨，
蓝霞辽海沉过雁，
漫相思、弹入哀筝柱。
伤心千里江南，
怨曲重招，
断魂在否？

写作训练

词是长短句，但全篇的字数是有规定的。了解词的种类即可了解词的全貌。小令、中调、长调和单调、双调、三叠、四叠都属于词的类别。

【实践项目】

分析下列词作的字数和结构，判断这些词作属于小令、中调、长调和单调、双调、三叠、四叠中的哪一种。

浪淘沙

[南唐] 李　煜

帘外雨潺潺，
春意阑珊，
罗衾不耐五更寒。
梦里不知身是客，
一晌贪欢。

独自莫凭栏，
无限江山，
别时容易见时难。
流水落花春去也，
天上人间。

临江仙·夜登小阁记洛中旧游

[宋] 陈与义

忆昔午桥桥上饮，
坐中多是豪英。
长沟流月去无声。
杏花疏影里，
吹笛到天明。

二十余年如一梦,
此身虽在堪惊。
闲登小阁看新晴。
古今多少事,
渔唱起三更。

摸鱼儿·东皋寓居

[宋] 晁补之

买陂塘、旋栽杨柳,依稀淮岸湘浦。
东皋嘉雨新痕涨,沙觜鹭来鸥聚。
堪爱处,最好是、一川夜月光流渚。
无人独舞。
任翠幄张天,柔茵藉地,酒尽未能去。

青绫被,莫忆金闺故步。
儒冠曾把身误。
弓刀千骑成何事?
荒了邵平瓜圃。
君试觑,满青镜、星星鬓影今如许!
功名浪语。
便似得班超,封侯万里,归计恐迟暮。

暗香·旧时月色

[宋] 姜　夔

旧时月色,
算几番照我,
梅边吹笛?
唤起玉人,
不管清寒与攀摘。
何逊而今渐老,
都忘却春风词笔。
但怪得竹外疏花,
香冷入瑶席。

江国,
正寂寂,
叹寄与路遥,
夜雪初积。
翠尊易泣,

红萼无言耿相忆。
长记曾携手处,
千树压、西湖寒碧。
又片片、吹尽也,
几时见得?

第二节　词牌和词谱

一、词牌

　　词牌是词调格式的名称。词的格式和律诗的格式不同：律诗只有十六种格式，而词则有一千多种格式。为了方便，人们以不同的名称称呼这些不同的格式，这就是词牌。因此，词牌也就是每一种词调格式的名称。有时候，几个格式合用一个词牌，因为它们是同一个格式的若干变体。有时候，同一个格式有几种名称。

　　词牌只是词调格式的名称，比如选择了《浪淘沙》，就要用《浪淘沙》的格式去填词。但是词牌并不是词的题目，词的题目是根据词的内容概括出来的，而词牌与词的内容无关。如苏轼的"赤壁怀古"用的是《念奴娇》的词牌，但并非写念奴这个人。如果需要写标示内容的词题，可以在词牌后空一格，或加一"·"隔开，再写上词的题目，如《念奴娇·赤壁怀古》。还可以在词牌下面用比较小的字注出词题。

（一）词牌的形成

词牌的形成，主要有下面三种情况：

1. 来源于乐曲的名称。

　　例如，《菩萨蛮》，本来是唐代教坊的曲子名，后来用作词牌。崔令钦的《教坊记》中已经有《菩萨蛮》这个曲名，现存最早的《菩萨蛮》词是题名李白所作的《菩萨蛮》词一首，这说明唐玄宗时已有此曲。

　　但也有一种说法，认为是唐宣宗时始有此曲。如唐代的苏鹗《杜阳杂编》中说："大中初，女蛮国贡双龙犀，明霞锦……其国人危髻金冠，璎珞被体，故谓之'菩萨蛮'。当时倡优遂制《菩萨蛮》曲，文士亦往往声其词。"大中是唐宣宗的年号。据苏鹗这种说法，则《菩萨蛮》产生于唐宣宗大中年间，是由于前来进贡的女蛮国人梳着高髻，戴着金冠，满身璎珞，形象像菩萨，因此当时教坊谱成《菩萨蛮》曲。

　　《菩萨蛮》又名《菩萨鬟》《子夜歌》《重叠金》《巫山一段云》《城里钟》《花间意》《花溪碧》《梅花句》《晚云烘日》等，回文体又名《联环结》。

　　《雨霖铃》也是唐代教坊乐曲。安史之乱中，唐明皇逃至中途——陕西马嵬坡，护卫的禁军发生兵变，在杀死杨国忠后，军队还坚持要处死杨玉环。迫于当时的形势，唐明皇不得不让杨玉环自缢而死。之后，在南下入蜀的途中，连日霪雨，雨中的马铃声勾起了他对杨贵妃的思念，于是令张狐作《雨霖铃》曲子，悼念杨贵妃，寄托自己的遗恨和伤感之情。后来"雨霖铃"就成了词牌名。

再如《水调歌头》，又名《水调歌》《凯歌》《台城游》《元会曲》。唐代郑处诲的《明皇杂录》记载："禄山犯阙，议欲迁幸，帝置酒楼上，命作乐，有进《水调歌》者，上问谁为此曲，曰李峤，上曰，真才子也。"宋代郑文宝的《南唐近事》又记载："元宗尝命乐工杨花飞奏《水调词》进酒，花飞惟唱'南朝天子好风流'一句。"

从唐宋人笔记中考察可见，唐代大曲中已有《水调歌》，后来便把《水调歌》开头一段作为词的乐谱，这样就有了《水调歌头》的词牌。

还有如《西江月》《风入松》《蝶恋花》等都是来自民间的曲调。后来演变为仅用于限定字数、句数、平仄、用韵等规则格式的词牌的名称。像《竹枝歌》原是巴楚民歌，后经文人采用作为词调，因而有了《竹枝词》的词牌。至于《乌夜啼》《武溪深》等，本是古乐府的曲名，后来也借作词牌名。

2. 来源于人名、地名。

还有些词牌是将人名、地名作为词的题目，后来就成为词牌。例如，念奴本是唐代天宝年间一个善弹琵琶的歌女，其人才貌双全。唐玄宗每次举行辞岁宴会的时候，宾客总是吵闹不休，连宫中的乐队都无法正常演奏乐曲。每当这时候，唐玄宗就让高力士高喊念奴的名字，"念奴每执板当席，声出朝霞之上"（王灼《碧鸡漫志》引《开元天宝遗事》），全场立即安静下来，中唐元稹的《连昌宫词》中就描写了念奴演唱的情景。《念奴娇》词调就是由她而起，本来是赞美念奴高超演技的曲子。再如多丽原也是一个善弹琵琶的歌女名字，后来成为词牌名《多丽》；《虞美人》最初是为歌咏西楚霸王项羽的爱姬虞姬所创。

还有一些词牌名与地名有关。如《沁园春》曲子的来源就是汉代沁水公主的园名沁园。沁园是汉明帝的女儿沁水公主的园林，后来被外戚窦宪仗势夺去。人们感伤此事，作词记之，就产生了《沁园春》这个词牌。再如《金谷曲》是源于晋代石崇的名园金谷，姜夔过扬州时创作的词调就命名为《扬州慢》，等等。

3. 来源于诗词名句。

有的词牌取自优美的诗词文句。例如《忆秦娥》，依照这个格式写出的最早的一首词开头两句是"箫声咽，秦娥梦断秦楼月"，所以词牌就叫《忆秦娥》，又叫《秦楼月》。《如梦令》原名《忆仙姿》，因为后唐庄宗所写的《忆仙姿》中有"如梦，如梦，残月落花烟重"等句，故改名《如梦令》。《念奴娇》又名《赤壁词》，是因为最著名的是苏轼的《念奴娇·赤壁怀古》。又因为苏轼词中有"大江东去，浪淘尽，千古风流人物""一樽还酹江月"等句，又名《大江东去》《酹江月》《酹月》等。《青玉案》取自东汉张衡的《四愁诗》"美人赠我锦绣段,何以报之青玉案"一句。

4. 本来就是词的题目。

如《踏歌词》咏的是舞蹈,《舞马词》咏的是舞马,《欸乃曲》咏的是泛舟,《渔歌子》咏的是打鱼,《浪淘沙》咏的是浪淘沙,《抛球乐》咏的是抛绣球,《更漏子》咏的是夜。凡是词牌下面注明"本意"的,则词牌同时也是词题,不再另起题目了。

但是,绝大多数的词都已不再是用"本意"了,因此,词牌之外还会有词题。在这种情况下,词题和词牌没有任何关系。一首《浣溪纱》可以完全不涉及浣纱,也不涉及溪流;一首《忆江南》可以完全不讲江南。诸如此类,词牌只不过是词谱的代号罢了。

5. 来源于故事。

有的词牌来源于历史典故、传奇故事。如《阮郎归》,又名《醉桃源》《碧桃春》;《神仙记》记载刘晨、阮肇入天台山采药,遇见两位仙女,留住半年。后因思乡而归,回家后看到乡邑零落,原来世间已经过了十世。

6. 来源于词的字数结构。

还有的词牌取自词的格式。如《十六字令》,全词十六个字;《百字令》,全词一百字。

(二)同调异名(本名、别名)

词牌还有一个现象,就是同样一个词调,可以有不同的名称。

例如:

《忆江南》又名《望江南》《江南好》《春去也》《望江楼》《梦江南》《望江梅》等。

《菩萨蛮》又名《子夜歌》《重叠金》等。

《卜算子》又名《缺月挂疏桐》《百尺楼》《楚天遥》《眉峰碧》等。

以上《忆江南》《菩萨蛮》《卜算子》是本名,其余是别名。

别名大多取自名家名句。如上面所举《卜算子》又名《缺月挂疏桐》,这是由于苏轼有一首《卜算子》,词中有"缺月挂疏桐,漏断人初静"的词句。《卜算子》是本名,《缺月挂疏桐》《百尺楼》《楚天遥》《眉峰碧》是别名。

宋代词人或出于喜新厌旧的心理,或出于炫耀自己知识渊博的心理,往往抛开旧名而另立了各种新名。贺铸就是一个比较喜欢新创别名的词人,很多词牌的别名都是贺铸创造的。

还有一种情况是词调不同,而又取了同一别名的。如《相见欢》与《锦堂春》是不同的词调,但别名都为《乌夜啼》。《浪淘沙》与《谢春池》,别名都为《卖花声》。

(三)同名异体

还有一种情况,词牌名一样,可是格式不同,这属于同名异体。同一种词牌有多种别体。如《江城子》有单调的，也有双调的。《满江红》有押仄声韵的，也有押平声韵的。前人编的词谱，往往先列正体（出现较早或作者较多的一种），然后罗列"别体"，或称"又一体"。一调多体的出现，是因为唐宋人填词时，选择多为乐谱（后人填词时，依据的是词谱），同一乐曲，在填写文辞时，只要符合乐曲的要求，唱来动听就可以了。依照曲子填词，可以添加衬字，所以有不同的字数、平仄。但依照词谱填词时，必须严格按照词谱所规定的格式来填写，在字句上不允许有任何伸缩。

[词例]

柳梢青·西湖
[宋] 赵汝愚

水月光中，
烟霞影里，
涌出楼台。△

空外笙箫，
云间笑语，
人在蓬莱。△

天香暗逐风回。△
正十里、荷花盛开。△
买个扁舟，
山南游遍，
山北归来。△

柳梢青·饯别蒋德施、粟子求诸公
[宋] 张孝祥

重阳时节。△
满城风雨，
更催行色。△
陇树寒轻，
海山秋老，
清愁如织。△

一杯莫惜留连，
我亦是、天涯倦客。△
后夜相思，
水长山远，
东西南北。△

（注："△"表示韵脚。）

上面两首词的词牌名都是"柳梢青"。前一首是平声韵，后一首是入声韵，虽然句式完全相同，但平仄有所变化。

还有一种情况，就是为了达到一种特定的效果，在词的正格里加一个衬字。如：

唐多令·惜别

［宋］吴文英

何处合成愁？

离人心上秋。

纵芭蕉不雨也飕飕。

都道晚凉天气好；

有明月、怕登楼。

年事梦中休，

花空烟水流。

燕辞归、客尚淹留。

垂柳不萦裙带住，

漫长是、系行舟。

这个词牌的正格第三句，是上三下四的句式。吴文英在这首词里加了一个"也"字，就变成了上三下五的句式。其他都与正格相同。

二、词谱

词谱有两重意思，一种是指将各种词牌格式汇集在一起编成的集子，如《词律》《钦定词谱》《白香词谱》等，这是指词谱集。只要掌握了每个词谱集的查阅方法，查阅词谱所列具体词牌的格式，照着这个格式去填词就可以了。

另一重意思，是指每一种词牌的具体格式，它是每个词谱在句数、字数、平仄、用韵等方面的具体格式和规定。依照词谱所规定的字数、句数、平仄、用韵等规定格式来写词，就叫做"填词"。"填"，就是依谱填写的意思。这种意义上的词谱，就是摆出一件样品，让大家照样去填。下面是清代万树《词律》所列《菩萨蛮》的词谱：

菩萨蛮

（四十四字，又名《子夜歌》《巫山一片云》《重叠金》）

［唐］李　白

平可仄林漠可平漠烟如织韵

寒可仄山一可平带伤心碧叶

暝可平色入高楼换平

有可平人楼可仄上愁叶平

玉可平阶空伫立三换仄
宿可平鸟归飞急三叶仄
何可仄处是归程四换平
长可仄亭连可仄短亭四叶平

《词律》在词牌下面注明规定的字数、词牌的别名，在词中注明平仄和叶韵（押韵也叫叶韵）。凡平仄均可的地方，注明"可平""可仄"；凡平仄不能通融的地方就不加注，例如林字下面没有注，这就表明必须依照林字的平仄，林字平声，就应照填一个平声字。"织"字下面注个"韵"字，表示这里该用韵；"碧"字下面注个"叶"字，表示这里该叶韵（即与"织"字押韵）。要求一个仄声韵，但并不规定押哪一种仄声韵。"楼"字下面注"换平"，是说换平声韵。"愁"字下面注"叶平"，是说叶平声韵。"立"字下面注"三换仄"，是说在第三个韵又换了仄声韵；"急"字下面注"三叶仄"，是说叶仄声韵；"程"字下面注"四换平"，是说在第四个韵又换了平声韵；"亭"字下面注"四叶平"，是说叶平声韵。万树是清初的人，在万树以前，词人们填词，又依据什么词谱填呢？古人并不需要词谱，只要有了样品即可填词。如果写《菩萨蛮》，可拿最早的文人所写的《菩萨蛮》做样品。下面是温庭筠的《菩萨蛮》：

菩萨蛮

［唐］ 温庭筠

小山重叠金明灭，
鬓云欲度香腮雪。
懒起画蛾眉，
弄妆梳洗迟。

照花前后镜，
花面交相映。
新贴绣罗襦，
双双金鹧鸪。

再看辛弃疾的《菩萨蛮》：

菩萨蛮

［宋］ 辛弃疾

郁孤台下清江水，
中间多少行人泪。
西北望长安，
可怜无数山。

青山遮不住，
毕竟东流去。

江晚正愁余，

山深闻鹧鸪。

温庭筠和辛弃疾的这两首词都是四十四个字，四个韵，其中两个仄声韵，两个平声韵。并且平仄韵交替，和李白原词的字数、分片、平仄、押韵都完全相同。

下面列举一些词谱，作为示例。为了便于了解，我们按照平仄的格式进行举例。

（一）忆江南（二十七字，又作望江南、江南好、梦江南等）

平⑭仄

⑥仄仄平平。△

⑥仄⑭平平仄仄，

⑭平⑥仄仄平平。△

⑥仄仄平平。△

据说，《忆江南》是唐代宰相李德裕为悼念爱妾谢秋娘所作。段安节《乐府杂录》云："《望江南》始自朱崖李太尉（德裕）镇浙日，为谢秋娘所撰，本名《谢秋娘》，后改此名。"

此调二十七字。首句为三字句。第二句为仄起平韵之五字句，句法上二下三。第三句为仄起仄收之七字句，第一、第三字平仄可皆可。第四句为平起平韵之七字句。第五句句法与第二句同，故第一字可平可仄。此调三、四两句，其句法全与平起七言诗中之颔联相同，多用对偶，看起来很工整。

［词例］

忆江南

［唐］白居易

其一

江南好，

风景旧曾谙。

日出江花红胜火；

春来江水绿如蓝。

能不忆江南？

其二

江南忆，

最忆是杭州。

山寺月中寻桂子，

郡亭枕上看潮头。

何日更重游？

其三

江南忆，

其次忆吴宫。

吴酒一杯春竹叶，

吴娃双舞醉芙蓉。

早晚复相逢？

忆江南

[唐]刘禹锡

春去也，

多谢洛城人。

弱柳从风疑举袂，

丛兰裛露似沾巾。

独坐亦含嚬。

（二）浣溪沙（四十二字，又作浣溪纱、浣纱溪、小庭花）

仄仄平平仄仄平，△

平平仄仄仄平平。△

平平仄仄仄平平。△

仄仄平平平仄仄，

平平仄仄仄平平。△

平平仄仄仄平平。△

浣溪沙，最初为唐代教坊曲名，后为词牌名。"浣溪沙"词牌典故出自"西施浣纱"。西施是春秋末期越国的浣纱女子，长得美艳动人。她在河边浣纱时，清澈的河水映着她美丽的身影，鱼儿见了水中的倒影，竟然忘了游水，渐渐沉入水底。故历史上以"沉鱼"代称西施。传说西施浣纱处地在今浙江绍兴的若耶溪，因此该溪也叫"浣纱溪"。

此调有平仄两体。平韵体始于唐代韩偓，沿用至今；仄韵体始于南唐李煜。通常以韩偓词《浣溪沙·宿醉离愁慢髻鬟》为正体。全词分两阙，上阙三平韵，下阙两平韵，一韵到底。下阙开始两句一般要求对仗。此调音节明快，婉约、豪放两派词人都很喜欢用此调填词。

[词例]

浣溪沙

[宋]晏 殊

一曲新词酒一杯。

去年天气旧亭台。

夕阳西下几时回。

无可奈何花落去,
似曾相识燕归来。
小园香径独徘徊。

浣溪沙

[唐] 韩　偓
宿醉离愁慢髻鬟,
六铢衣薄惹轻寒,
慵红闷翠掩青鸾。

罗袜况兼金菡萏,
雪肌仍是玉琅玕,
骨香腰细更沉檀。

浣溪沙

[宋] 李清照
绣面芙蓉一笑开。
斜飞宝鸭衬香腮。
眼波才动被人猜。

一面风情深有韵,
半笺娇恨寄幽怀。
月移花影约重来。

浣溪沙

[宋] 苏　轼
簌簌衣巾落枣花,
村南村北响缫车,
牛衣古柳卖黄瓜。

酒困路长惟欲睡,
日高人渴漫思茶。
敲门试问野人家。

浣溪沙

[清] 纳兰性德
谁道飘零不可怜?
旧游时节好花天,
断肠人去自经年!

一片晕红才著雨,
几丝柔绿乍和烟,
倩魂销尽夕阳前。

(三) 菩萨蛮（四十四字，又名子夜歌。）

⊕平⊗仄平平仄，△
⊕平⊗仄平平仄。△
⊗仄仄平平，△
⊗平中仄平。△
⊕平平仄仄，△
⊗仄平平仄，△
⊗仄仄平平，△
⊗平平仄平。△

此调原为唐朝教坊曲。《宋史·乐志》称为"女弟子舞队名"。唐苏鄂《杜阳杂编》称，唐玄宗大中年间，女蛮国派遣使者进贡，她们身上披着珠宝，梳着高高的发髻，号称"菩萨蛮队"，当时教坊因此谱成《菩萨蛮曲》，于是《菩萨蛮》就成了词牌名。

菩萨蛮是词调中最先被填词的，共四十四字，以五七言组成；通篇两句一韵，凡四易韵，前后阙各两仄韵，两平韵，平仄递转。第一、二句即为七言仄句。第三句为仄起之五言句，换用平韵。第四句为五言拗句。后半第一句为平起仄韵之五言句。第二句为仄起仄韵之五言句。第三、四句与前半第三、四句同。

菩萨蛮

[宋] 陈 克

绿芜墙绕青苔院，
中庭日淡芭蕉卷。
蝴蝶上阶飞，
烘帘自在垂。

玉钩双语燕，
宝甃杨花转。
几处簸钱声，
绿窗春睡轻。

菩萨蛮

[宋] 李清照

归鸿声断残云碧，
背窗雪落炉烟直。
烛底凤钗明，
钗头人胜轻。

角声催晓漏，
曙色回牛斗。

春意看花难,
西风留旧寒。

菩萨蛮

［宋］朱淑真

山亭水榭秋方半,
凤帏寂寞无人伴。
愁闷一番新,
双蛾只旧颦。

起来临绣户,
时有疏萤度。
多谢月相怜,
今宵不忍圆。

菩萨蛮

［五代］韦　庄

红楼别夜堪惆怅,
香灯半卷流苏帐。
残月出门时,
美人和泪辞。

琵琶金翠羽,
弦上黄莺语。
劝我早还家,
绿窗人似花。

（四）采桑子（四十四字，又名丑奴儿、罗敷艳歌、罗敷媚）

⑪平⑪仄平平仄,
⑪仄平平，△
⑪仄平平，△
⑪仄平平⑪仄平。△
⑪平仄⑪平平仄,
⑪仄平平。△
⑪仄平平，△
⑪仄平平⑪仄平。△

唐教坊大曲有《杨下采桑》，南卓《羯鼓乐》作《凉下采桑》，属"太簇角"。此双调小令，就大曲中截取一段形成于此。《尊前集》注"羽调"，《张子野词》入"双调"。

此调为双调，四十四字，上下阕各四句三平韵。别有添字格，两结句各添二字，两平韵，一叠韵。

采桑子

[宋] 欧阳修
群芳过后西湖好，
狼藉残红。
飞絮濛濛，
垂柳阑干尽日风。

笙歌散尽游人去，
始觉春空。
垂下帘栊，
双燕归来细雨中。

采桑子

[宋] 吕本中
恨君不似江楼月，
南北东西，
南北东西，
只有相随无别离。

恨君却似江楼月，
暂满还亏，
暂满还亏，
待得团圆是几时？

采桑子

[宋] 辛弃疾
少年不识愁滋味，
爱上层楼，
爱上层楼，
为赋新词强说愁。

而今识尽愁滋味，
欲说还休，
欲说还休，
却道天凉好个秋！

采桑子

[南唐] 李　煜
辘轳金井梧桐晚，
几树惊秋。

昼雨新愁,
百尺虾须在玉钩。
琼窗春断双蛾皱,
回首边头。
欲寄鳞游,
九曲寒波不泝流。

采桑子
毛泽东

人生易老天难老,
岁岁重阳。
今又重阳,
战地黄花分外香。

一年一度秋风劲,
不似春光。
胜似春光,
廖廓江天万里霜。

(五) 卜算子（四十四字，又名百尺楼、眉峰碧、楚天遥等。）

⊗仄仄平平,
⊗仄平平仄。△
⊗仄平平仄仄平,
⊗仄平平仄。△
⊗仄仄平平,
⊗仄平平仄。△
⊗仄平平仄仄平,
⊗仄平平仄。△

卜算子,相传是借用唐代诗人骆宾王的绰号。骆宾王写诗好用数字取名,人称"卜算子"。万树《词律》以为取义于"卖卜算命之人"。北宋时盛行此曲。此调因模仿民歌,所以有民歌的风味,经文人之手的改造,而同时具有构思精巧、深婉含蓄的特点。

《卜算子》双调,四十四字,前后阕各两仄韵,上去通押。第一、二句句法,俱为上一下三,中加一衬字。第三句与《捣练子》第三句同。末句五字,仄仄平平仄,与《雨霖铃》末句同。后半阕依此类推。也有一体单押入声韵。

卜算子
[宋] 李之仪

我住长江头，
君住长江尾。
日日思君不见君，
共饮长江水。

此水几时休，
此恨何时已。
只愿君心似我心，
定不负相思意。

卜算子·咏梅
[宋] 陆 游

驿外断桥边，
寂寞开无主。
已是黄昏独自愁，
更著风和雨。

无意苦争春，
一任群芳妒。
零落成泥碾作尘，
只有香如故。

卜算子·黄州定慧院寓居作
[宋] 苏 轼

缺月挂疏桐，
漏断人初静。
谁见幽人独往来，
缥缈孤鸿影。

惊起却回头，
有恨无人省。
拣尽寒枝不肯栖，
寂寞沙洲冷。

卜算子·送鲍浩然之浙东
[宋] 王 观

水是眼波横，
山是眉峰聚。
欲问行人去那边，

眉眼盈盈处。
才始送春归，
又送君归去。
若到江南赶上春，
千万和春住。

卜算子·兰

[宋] 曹　组

松竹翠萝寒，
迟日江山暮。
幽径无人独自芳，
此恨凭谁诉。

似共梅花语，
尚有寻芳侣。
著意闻时不肯香，
香在无心处。

（六）减字木兰花（四十四字）

⊕平⊗仄，△
⊗仄⊕平平仄仄。△
⊗仄平平，△
⊗仄平平⊗仄平。△
⊕平⊗仄，△
⊗仄⊕平平仄仄。△
⊗仄平平，△
⊗仄平平⊗仄平。△

《减字木兰花》，唐教坊曲，后用为词牌，简称《减兰》。《张子野词》入"林钟商"，《乐章集》入"仙吕调"。与《木兰花》相比，前后阕第一、三句各减三字，改为平仄韵互换格，每阕两仄韵，两平韵。又有《偷声木兰花》，入"仙吕调"，五十字，只两阕，在第三句各减三字，平仄韵互换，与《减字木兰花》相同。

减字木兰花·春月

[宋] 苏　轼

春庭月午，
摇荡香醪光欲舞。
步转回廊，
半落梅花婉娩香。

轻云薄雾,
总是少年行乐处。
不似秋光,
只与离人照断肠。

减字木兰花

[宋] 朱敦儒

刘郎已老,
不管桃花依旧笑。
要听琵琶,
重院莺啼觅谢家。

曲终人醉,
多似浔阳江上泪。
万里东风,
国破山河落照红。

减字木兰花

[宋] 李清照

卖花担上,
买得一枝春欲放。
泪染轻匀,
犹带彤霞晓露痕。

怕郎猜道,
奴面不如花面好。
云鬓斜簪,
徒要教郎比并看。

减字木兰花

[宋] 秦　观

天涯旧恨,
独自凄凉人不问。
欲见回肠,
断尽金炉小篆香。

黛蛾长敛,
任是春风吹不展。
困倚危楼,
过尽飞鸿字字愁。

减字木兰花·春情

[宋] 王安国

画桥流水，

雨湿落红飞不起。

月破黄昏，

帘里余香马上闻。

徘徊不语，

今夜梦魂何处去？

不似垂杨，

犹解飞花入洞房。

（七）忆秦娥（四十六字，又名秦楼月、碧云深、双荷叶。）

平⑪仄，△

⑪平⑪仄平平仄。△

平平仄（叠三字），

⑪平⑪仄，

仄平平仄。△

⑪平⑪仄平平仄，△

⑪平⑪仄平平仄。△

平平仄（叠三字），△

⑪平⑪仄，

仄平平仄。△

"秦娥"本指是古代秦国的女子弄玉。传说她是秦穆公的女儿，爱吹箫，嫁给仙人萧史。该词牌名最早出自李白《忆秦娥·箫声咽》词。关于该调的作者，两宋之交邵博《邵氏闻见后录》始称为李白之作，南宋黄升《唐宋诸贤绝妙词选》亦录于李白名下。明代以来屡有质疑者，有人认为该词牌为晚唐宋初时词人所作。不管是谁作的词，因词中有"秦娥梦断秦楼月"句，故名《忆秦娥》。

此调为双调，四十六字，前后阕各三仄韵，一叠韵，均须押入声字，一韵到底。

忆秦娥

[唐] 李　白

箫声咽，

秦娥梦断秦楼月。

秦楼月，

年年柳色，

灞陵伤别。

乐游原上清秋节，

咸阳古道音尘绝。
音尘绝,
西风残照,
汉家陵阙。

忆秦娥·用太白韵

[宋] 李之仪

清溪咽,
霜风洗出山头月。
山头月,
迎得云归,
还送云别。

不知今是何时节,
凌歊望断音尘绝。
音尘绝。
帆来帆去,
天际双阙。

忆秦娥

[宋] 李清照

临高阁,
乱山平野烟光薄。
烟光薄,
栖鸦归后,
暮天闻角。

断香残酒情怀恶,
西风催衬梧桐落。
梧桐落,
又还秋色,
又还寂寞。

忆秦娥

[宋] 黄　机

秋萧索,
梧桐落尽西风恶。
西风恶,
数声新雁,
数声残角。

离愁不管人飘泊，

年年孤负黄花约。

黄花约，

几重庭院，

几重帘幕。

忆秦娥

［宋］刘辰翁

（中斋上元客散感旧，赋忆秦娥见属一读凄然，随韵寄情，不觉悲甚。）

烧灯节。

朝京道上风和雪。

风和雪。

江山如旧，

朝京人绝。

百年短短兴亡别。

与君犹对当时月。

当时月。

照人烛泪，

照人梅发。

（八）清平乐（四十六字，又名清平乐令、醉东风、忆萝月）

⊕平⊗仄，△

⊗仄平平仄。△

⊗仄⊕平平仄仄，△

⊗仄⊕平⊗仄。△

⊕平⊗仄平平，△

⊕平⊗仄平平。△

⊗仄⊕平仄仄，

⊕平⊗仄平平。△

《清平乐（yuè）》，原为唐教坊曲名，取用汉乐府"清乐""平乐"这两个乐调而命名，后用作词牌。《宋史·乐志》入"大石调"，《金奁集》《乐章集》并入"越调"。

双调，四十六字，八句，前阕四仄韵，后阕三平韵。为宋词常用词牌。晏殊、晏几道、黄庭坚、辛弃疾等著名词人均用过此调，其中晏几道用得尤多。

清平乐·村居

[宋] 辛弃疾

茅檐低小，
溪上青青草。
醉里吴音相媚好。
白发谁家翁媪？

大儿锄豆溪东。
中儿正织鸡笼。
最喜小儿亡赖，
溪头卧剥莲蓬。

清平乐

[宋] 李清照

年年雪里，
常插梅花醉。
挼尽梅花无好意，
赢得满衣清泪。

今年海角天涯，
萧萧两鬓生华。
看取晚来风势，
故应难看梅花。

清平乐

[宋] 黄庭坚

春归何处？
寂寞无行路。
若有人知春去处，
唤取归来同住。

春无踪迹谁知？
除非问取黄鹂。
百啭无人能解，
因风飞过蔷薇。

清平乐

[宋] 晏 殊

金风细细，
叶叶梧桐坠。
绿酒初尝人易醉，

一枕小窗浓睡。

紫薇朱槿花残。
斜阳却照阑干。
双燕欲归时节,
银屏昨夜微寒。

清平乐
[宋] 陈师道
秋光烛地,
帘幕生秋意。
露叶翻风惊鹊坠,
暗落青林红子。

微行声断长廊,
熏炉衾换生香。
灭烛却延明月,
揽衣先怯微凉。

（九）西江月（五十字，又名白苹香、步虚词、晚香时候、玉炉三涧雪、江月令。）

‖ ⊘仄⊕平⊘仄,
⊕平⊘仄平平。△
⊘平⊘仄仄平平, △
⊘仄⊕平⊘仄。△ ‖

（说明："‖"表示前后阕同。）

《西江月》，唐教坊曲，《乐章集》《张子野》并入"中吕宫"。双调，五十字，上下阕各两平韵，结尾句各叶一仄韵。沈义父《乐府指迷》说："西江月起头押平声韵，第二、第四句就平声切去，押侧声韵。如平韵押'东'字，侧声须押'董'字、'冻'字方可。"

西江月
[宋] 苏　轼
世事一场大梦,
人生几度新凉。
夜来风叶已鸣廊,
看取眉头鬓上。

酒贱常愁客少,
月明多被云妨。

中秋谁与共孤光,
把盏凄然北望。

西江月
[宋] 柳　永
凤额绣帘高卷,
兽环朱户频摇。
两竿红日上花梢,
春睡厌厌难觉。

好梦狂随飞絮,
闲愁浓胜香醪。
不成雨暮与云朝,
又是韶光过了。

西江月
[宋] 贺　铸
携手看花深径,
扶肩待月斜廊。
临分少伫已伥伥,
此段不堪回想。

欲寄书如天远,
难销夜似年长。
小窗风雨碎人肠,
更在孤舟枕上。

西江月
[宋] 朱敦儒
日日深杯酒满,
朝朝小圃花开。
自歌自舞自开怀,
且喜无拘无碍。

青史几番春梦,
黄泉多少奇才。
不须计较与安排,
领取而今现在。

西江月·夜行黄沙道中
[宋] 辛弃疾
明月别枝惊鹊,

清风半夜鸣蝉。
稻花香里说丰年,
听取蛙声一片。

七八个星天外,
两三点雨山前。
旧时茅店社林边,
路转溪头忽见。

(十) 浪淘沙（五十四字，又名曲入冥、过龙门、卖花声）

‖ⓂⓀⓀ平平，△
ⓂⓀ平平。△
Ⓟ平ⓂⓀⓀ平平。△
ⓂⓀⓅ平平ⓀⓀ，
ⓂⓀ平平。△‖

《浪淘沙》为唐时教坊曲名。《浪淘沙》调出于乐府，原为二十八字，即七言绝句一首。白居易、刘禹锡沿用此调。至李煜，因旧调另制新声，乃变作双调，每段仅存七言二句。皇甫松词云："蛮歌豆蔻北人愁，浦雨杉风野艇秋，浪起鹡鸰眠不得，寒沙细细入江流。"

此调五十四字，前后阕同。第一句五字，与《忆江南》次句同。第二句四字，为仄仄平平，第一字平仄不拘。第三句即平起平收之七言句。第四句为仄起仄收之七言句。第五句则与第二句同。此调平仄既宽，而后半又同前半，是初学填词者最容易摹拟的词调。

浪淘沙

[南唐] 李　煜

往事只堪哀,
对景难排。
秋风庭院藓侵阶。
一任珠帘闲不卷,
终日谁来！

金锁已沉埋,
壮气蒿莱。
晚凉天净月华开。
想得玉楼瑶殿影,
空照秦淮。

浪淘沙

〔南唐〕李　煜

帘外雨潺潺，
春意阑珊。
罗衾不耐五更寒。
梦里不知身是客，
一晌贪欢。

独自莫凭栏，
无限江山，
别时容易见时难。
流水落花春去也，
天上人间。

浪淘沙·山寺夜半闻钟

〔宋〕辛弃疾

身世酒杯中，
万事皆空。
古来三五个英雄。
雨打风吹何处是，
汉殿秦宫。

梦入少年丛，
歌舞匆匆。
老僧夜半误鸣钟。
惊起西窗眠不得，
卷地西风。

浪淘沙

〔宋〕欧阳修

把酒祝东风，
且共从容。
垂杨紫陌洛城东，
总是当时携手处，
游遍芳丛。

聚散苦匆匆，
此恨无穷。
今年花胜去年红，
可惜明年花更好，
知与谁同。

(十一) 蝶恋花（六十字，又名鹊踏枝、黄金缕、卷珠帘、凤栖梧、一箩金、鱼水同欢、转调蝶恋花等）

‖ 仄仄平平平仄仄。△
仄仄平平，
仄仄平平仄。△
仄仄平平平仄仄△（或仄平仄）。
平平仄仄平平仄。△ ‖

《蝶恋花》，商调曲。原唐教坊曲名，本采用于梁简文帝乐府"翻阶蛱蝶恋花情"为名，其词牌始于宋。晏殊词有"杨柳风轻，展尽黄金缕"句，因此又名"黄金缕"。赵令畤词有"不卷珠帘，人在深深院"句，因此又名"卷珠帘"。北宋司马槱词有"夜凉明月生南浦"句，故又名"明月生南浦"。韩淲词有"细雨吹池沼"句，因而又名"细雨吹池沼"。贺铸词名"凤栖梧"，北宋沈会宗词名"转调蝶恋花"，南宋李石词名"一箩金"，衷元吉（一说无名氏）词名"鱼水同欢"。

双调，前后阕同，押仄声韵，共六十字，前后阕各四仄韵，一般用来填写多愁善感和缠绵悱恻之情。自宋代以来，产生了不少以《蝶恋花》为词牌的优美词章，像宋代柳永、苏轼、晏殊等人的《蝶恋花》都是千古名篇。

蝶恋花

[宋] 欧阳修

画阁归来春又晚，
燕子双飞，
柳软桃花浅。
细雨满天风满院，
愁眉敛尽无人见。

独倚阑干心绪乱，
芳草芊绵，
尚忆江南岸。
风月无情人暗换，
旧游如梦空肠断。

蝶恋花

[南唐] 冯延巳

几日行云何处去？
忘了归来，
不道春将暮。
百草千花寒食路，
香车系在谁家树？

泪眼倚楼频独语。
双燕来时,
陌上相逢否?
撩乱春愁如柳絮,
依依梦里无寻处。

蝶恋花·暮春别李公择
[宋] 苏　轼
簌簌无风花自堕,
寂寞园林,
柳老樱桃过。
落日有情还照坐,
山青一点横云破。

路尽河回人转舵,
系缆渔村,
月暗孤灯火。
凭仗飞魂招楚些,
我思君处君思我。

蝶恋花
[宋] 晏几道
梦入江南烟水路。
行尽江南,
不与离人遇。
睡里消魂无说处。
觉来惆怅消魂误。

欲尽此情书尺素。
浮雁沉鱼,
终了无凭据。
却倚缓弦歌别绪。
断肠移破秦筝柱。

蝶恋花
[宋] 柳　永
伫倚危楼风细细。
望极春愁,
黯黯生天际。
草色烟光残照里。
无言谁会凭阑意。

拟把疏狂图一醉。
对酒当歌，
强乐还无味。
衣带渐宽终不悔。
为伊消得人憔悴。

（十二）渔家傲（六十二字）

‖ 仄仄⑰平平仄仄，△
⑰平⑰仄平平仄。△
仄仄⑰平平仄仄。△
平⑰仄，△
⑰平⑰仄平平仄。△ ‖

《渔家傲》不见于唐、五代人词，至北宋晏殊、欧阳修多填此调。《词谱》卷十四云："此调始自晏殊，因词有'神仙一曲渔家傲'句，取以为名。"

《渔家傲》双调，前后阕相同，六十二字，仄韵。形式上就是两首七言仄韵绝句诗合而为一。所不同者仅有第三句叶韵，以及下添一个三字句而已，但此三字句亦须叶韵。

渔家傲

［宋］李清照

雪里已知春信至，
寒梅点缀琼枝腻。
香脸半开娇旖旎。
当庭际，
玉人浴出新妆洗。

造化可能偏有意，
故教明月玲珑地。
共赏金尊沉绿蚁。
莫辞醉，
此花不与群花比。

渔家傲

［宋］欧阳修

近日门前溪水涨，
郎船几度偷相访。
船小难开红斗帐。
无计向，
合欢影里空惆怅。

愿妾身为红菡萏,
年年生在秋江上。
重愿郎为花底浪。
无隔障,
随风逐雨长来往。

渔家傲
[宋] 晏　殊
画鼓声中昏又晓,
时光只解催人老。
求得浅欢风日好。
齐揭调,
神仙一曲渔家傲。
绿水悠悠天杳杳,
浮生岂得长年少。
莫惜醉来开口笑。
须信道,
人间万事何时了。

渔家傲
[宋] 朱　服
小雨纤纤风细细,
万家杨柳青烟里。
恋树湿花飞不起。
愁无比,
和春付与东流水。
九十光阴能有几,
金龟解尽留无计。
寄语东城沽酒市。
拚一醉,
而今乐事他年泪。

(十三) 满江红（九十三字）
仄仄平平,
平平仄、平平仄仄。△
平仄仄、仄平平仄,
仄平平仄。△
仄仄平平平仄仄,

⊕平㊣仄平平仄。△
仄㊣平、㊣仄仄平平,
平平仄。△
㊣㊣仄,平㊣仄;△
㊣㊣仄,平平仄。△
仄平平仄仄、仄平平仄。△
㊣仄㊣平平仄仄,
㊣平㊣仄平平仄。△
仄㊣平、㊣仄仄平平,
平平仄。△

唐《冥音录》载曲名为"上江虹",后转二字,得今名。按万树的《词律》,引《冥音录》作"上江红"。但"上"谐作"满"。考《本草纲目》有"满江红",满江红为水草,是浮游水面之细小植物,一名芽胞果。

此词双调。九十三字,前阕四仄韵,后句五仄韵,前阕五、六句,后阕七、八句要对仗。后阕三字四字也用对仗,此调例用入声韵脚。传唱最广的是岳飞《满江红·写怀》。

满江红

[宋] 柳　永

暮雨初收,
长川静、征帆夜落。
临岛屿、蓼烟疏淡,
苇风萧索。
几许渔人飞短艇,
尽载灯火归村落。
遣行客、当此念回程,
伤漂泊。

桐江好,烟漠漠。
波似染,山如削。
绕严陵滩畔、鹭飞鱼跃。
游宦区区成底事?
平生况有云泉约。
归去来、一曲仲宣吟,
从军乐。

满江红

　　［宋］辛弃疾

敲碎离愁，
纱窗外、风摇翠竹。
人去后、吹箫声断，
倚楼人独。
满眼不堪三月暮，
举头已觉千山绿。
但试将一纸寄来书，
从头读。

相思字，空盈幅；
相思意，何时足？
滴罗襟点点、泪珠盈掬。
芳草不迷行客路，
垂杨只碍离人目。
最苦是、立尽月黄昏，
阑干曲。

满江红·写怀

　　［宋］岳　飞

怒发冲冠，
凭栏处、潇潇雨歇。
抬望眼、仰天长啸，
壮怀激烈。
三十功名尘与土，
八千里路云和月。
莫等闲、白了少年头，
空悲切。

靖康耻，犹未雪；
臣子恨，何时灭。
驾长车踏破、贺兰山缺。
壮志饥餐胡虏肉，
笑谈渴饮匈奴血。
待从头、收拾旧山河，
朝天阙。

第一章　词的结构

满江红·金陵怀古
[元] 萨都剌

六代豪华，
春去也、更无消息。
空怅望、山川形胜，
已非畴昔。
王谢堂前双燕子，
乌衣巷口曾相识。
听夜深、寂寞打孤城，
春潮急。

思往事，愁如织；
怀故国，空陈迹。
但荒烟衰草、乱鸦斜日。
玉树歌残秋露冷，
胭脂井坏寒螀泣。
到如今、只有蒋山青，
秦淮碧！

（十四）水调歌头（九十五字，又名元会曲、凯歌、台城游等）
⊗仄⊕平仄，
⊗仄仄平平。△
⊕平⊗仄平仄⊗仄仄平平△
（上六下五或上四下七。）
⊗仄平平⊗仄，
⊗仄⊕平⊗仄，
⊗仄仄平平。△
⊗仄⊕平仄，
⊗仄仄平平。△

⊕平仄，
平⊕仄，
仄平平。△
⊕平⊗仄平仄仄仄仄平平△
（上六下五或上四下七，又或作仄仄平平仄仄，仄仄仄平平。）
⊗仄⊕平⊗仄，
⊗仄⊕平⊗仄，

· 157 ·

仄仄仄平平。△
仄仄⊕平平仄,
仄仄仄平平。△

此词双调,九十五字,平韵。宋人填词也有押仄韵的。

水调歌头·中秋
[宋] 苏 轼

(丙辰中秋,欢饮达旦,大醉,作此篇,兼怀子由。)

明月几时有?
把酒问青天。
不知天上宫阙,今夕是何年。
我欲乘风归去,
又恐琼楼玉宇,
高处不胜寒。
起舞弄清影,
何似在人间?
转朱阁,
低绮户,
照无眠。
不应有恨,何事长向别时圆?
人有悲欢离合,
月有阴晴圆缺,
此事古难全。
但愿人长久,
千里共婵娟。

水调歌头·金山观月
[宋] 张孝祥

江山自雄丽,
风露与高寒。
寄声月姊,借我玉鉴此中看。
幽壑鱼龙悲啸,
倒影星辰摇动,
海气夜漫漫。
涌起白银阙,
危驻紫金山。

表独立,
飞霞佩,
切云冠。
潄冰濯雪,眇视万里一毫端。
回首三山何处,
闻道群仙笑我,
要我欲俱还。
挥手从此去,
翳凤更骖鸾。

水调歌头·中秋
　　［宋］米　芾
砧声送风急,
蟋蟀思高秋。
我来对景,不学宋玉解悲愁。
收拾凄凉兴况,
分付尊中醽醁,
倍觉不胜幽。
自有多情处,
明月挂南楼。
怅襟怀,
横玉笛,
韵悠悠。
清时良夜,借我此地倒金瓯。
可爱一天风物,
遍倚阑干十二,
宇宙若萍浮。
醉困不知醒,
攲枕卧江流。

水调歌头
　　［宋］范成大
细数十年事,
十处过中秋。
今年新梦,忽到黄鹤旧山头。
老子个中不浅,
此会天教重见,
今古一南楼。

星汉淡无色,
玉镜独空浮。

敛秦烟,
收楚雾,
熨江流。
关河离合、南北依旧照清愁。
想见姮娥冷眼,
应笑归来霜鬓,
空敝黑貂裘。
酾酒问蟾兔,
肯去伴沧洲?

水调歌头·题西山秋爽图

[清] 纳兰性德

空山梵呗静,
水月影俱沉。
悠然一境人外,都不许尘侵。
岁晚忆曾游处,
犹记半竿斜照,
一抹界疏林。
绝顶茅庵里,
老衲正孤吟。

云中锡,
溪头钓,
涧边琴。
此生著几两屐,谁识卧游心?
准拟乘风归去,
错向槐安回首,
何日得投簪。
布袜青鞋约,
但向画图寻。

(十五) 念奴娇 (一百字,又名百字令、酹江月、大江东去)
⊕平⊗仄,
仄平⊕、⊗仄⊕平平仄△ (或⊗仄平平⊗仄、⊗平平仄)。
⊗仄⊕平平仄仄,
⊗仄⊕平平仄。△

⊘仄平平，
㊉平⊘仄，
仄仄平平仄。△
㊉平㊉仄，
㊉平平仄平仄。△
㊉仄㊉仄平平（或㊉平⊘仄平平），
㊉平平仄（或⊘仄平平），
⊘仄平平仄。△
⊘仄㊉平平仄仄，
⊘仄㊉平平仄。△
⊘仄平平，
㊉平⊘仄，
⊘仄平平仄。△
㊉平㊉仄，
㊉平平仄平仄。△

此调有仄二体。双调，一百字，上阕四十九字，下阕五十一字。上下阕各四仄韵，一韵到底。本调不甚拘平仄。

念奴娇·赤壁怀古

〔宋〕苏　轼

大江东去，
浪淘尽，
千古风流人物。
故垒西边，
人道是，
三国周郎赤壁。
乱石穿空，
惊涛拍岸，
卷起千堆雪。
江山如画，
一时多少豪杰。
遥想公瑾当年，
小乔初嫁了，
雄姿英发。
羽扇纶巾，

谈笑间,
樯橹灰飞烟灭。
故国神游,
多情应笑我,
早生华发。
人生如梦,
一樽还酹江月。

念奴娇·中秋
[宋] 苏　轼

凭高眺远,
见长空万里,
云无留迹。
桂魄飞来光射处,
冷浸一天秋碧。
玉宇琼楼,
乘鸾来去,
人在清凉国。
江山如画,
望中烟树历历。
我醉拍手狂歌,
举怀邀月,
对影成三客。
起舞徘徊风露下,
今夕不知何夕。
便欲乘风,
翻然归去,
何用骑鹏翼。
水晶宫里,
一声吹断横笛。

念奴娇·过洞庭
[宋] 张孝祥

洞庭青草,
近中秋、更无一点风色。
玉鉴琼田三万顷,
著我扁舟一叶。
素月分辉,

明河共影,
表里俱澄澈。
悠然心会,
妙处难与君说。

应念岭海经年,
孤光自照,
肝肺皆冰雪。
短发萧骚襟袖冷,
稳泛沧浪空阔。
尽吸西江,
细斟北斗,
万象为宾客。
扣舷独笑,
不知今夕何夕。

念奴娇·梅

［宋］辛弃疾

疏疏淡淡,
问阿谁、堪比天真颜色。
笑杀东君虚占断,
多少朱朱白白。
雪里温柔,
水边明秀,
不借春工力。
骨清香嫩,
迥然天与奇绝。

尝记宝篽寒轻,
琐窗人睡起,
玉纤轻摘。
漂泊天涯空瘦损,
犹有当年标格。
万里风烟,
一溪霜月,
未怕欺他得。
不如归去,
阆苑有个人忆。

念奴娇·中秋对月

[明] 文征明

桂花浮玉，

正月满天街，

夜凉如洗。

风泛须眉并骨寒，

人在水晶宫里。

蛟龙偃蹇，

观阙嵯峨，

缥缈笙歌沸。

霜华满地，

欲跨彩云飞起。

记得去年今夕，

酾酒溪亭，

淡月云来去。

千里江山昨梦非，

转眼秋光如许。

青雀西来，

嫦娥报我，

道佳期近矣。

寄言俦侣，

莫负广寒沉醉。

（十六）沁园春（一百十四字，又名念离群、东仙、洞庭春色、寿星明、千春词、大圣乐。）

⊠仄平平，

⊠仄平平，

仄仄仄平。△

仄平平仄仄（上一下四），

⊕平⊠仄；

⊕平⊠仄，

⊠仄平平。△

⊠仄平平，

⊕平⊠仄，

⊠仄平平⊠仄平。△

平⊕仄，

仄⑪平⑪仄（上一下四），
⑪仄平平。△

⑪平⑪仄平平。△
⑪仄仄、平平⑪仄平。△
仄⑪平⑪仄（上一下四），
⑰平⑪仄；
⑰平⑪仄，
⑪仄平平。△
⑪仄平平，
⑰平⑪仄，
⑪仄平平⑪仄平。△
平⑰仄（或仄平仄），
仄⑪平⑪仄（上一下四），
⑪仄平平。△

此词双调，一百一十四字。上阕十三句，四平韵；下阕十二句，五平韵。一韵到底，上半阕四五句、六七句、八九句，下半阕三四句、五六句、七八句均要求对仗。四个五字句，都是上一下四句法。此调常用对仗句。

沁园春

[宋] 苏 轼

孤馆灯青，
野店鸡号，
旅枕梦残。
渐月华收练，
晨霜耿耿，
云山摛锦，
朝露漙漙。
世路无穷，
劳生有限，
似此区区长鲜欢。
微吟罢，
凭征鞍无语，
往事千端。

当时共客长安，
似二陆初来俱少年。

有笔头千字,
胸中万卷;
致君尧舜,
此事何难?
用舍由时,
行藏在我,
袖手何妨闲处看。
身长健,
但优游卒岁,
且斗尊前。

沁园春

[宋] 陆　游
孤鹤归飞,
再过辽天,
换尽旧人。
念累累枯冢,
茫茫梦境,
王侯蝼蚁,
毕竟成尘。
载酒园林,
寻花巷陌,
当日何曾轻负春?
流年改,
叹围腰带剩,
点鬓霜新。
交亲零落如云,
又岂料如今馀此身。
幸眼明身健,
茶甘饭软,
非惟我老,
更有人贫。
躲尽危机,
消残壮志,
短艇湖中闲采蒓。
吾何恨,
有渔翁共醉,
溪友为邻。

沁园春·恨
[清] 郑板桥
花亦无知,
月亦无聊,
酒亦无灵。
把夭桃斫断,
煞他风景;
鹦哥煮熟,
佐我杯羹。
焚砚烧书,
椎琴裂画,
毁尽文章抹尽名。
荥阳郑,
有慕歌家世,
乞食风情。

单寒骨相难更,
笑席帽青衫太瘦生。
看蓬门秋草,
年年破巷,
疏窗细雨,
夜夜孤灯。
难道天公,
还箝恨口,
不许长吁一两声?
癫狂甚,
取乌丝百幅,
细写凄清。

沁园春·长沙
　　毛泽东
独立寒秋,
湘江北去,
橘子洲头。
看万山红遍,
层林尽染;
漫江碧透,
百舸争流。

鹰击长空，
鱼翔浅底，
万类霜天竞自由。
怅寥廓，
问苍茫大地，
谁主沉浮？
携来百侣曾游，
忆往昔峥嵘岁月稠。
恰同学少年，
风华正茂；
书生意气，
挥斥方遒。
指点江山，
激扬文字，
粪土当年万户侯。
曾记否，
到中流击水，
浪遏飞舟？

[知识链接]

1.《词律》

清万树撰，二十卷，一字一句，皆取宋元名作排比而求其律，收唐、宋、元六百六十调，一千一百八十余体。《四库全书总目提要》称"是编纠正《啸馀谱》及《填词图谱》之误，以及诸家词集之舛异"。唐宋以来，依声度曲之法，久已失传。故杜文澜《词律续说》称是书"作于宫谱失传之后，振兴词学，独辟康庄，嘉惠后者甚厚"。但编者疏于考证，书中脱漏错误，诚所不免，在自续及《发凡》中言之甚详。后人亦有所校定。同治十二年（1873年）徐诚庵作《词律拾遗》八卷，其中一至六卷为补调补体，卷七至卷八则为订正原书之补注。光绪二年（1876年）杜文澜为之校勘并有《词律补遗》一卷，《拾遗》之外，又得五十调。校勘记散附杜刻《词律》各阕之后。是书有清刻本，1984年上海古籍出版社据光绪刻本影印。

2. 如何读词谱？

一般词谱标有下列字样：

(1) 韵：凡词谱中注有"韵"字者，即每阕词起句押韵之处。

(2) "叶"：谓与上句所押之韵同韵部，而不变换他韵。

(3) "句"：凡词谱中注有"句"字者，即不押韵之句。

(4)"豆"：凡词谱中注有"豆"字者，即一句中之顿逗（短暂停顿）处。

(5)"换"：凡词谱中注有换平者，其上句必押仄韵，至此则换平韵；或上句皆平韵，此处换其他平韵，反之，词谱中注有换仄者，其上句必押平韵，至此则换仄韵；或上句皆仄韵，此处换其他仄韵。

(6)"叠"：凡词谱中注有"叠"字者，有四种可能：

A. 叠句，如《如梦令》："依旧，依旧"。

B. 叠字，如《忆秦娥》之叠前句之后三字。

C. 倒叠字，如《调笑令》之倒前句后二字。

D. 叠韵，如《长相思》："汴水流，泗水流"。

3. 词调的分类：令、引、近、慢

从音乐的角度，将词分为令、引、近、慢四类。各有不同的节拍和唱法。它们的区别不在于文辞，而在于音乐。

令：指令曲。出于唐人宴席间所行的酒令。唐代人往往于宴会上即席填词，利用时调小曲当作酒令。词坛上，最早出现的是小令。如《十六字令》。

引：一般是乐曲中的前奏曲。比"令"要长。如《梅花引》《清波引》。

近：一种由慢渐快的节拍。也是长于令曲的词调。如《祝英台近》《荔枝香近》。

慢：是慢曲子的简称。它是词调中的长曲子，调长拍缓，因而配合的字也多。如《扬州慢》。宋代柳永是文人中第一个大量创作慢词（即长调）的词人。

4. 犯调与转调

犯调：

犯调是一个曲子内两次以上转调，即一曲而用两个以上宫调。不同宫调的音高不同，演奏时会发生冲突，故称犯调。

犯调始于唐代，盛行于北宋。制作犯调是大晟乐府诸词家增演乐曲的重要方法之一。

属于宫商相犯的，如吴文英《古香慢》；属于商羽相犯的，如姜夔《凄凉犯》；周邦彦所制曲调有《玲珑四犯》《花犯》《尾犯》《侧犯》等。

转调：

转调是增损旧腔，转入新调。"摊破句法，添入衬字，转换宫调，自称新声。"如《转调蝶恋花》《转调踏莎行》等。

5. 摊破、减字、偷声

摊破：由于乐曲节拍的变动而添声加字，并引起句法、叶韵的变化。如《摊

破浣溪沙》。

减字和偷声：其原因与摊破相同，减少或者是稍改原调的句法字数，另成新调。如《减字木兰花》《偷声木兰花》等。

写作训练

1. 下面是《忆江南》词谱，请依此谱填一首《忆江南》：

忆江南（二十七字，又作望江南，江南好）
平平仄，
仄仄仄平平。
仄仄平平平仄仄，
平平仄仄仄平平。
仄仄仄平平。

忆江南
［唐］白居易
江南好，
风景旧曾谙。
日出江花红胜火，
春来江水绿如蓝。
能不忆江南？

忆江南
［唐］刘禹锡
春去也，
多谢洛城人。
弱柳从风疑举袂，
丛兰裛露似沾巾。
独坐亦含嚬。

梦江南
［唐］温庭筠
梳洗罢，
独倚望江楼。
过尽千帆皆不是，
斜晖脉脉水悠悠。
肠断白蘋洲。

2. 请看下面《浣溪沙》词谱，请依此谱填一首《浣溪沙》：

浣溪沙（四十二字，沙或作纱，或作浣纱溪）
仄仄平平仄仄平，

平平仄仄仄平平。
平平仄仄仄平平。
仄仄平平平仄仄,
平平仄仄仄平平。
平平仄仄仄平平。
(后阕头两句往往用对仗。)

浣溪沙

［宋］晏几道

闲弄筝弦懒系裙,
铅华消尽见天真。
眼波低处事还新。

怅恨不逢如意酒。
寻思难值有情人。
可怜虚度琐窗春。

浣溪沙·荆州约马举先登城楼观塞

［宋］张孝祥

霜日明霄水蘸空,
鸣鞘声里绣旗红。
淡烟衰草有无中。

万里中原烽火北,
一尊浊酒戍楼东。
酒阑挥泪向悲风。

第二章　词的用韵

词韵，包括两个方面的内容。一是词的韵部，二是词押韵的格式。

关于词的韵部，没有正式的规定。词韵源于诗韵，但又与诗不同，词韵不像诗韵，有严格的规定。在科考时代诗韵是由朝廷颁布或认可的，所以近体诗一律要求押本韵，不得出韵、落韵。词不是科考之目，又加之长期与音乐结合在一起，词人填词用韵只要求唱之上口、听之顺耳，因此，押韵比较随意，凡韵母相同、相近的字都可以通押。用韵也很宽，没有作诗那么严格的要求。有时还"随其口语"，受方言方音的影响很大，韵域也更宽。后来，渐渐出现了词韵的专书，人们也开始依照韵书用韵。

第一节　《词林正韵》

南宋之前没有词韵的专书。明清两代有不少研究词韵的学者，根据唐宋著名词人的押韵情况，用诗韵加以归纳分类，出了不少词韵专著。其中影响最大的是清人戈载的《词林正韵》。直到现代，人们仍将其作为填词用韵的根据。

《词林正韵》把填词可以通用的诗韵韵目合并在一起。把平、上、去三声合并为十四部，入声合并为五部，一共有十九个韵部。戈载的分部，据他自己所说是"取古人之名词参酌而审定"。《词林正韵》原书用《集韵》标目，分类繁多，标目中还有僻字，下面用通行的《平水韵》标目，介绍词韵十九部如下：

一、平上去声十四部

1. 平声东冬，上声董肿，去声送宋。
2. 平声江阳，上声讲养，去声绛漾。
3. 平声支微齐，又灰半；上声纸尾荠，又贿半；去声寘未霁，又泰半、队半。

4. 平声鱼虞；上声语麌；去声御遇。
5. 平声佳半、灰半；上声蟹，又贿半；去声泰半、卦半、队半。
6. 平声真文，又元半，上声轸吻，又阮半；去声震问，又愿半。
7. 平声寒删先，又元半；上声旱潸铣，又阮半；去声翰谏霰，又愿半。
8. 平声萧肴豪，上声筱巧皓，去声啸效号。
9. 平声歌，上声哿，去声个。
10. 平声麻，又佳半；上声马，去声祃，又卦半。
11. 平声庚青蒸，上声梗迥，去声敬径。
12. 平声尤，上声有，去声宥。
13. 平声侵，上声寝，去声沁。
14. 平声覃盐咸，上声感俭赚，去声勘艳陷。

二、入声五部

1. 屋沃。
2. 觉药。
3. 质物锡职缉。
4. 物月曷黠屑叶
5. 合洽。

（注：上面"半"字的韵目，表明该韵目中的一半字与此部通用，另一半与另一部通用。）

因为语音发展的因素，加之方言的影响，在实际运用中，十九部中的第六部已与第十一部、第十三部相通，第七部已与第十四部相通。

入声韵的独立性很强，某些词在习惯上是用入声韵的，例如《忆秦娥》《念奴娇》等；上去两声可以通押。

平韵与仄韵的界限非常严格，某调规定用平韵，就不能用仄韵；规定用仄韵，就不能用平韵。

第二节　词的押韵格式

词的押韵与律诗不同。律诗的押韵比较固定，并要求押平声韵，要隔句用韵，而且要一韵到底。词则不固定，不同的词牌有不同的押韵要求。龙榆生的《唐宋词格律》将词押韵格式分为五格。

一、平韵格

平韵格就是在一首词中，从头到尾全是押平声韵，至于是句句押韵，还是隔几句押韵，则因词牌的不同而不同。平韵格是词调中较多的押韵格式，小令、中调、长调中都有平韵格。此类词牌有《十六字令》《浪淘沙》《浣溪沙》《临江仙》《一剪梅》《破阵子》《行香子》《风入松》《水调歌头》《望海潮》《沁园春》等。比如：

浪淘沙

［宋］欧阳修

把酒祝东风，△

且共从容，△

垂杨紫陌洛城东。△

总是当年携手处，

游遍芳丛。△

聚散苦匆匆，△

此恨无穷。△

今年花胜去年红。△

可惜明年花更好，

知与谁同？△

风、容、东、丛、匆、穷、红、同，都是第一部平声东冬韵，这首词从头到尾都是押的平声韵。

二、仄韵格

仄韵格就是一首词从头到尾全是押仄声韵，押韵的位置也是由词牌而定。仄韵格是词调中最多的押韵格式，小令、中调、长调中都有仄韵格。此类词牌有：《如梦令》《生查子》《天仙子》《卜算子》《点绛唇》《忆秦娥》《蝶恋花》《渔家傲》《苏幕遮》《醉花阴》《青玉案》《满江红》《永遇乐》《念奴娇》《声声慢》等。比如：

蝶恋花·春景

［宋］苏　轼

花褪残红青杏小。△

燕子飞时，绿水人家绕。△

枝上柳绵吹又少，△

天涯何处无芳草！△

墙里秋千墙外道。△

墙外行人，墙里佳人笑。△

笑渐不闻声渐悄，△

多情却被无情恼。△

小、绕、少、草、道、笑、悄、恼，都是第八部仄声韵，这首词从头到尾都是押的仄声韵。

三、平仄韵转换格

一首词或词的一片先押平声韵后押仄声韵，或先押仄声韵后押平声韵，平仄互相转换。可以换韵一次，也可以换韵多次。而且平韵与仄韵无须同韵部，但平韵段内及仄韵段内须各自同韵部。用平仄韵转换格的词大都是小令，中调、长调比较少见。比如先平韵后仄韵的：

南乡子

［后蜀］欧阳炯

路入南中，△
桄榔叶暗蓼花红。△
两岸人家微雨后，△
收红豆，△
树底纤纤抬素手。△

先是"中""红"平韵；然后是"后""豆""手"仄韵。

还有先仄韵后平韵的，如：

菩萨蛮

［唐］李　白

平林漠漠烟如织，△
寒山一带伤心碧。△
暝色入高楼，△
有人楼上愁。△
玉阶空伫立，△
宿鸟归飞急。△
何处是归程，△
长亭更短亭。△

上阕先是"织""碧"仄韵，后是"楼""愁"平韵；下阕先是"立""急"仄韵，后是"程""亭"平韵。

四、平仄韵通叶格

就是在一首词中，同一韵部的平韵和仄韵通押。它与平仄韵转换格不同，平仄韵转换是不同的平仄韵转换，而平仄韵通叶格则是同一韵部内的平韵和仄韵通押。最常见的用平仄韵通叶格的词牌是《西江月》，其他常见的用平仄韵通叶格的词牌还有：《哨遍》《戚氏》《渡江云》《醉翁操》《曲玉管》等。比如：

西江月

[宋] 苏　轼

照野弥弥浅浪，
横空隐隐层霄。△
障泥未解玉骢骄。△
我欲醉眠芳草。△

可惜一溪明月，
莫教踏破琼瑶。△
解鞍欹枕绿杨桥，△
杜宇一声春晓。△

霄、骄、瑶、桥是平声，草、晓是仄声，同为第八间韵。这种同韵部平仄通押就叫做平仄韵通叶格，这种情况也叫做押侧声韵。

五、平仄韵错叶格

平仄韵错叶格，即一首词平韵仄韵交叉着换韵，也就是平仄韵互相交错穿插隔韵相押，仄韵段包含于平韵段内，或平韵段包含于仄韵段内。平韵与仄韵可不同韵部，但叶韵须与对应的主韵同韵部。平仄韵错叶格与平仄韵转换格不同，平仄韵转换格平韵段与仄韵段相互不包含。平仄韵错叶格词牌有：《诉衷情》《荷叶杯》《最高楼》《定风波》《相见欢》《钗头凤》《酒泉子》等。例如：

相见欢

[南唐] 李　煜

无言独上西楼，△
月如钩。△
寂寞梧桐深院锁清秋。△
剪不断，△
理还乱。△
是离愁，△
别有一番滋味在心头。△

"楼"是主平韵，"钩""秋""愁""头"是与"楼"同部之叶平韵；"断"是主仄韵，"乱"是与"断"同部之叶仄韵。

又如：

定风波

[宋] 苏　轼

莫听穿林打叶声，△
何妨吟啸且徐行。△

竹杖芒鞋轻胜马，△
谁怕？△
一蓑烟雨任平生。△
料峭春风吹酒醒，△
微冷，△
山头斜照却相迎。△
回首向来萧瑟处，△
归去，△
也无风雨也无晴。△

"声"是主平韵，"行""生""迎"是与"声"同部之叶平韵；"马"是主仄韵，"怕"是与"马"同部之叶仄韵；"醒"是主仄韵，"冷"是与"醒"同部之叶仄韵；"处"是主仄韵，"去"是与"处"同部之叶仄韵。

错叶格有一特点，就是必须句句押韵，一首词里不能有不押韵的句子。这种格式多为小令，也有少数中调。平仄韵错叶格的词调不多，有的还有另体。如《定风波》另有九十九字的仄韵长调体；《诉衷情》有三十三字单调六平韵、五仄韵错叶格，另有四十五字双调平韵格。

以上词的用韵格式只是大体分类，这种分类不是绝对的。有的词牌中就同时包含了两种或两种以上的格式。

写作训练

与词牌格式相关，每一个词牌都对应一个固有的格式，如某一首词如何押韵，词谱都有具体规定，如韵脚字的位置，押平声韵还是押仄声韵，要不要换韵等，都有一定的规定。相比于律诗，词的押韵更灵活，也更复杂，不同的词牌就有不同的押韵的规范。即使是同一词牌，不同的作者使用也有稍微相异之处。

【实践项目】

1. 分析下面几首词的用韵。

蝶恋花·京口得乡书

［宋］苏 轼

雨后春容清更丽。
只有离人，
幽恨终难洗。
北固山前三面水。
碧琼梳拥青螺髻。
一纸乡书来万里。
问我何年，

真个成归计。
白首送春拼一醉。
东风吹破千行泪。

西江月·夜行黄沙道中

［宋］辛弃疾

明月别枝惊鹊，
清风半夜鸣蝉。
稻花香里说丰年，
听取蛙声一片。

七八个星天外，
两三点雨山前。
旧时茅店社林边，
路转溪桥忽见。

2. 根据下面的《一剪梅》词谱填一首词：

【一剪梅】

双调小令，六十字，上下片各三平韵。每句并用平收，声情低抑。亦有句句叶韵者。

例词：

中仄平平中仄平△。
红藕香残玉簟秋。
中仄平平，中仄平平△。
轻解罗裳，独上兰舟。
中平中仄仄平平，中仄平平，中仄平平△。
云中谁寄锦书来？雁字回时，月满西楼。

中仄平平中仄平△。
花自飘零水自流。
中仄平平，中仄平平△。
一种相思，两处闲愁。
中平中仄仄平平，中仄平平，中仄平平△。
此情无计可消除，才下眉头，却上心头。
（注："中"是可平可仄。）

3. 根据下面的《渔歌子》词谱填一首词：

【渔歌子】

又名《渔父》。唐教坊曲，入"黄钟宫"。二十七字，四平韵。中间三言两句，例用对偶。

例词：
中仄平平仄仄平△，中平平仄仄平平△。
西塞山前白鹭飞，桃花流水鳜鱼肥。
平仄仄，仄平平△，平平仄仄仄平平△。
青箬笠，绿蓑衣，斜风细雨不须归。

第三章 词的平仄

词在押韵上比近体诗要宽得多，但在平仄上却与近体诗一样讲究，甚至比近体诗还要严格。由于词的句式长短不一，因此词的平仄不像近体诗那样按句式有统一的定例，可以类推。词的平仄主要是根据词牌的不同而有不同的规定，一种词牌其原创者所填的词，或某一名家所填的词往往就成为这种词牌的平仄范例。

第一节 词的平仄规律

词的平仄是由律诗的平仄而来的，因此词句的平仄就是用律句的平仄，或基本用律句的平仄。最明显的律句是七言律句和五言律句。例如《浣溪沙》四十二字，就是六个律句组成的，很像一首不粘的七律减去第三、第七两句。词的后阕开头用对仗，就像律诗颈联用对仗一样。《菩萨蛮》前后阕末句本来用拗句（仄平平仄平），但是后代词人许多人都用了律句，故万树《词律》在第三字注云"可仄"。如果前后阕末句都用了律句，那么，整首《菩萨蛮》就都是由七言律句和五言律句组成的了。

但词的平仄又和律诗的平仄不同，律诗的平仄是有固定规律可循的，可以按规则推导，但是词的平仄没有可依据的固定规则，其平仄格式是因不同词牌而定。与律诗平仄规则相对而言，词的平仄规律有以下几方面：

一、一句之中平仄交替出现

一句之中平仄交替出现，是其脱胎于律诗的表现。但平仄交替出现的规律并不是固定的，要看其对律句的具体变化形式。实际填词要依照词谱的平仄规定。

二、没有粘对规则

词的句式形式与近体诗不同。近体诗的句式是整齐的，而词的句式整体上是长短参差不齐的，词当中最短的句子可以是一个字，最长的句子可以多到十几个字。在一首词中，句式长短参差，其前后的平仄匹配关系就不像近体诗那么单纯，会有很多复杂的情况。

三、律句为主，拗句兼用

词受到律诗影响，所以词的平仄句式以律句为主，其中五字句和七字句大多是律诗的四种基本句型。但词句中也常常出现拗句。词中拗句的使用，也是词牌格式确定下来的，既不能救，也不能随意改变。词谱中规定的是律句就填律句，规定的是拗句就填拗句。

四、可平可仄的原则

词的律句中，有些字位也是可平可仄的。词谱中对此也会有明确的标注。

第二节　词的平仄格式

由于词的句式长短不一，有一字句、二字句、三字句、四字句，一直到十一字句。不但五字句、七字句多数是五言律句、七言律句，其他句式也多数是律句。在词的平仄格中，有一种特殊语言单位，就是"逗"。

所谓"逗"，指的是在节奏和平仄安排上独立，而在意义和句法上与后面的部分构成一个整体的语词单位。"逗"常见的有一字逗、二字逗、三字逗、四字逗，此外也有五字逗、六字逗和七字逗。在词谱中一般一字逗不标，二字逗、三字逗称"读"，四字逗一般都视为"句"，但有时也不标，六字逗、七字逗都视为"句"。在实际运用中，四字以上的"逗"和"句"是不同的，"逗"割裂了词句的句法和语义关系，所以有人对这样的句子都统称为"逗"。但一般情况下，仍将其视为词句。"逗"一般是不入韵的，与后面的部分构成一个意义和句法的整体，成为一个完整的句子，这是"逗"与"句"的根本区别所在。

一、一字句

一字句很少见。只有十六字令的第一句是一字句。用平声，入韵。其格式是这样的：

平。
⋀仄平平仄仄平。
平平仄，
⋀仄仄平平。

苍梧谣
　　　　［宋］蔡　伸
天！
休使圆蟾照客眠，
人何在？
桂影自婵娟。（第一部"先"韵）

这首词中，"天"是一字句。

十六字令
毛泽东

山！
快马加鞭未下鞍。
惊回首，
离天三尺三。（第七部平声"删"韵）

这首词中，"山"是一字句。

又如，张孝祥的《十六字令》："归！猎猎西风卷红旗。""归"就是一字句。此外《钗头凤》《惜钗分》中有一字句叠用的，如陆游《钗头凤》上阕："山盟虽在，锦书难托。莫！莫！莫！""莫！莫！莫！"是三个一字句叠用的。一字句都是入韵的，所以其平仄要依词的韵脚而定。

一字逗，也称一字豆。一字逗是词的一个显著特点。懂得一字逗，才不至于误解词句的平仄。有些五字句，实际上是上一下四，就是把五字句分解为第一个字单独念，后四个字连起来念。这样第一个字就是一字逗，而且必须用去声。

例如"望长城内外"（毛泽东《沁园春·雪》），"望"字是一字逗，"长城内外"是四字律句。这样分解出一个一字逗后，"长城内外，惟余莽莽"和"大河上下，顿失滔滔"就成为整齐的对仗。"正惊湍直下"（辛弃疾《沁园春》），"正"字是一字逗，"惊湍直下"是四字律句。"问离巢孤燕"（吴文英《忆旧游》）"问"字是一字逗，"离巢孤燕"是四字律句。

上举各例均属上一下四的一字逗句式，而且都是去声字领格。这种句式在词中常用，仅《忆旧游》，全首中就有六个领格字，《沁园春》也有四个领格字。熟用这一技法，对作词有很大帮助。

二、二字句

二字句也比较少见，二字句一般是平仄（第一字平声，第二字仄声），而且往往是迭句。如：

调笑令
[唐] 王　建

团扇，团扇，美人病来遮面。
玉颜憔悴三年，谁复商量管弦。
弦管，弦管，春草昭阳路断。

胡蝶，胡蝶，飞上金枝玉叶。
君前对舞春风，百叶桃花树红。
红树，红树，燕语莺啼日暮。

罗袖，罗袖，暗舞春风依旧。
遥看歌舞玉楼，好日新妆坐愁。

愁坐，愁坐，一世虚生虚过。

王建《调笑令》中的二字句入韵，前一字平声，后一字仄声。

河 传
[唐] 温庭筠

湖上，闲望。
雨萧萧，烟浦花桥。
路遥。谢娘翠蛾愁不销。
终朝，梦魂迷晚潮。
荡子天涯归棹远。
春已晚，莺语空肠断。
若耶溪，溪水西。
柳堤，不闻郎马嘶。

温庭筠《河传》中的二字句不入韵。有平仄格，也有平平格、仄平格。

又如："千古兴亡多少事？悠悠。不尽长江滚滚流。"（辛弃疾《南乡子·登京口北固亭有怀》上阕）（入韵）

二字句与二字逗的区别有两点，一是二字句在句法和意义上是独立的，二是二字句是可以入韵的。

三、三字句

三字句是用七言律句或五言律句的三字尾。即：平平仄，平仄仄，仄平平，仄仄平。平平仄如"须晴日"，平仄仄如"俱往矣"，仄平平如"照无眠"。两个三字律句用在一起如"青箬笠，绿蓑衣"。

三字句分连用和不连用两种。连用的三字句大多是连用两个，其中后一个总是入韵的，前一个入韵与不入韵均可，依词牌而定。连用两个的三字句如果对偶，其平仄一般是相对的。例如：

深院静，小亭空，断续寒砧断续风……（李煜《捣练子》）
（平仄仄，仄平平）

柳丝长，春雨细，花外漏声迢递……（温庭筠《更漏子》上阕）
（仄平平，平仄仄）

如果是平列的，则两句的平仄往往一致。例如：

汴水流，泗水流，流到瓜洲古渡头……（白居易《长相思》上阕）
（仄仄平，仄仄平）

小轩窗，正梳妆，相顾无言，唯有泪千行……（苏轼《江城子》下阕）
（仄平平，仄平平）

桃花落，闲池阁，山盟虽在，锦书难托。（陆游《钗头凤》下阕）
（平平仄，平平仄）

不连用，也就是单用，一般不能独立，总是与其他句子配合使用，要么在前要么在后，无论在前或在后，在意义和句法上三字句都是相对独立的，这与三字逗不同。单用的三字句在前的有入韵与不入韵两式，入韵的，一般本词都押仄声韵。无论入韵还是不入韵，在前的三字句，末一字以仄声最为普遍，前二字则"平平""仄仄""仄平""平仄"均有，视具体词牌而定。例如：

箫声咽，秦娥梦断秦楼月……（李白《忆秦娥》上阕）
（平平仄）
柳阴直，烟里丝丝弄碧……（周邦彦《兰陵王》上阕）
（仄平仄）
时自笑，虚名负我，半生吟啸。（元好问《玉漏迟》上阕）
（平仄仄）
这次第，怎一个愁字了得。（李清照《声声慢》下阕）
（仄仄仄）
欲黄昏，雨打梨花深闭门。（李重元《忆王孙·春词》下阕）
（仄平平）

三字句出现在所配合的句子之后，则都是入韵的，押韵也不限于仄声韵。如果押仄声韵，以"平平仄""仄平仄"为多见，"平仄仄"和"仄仄仄"比较少见。例如：

旧情才展，又被新愁分了。未成云雨梦，巫山晓。（赵企《感皇恩》上阕）
（平平仄）
不道离情最苦，正凝伫。（杨无咎《扫地游》下阕）
（仄平仄）
念月榭携手，露桥闻笛。沈思前事似梦里，泪暗滴。（周邦彦《兰陵王》下阕）
（仄仄仄）
如果押平声韵，以"仄平平"式最为多见。例如：
无言独上西楼，月如钩。（李煜《相见欢》上阕）
（仄平平）
小雨一番寒，倚阑干。（万俟咏《昭君怨》上阕）
（仄平平）
月明风露娟娟，人未眠。（苏轼《醉翁操》上阕）
（平仄平）

四、四字句

四字句是用七言律句的上四字。即：平平仄仄，仄仄平平。平平仄仄如"天高云淡"，仄仄平平如"怒发冲冠"。两个四字律句用在一起如"唐宗宋祖，稍逊风骚"。先平脚,后仄脚,如"乱石穿空,惊涛拍岸"。

在词中,四字句最为常见,节奏上一般都是二二节拍,一三节拍的罕见,三一节拍的几乎没有。在四字句平仄格式中,"平平仄仄""仄仄平平"是常见的基本平仄格式。"平平仄仄"式允许有"平平平仄""仄平仄仄"等变体;"仄仄平平"式允许有"平仄平平""平仄仄平""仄仄仄平"等变体。"仄平平仄"式本是"平平仄仄"的一种变体,但这种格式在词中很常见。在有些词牌中,这种格式中的第一字和第三字是可平可仄的,是"平平仄仄"式的变体,但在更多的情况下,这种格式是固定的,不可更易。例如:

西风残照,汉家陵阙。(李白《忆秦娥》下阕)
(平平平仄,仄平平仄)
拟歌先敛,欲笑还颦,最断人肠。(欧阳修《诉衷情》下阕)
(仄平平仄,仄仄平平,仄仄平平)
应念潇湘,岸遥人静,水多菰米。(苏轼《水龙吟》上阕)
(平仄平平,仄平平仄,仄平平仄)
叹门外楼头,悲恨相续。(王安石《桂香枝》下阕)
(仄平仄平平,平仄平仄)
清逼池亭,润侵山阁,云气凝聚。(蒋捷《永遇乐》上阕)
(平仄平平,仄仄平仄,平仄平仄)

对于四字句的平仄,还有连用时的一些规律和特点。两个四字句连用的有平列、对偶两式,如果是平列的,则两句的平仄格式一般都是相同的。例如:

思君忆君,魂牵梦萦。(刘过《醉太平》下阕)
(平平仄平,平平仄平)
满院花阴,楼影沉沉。(朱藻《丑奴儿·春暮》)上阕)
(仄仄平平,平仄平平)
相思一度,浓愁一度。(史达祖《解佩令》下阕)
(平平仄仄,仄平仄仄)

如果是对偶的,则两句的平仄格式一般都是相对的,例如:

乱石穿空,惊涛拍岸。(苏轼《念奴娇》上阕)
(仄仄平平,平平仄仄)
风老莺雏,雨肥梅子。(周邦彦《满廷芳》上阕)
(平仄平平,仄平平仄)
非干病酒,不是悲秋。(李清照《凤凰台上忆吹箫》上阕)
(平平仄仄,仄仄平平)

但有时如果这两句不是独立的,也可以与平列的一样,两句的平仄是一致的。例如:

纤云弄巧，飞星传恨，银汉迢迢暗度。（秦观《鹊桥仙》上阕）
（平平仄仄，平平仄仄）
一川烟草，满城风絮，梅子黄时雨。（贺铸《青玉案》下阕）
（仄平平仄，仄平平仄）

三个四字句相连时，在平仄上有一个特点，就是喜欢将其中的一句或两句用拗句，如"平平平仄""仄仄仄平""仄仄平仄"等。例如：

寒蝉凄切，对长亭晚，骤雨初歇。（柳永《雨霖铃》上阕）
（平平平仄，仄平平仄，仄仄平仄）
至今商女，时时犹唱，《后庭》遗曲。（王安石《桂香枝》下阕）
（仄平平仄，平平平仄，仄平平仄）
孤鹤归来，再过辽天，换尽旧人。（陆游《沁园春·有感》上阕）
（平仄平平，仄仄平平，仄仄仄平）

此外，四字句的平仄还要注意：一是连用四个仄声字或连用四个平声字，都是极其罕见的；二是"平仄仄仄"和"仄平平平"两式一般是不允许的。

五、五字句和七字句

词中五字句和七字句的基本平仄格式与五言、七言近体诗的基本平仄格式一致。值得注意的是以下两点：

第一、"仄字头"和"平字头"

所谓"仄字头"，就是第一字是仄声字，第二字是平声字。相应地，"平字头"就是第一字是平声字，第二字是仄声字。在五字句中，"仄字头"一般出现在"仄平平仄仄""仄平平仄平""仄平平平仄"等格式中。例如：

闲引鸳鸯香径里，手挼红杏蕊。（冯延巳《谒金门》上阕）
（仄平平仄仄）
小楼明月调筝，写春风数声。（刘过《醉太平》上阕）
（仄平平仄平）
都把一襟芳思，与空阶榆荚。（姜夔《琵琶仙》下阕）
（仄平平平仄）

"平字头"一般出现在"平仄平平仄"中。例如：
窗含月影，瓦冷霜华，深院重门悄。（秦观《解语花》上阕）
（平仄平平仄）

在七字句中，"仄字头"一般出现在"仄平平仄平平仄""仄平平仄仄平仄""仄仄平平平仄仄""仄仄平平仄平仄""仄仄平平平仄平"等格式中。例如：

数声和月到帘栊。（李煜《捣练子》）
（仄平平仄仄平仄）

泪湿阑干花着露。(毛滂《惜分飞》上阕)
(仄仄平平平仄仄)
乱分春色到人家。(秦观《望海潮》上阕)
(仄平平仄仄平平)

"平字头"一般出现在"平平平仄仄平平""平平仄仄平平仄"等格式中。例如:

多情自古伤离别。(柳永《雨霖铃》下阕)
(平平仄仄平平仄)
邻墙桃影伴烟收。(冯艾子《春风袅娜》上阕)
(平平平仄仄平平)

第二、"三五限定"

在近体诗中,除了为避免孤平和三平调而对第三、第五字有所限定之外,一般情况下,一、三、五的平仄是"不论"的,但在词中,有些词调五字句的第三字和七字句的第五字的平仄是限定的。五字句第三字限定的词调如:

烟柳暗南浦……十日九风雨……哽咽梦中语。(辛弃疾《祝英台近》)
(平仄仄平仄) (仄仄仄平仄) (仄仄仄平仄)
试把花卜归期,才簪又重数。(辛弃疾《祝英台近》下阕)
(平平仄平仄)

可以看出,《祝英台近》中五字句的第三字都用了仄声字。

还乡空断肠……画船听雨眠。(李白《菩萨蛮》)
(平平平仄平) (仄平仄平平)

李白的《菩萨蛮》中,五字句的第三个字都用了平声。

江南好,风景旧曾谙。(白居易《忆江南》)
　　　　(平仄仄平平)
多少恨,昨夜梦魂中。(李煜《忆江南》上阕)
　　　　(仄仄仄平平)

《忆江南》词调的五字句中第三字都用了仄声。

有的词调中,七字句的第五字平仄是限定的,例如:

兰舟同上鸳鸯浦。(张耒《摸鱼儿》上阕)
(平平平仄平平仄)
何事长向别时圆?(苏轼《水调歌头》下阕)
(平仄平仄仄平平)
玉树歌残秋露冷。(萨都剌《满江红》下阕)
(仄仄平平平仄仄)
彩笔新题断肠句。(贺铸《青玉案·春暮》下阕)
(仄仄平平仄平仄)

六、六字句

在近体诗中，六言诗是比较少见的，但在词中六字句却是很常见的。六字句是四字句的扩展，我们把平起变为仄起、仄起变为平起，就扩展成为六字句。六字句的平仄是在四字句的前面加上一个节奏音步即两个字，其基本平仄格式是：

    （a）平平仄仄平平
    （b）仄仄平平仄仄

不过在词中，仄收的六字句以从（b）变来的"平仄仄平平仄"最为常见，其次是"仄仄平平平仄""仄仄平平仄仄"，"仄仄仄平仄仄"属于拗体，非常少见。平收的六字句最常见的基本格式是（a），其次是"仄平平仄平平"。"平平平仄仄平"及"平仄平仄仄平"都很少见。

在以上各式中，第一、第三、第五字原则上都是可平可仄的，不过这三字的自由度又有所不同，第一字的自由度最大，第三字次之，第五字的自由度最小。例如：

春到南楼雪尽，惊动灯期花信……莫把阑干频倚，一望几重烟水。（万俟咏《昭君怨》）

（平仄平平仄仄，平仄平平平仄　　仄仄平平平仄，仄仄仄平平仄）

莺嘴啄花红溜，燕尾点波绿皱……吹彻小梅春透……人与绿杨俱瘦。（秦观《如梦令》）

（平仄仄平平仄　仄仄仄平仄仄　　平仄仄平平仄　　平仄仄平平仄）

在有些词牌中，六字句的平仄格式完全相同。例如：

巷陌雨声初断……惹破画罗轻扇。（周邦彦《过秦楼》上阕）

（仄仄仄平平仄　　仄仄仄平平仄）

天禄故人年少……争看庾楼人小。（黄庭坚《离亭燕》）

（平仄仄平平仄　　平仄仄平平仄）

帘外余香未卷……多少呢喃意绪。（吴文英《双双燕》）

（平仄平平仄仄　　平仄平平仄仄）

六字句第二、第四字相对于奇数字来说要严格一些，但可以拗，因而形成六字句的很多拗体，有第二、第四字平仄相同的，有第四、第六字平仄相同的。例如：

如今有谁堪摘。（李清照《声声慢》下阕）

（平平仄平平仄）

夜久绣阁藏娇。（吴文英《玉漏迟·春情》下阕）

（仄仄仄仄平平）

无言自倚修竹。（姜夔《疏影》上阕）

（平平仄仄平仄）

谁复商量管弦。（王建《调笑令》）

· 188 ·

（平仄平平仄平）

整体来说，六字句的平仄不如五字句和七字句的平仄那么严格。

七、八字句

八字句往往是上三下五。如果第三字用仄声，则第五字往往用平声；如果第三字用平声，则第五字往往用仄声。下五字一般都用律句。比如"引无数英雄竞折腰"（毛泽东《沁园春·雪》），第三字"数"是仄声，第五字"雄"就用了平声，下五字"平平仄仄平"为律句；"莫等闲白了少年头"（岳飞《满江红》），第三字"闲"用平声，第五字"了"是仄声，下五字"仄仄仄平平"为律句。

八、九字句

九字句往往是上三下六，或上六下三，或上四下五。一般都用两个律句组合而成，至少下六字或下五字是律句。如"浪淘尽，千古风流人物"（苏轼《念奴娇·赤壁怀古》）。

九、十一字句

十一字句往往是上四下七，或上六下五。下五字往往是律句。如苏轼词《水调歌头》"不应有恨，何事长向别时圆"，"不知天上宫阙，今夕是何年"。

[知识链接]

1. 特种律句

特种律句主要指的是比较特别的仄脚四字句和六字句。仄脚四字律句是"平平仄仄"，但是特种律句则是"仄平平仄"（第三字必平）；仄脚六字律句是"仄仄平平仄仄"，但是特种律句则是"仄仄仄平平仄"（第五字必平）。《忆秦娥》前后阕末句，依《词律》就该是特种律句。前后阕倒数第二句也常常用特种律句，如"马蹄声碎，喇叭声咽""苍山如海，残阳如血"。《如梦令》的六字句也常用特种律句，如"宁化、清流、归化，路隘林深苔滑""直指武夷山下""风展红旗如画"。又如"昨夜雨疏风骤，浓睡不消残酒""却道海棠依旧""应是绿肥红瘦"。

2. 拗句

大多数的词牌都是没有拗句的。但是，也有少数词牌用一些拗句。例如《念奴娇》前后阕末句（如"一时多少豪杰""一樽还酹江月"），《水调歌头》前阕第三句上六字（如"不知天上宫阙"），后阕第四句上六字（如"一桥飞架南北"），都是"平平平仄平仄"，就都是拗句。

写作训练

词的平韵和仄韵是非常分明的，词调中规定哪一句用平韵，就不能用仄韵；规定用仄韵的，就不能用平韵，除非有另一体。用仄韵的上声和去声可以通押。如《蝶恋花》《卜算子》《水龙吟》《贺新郎》《永遇乐》等词调。有的按习惯是入声押韵的，如《忆秦娥》《满江红》《念奴娇》《雨霖铃》《兰陵王》等词调，必须入声韵独用，不得用上声、去声混押。词押韵的方式依词调而定，一般是小令押韵句较密，如《忆王孙》共五句，句句押韵。所以，不管是阅读古人的词还是自己作词，学习词的格律是重要的。

【实践项目】

1. 按照下面词谱写一首《南乡子》：

【词谱简介】双调《南乡子》，词牌名之一，五十六字，上下阕各四平韵。

【词谱格律对照】

南乡子·题南剑州妓馆

〔宋〕潘 牥

生怕倚阑干，阁下溪声阁外山。

⊘仄仄平平△，⊘仄平平仄仄平△。

惟有旧时山共水，依然。

⊘仄⊙平平仄仄，平平△。

暮雨朝云去不还。

⊘仄平平仄仄平△。

应是蹑飞鸾，月下时时整佩环。

⊘仄仄平平△，⊘仄平平仄仄平△。

月又渐低霜又下，更阑。

⊘仄⊙平平仄仄，平平△。

折得梅花独自看。

⊘仄平平仄仄平△。

2. 按照下面两种体式词谱各写一首《江城子》：

【词谱简介】单调《江城子》，词牌名之一，三十五字，七句五平韵。

体式一

【词谱格律对照】

江城子

〔唐〕韦 庄

髻鬟狼藉黛眉长。

⊙平⊘仄仄平平△。

190

出兰房，别檀郎。
仄平平△，仄平平△。
角声呜咽，星斗渐微茫。
⊙仄平平，仄仄仄平平△。
露冷月残人未起，留不住，泪千行。
⊙仄⊙平平仄仄，平仄仄，仄平平△。

体式二

【词谱简介】双调《江城子》，词牌名之一，又名《江神子》《村意远》，七十字，上下阙格式相同，各七句五平韵。

【词谱格律对照】

江城子
[宋] 苏　轼

十年生死两茫茫，
⊙平⊙仄仄平平△。
不思量，自难忘。
仄平平△，仄平平△。
千里孤坟，无处话凄凉。
⊙仄平平，仄仄仄平平△。
纵使相逢应不识，尘满面，鬓如霜。
⊙仄⊙平平仄仄，平仄仄，仄平平△。
夜来幽梦忽还乡，
⊙平⊙仄仄平平△。
小轩窗，正梳妆。
仄平平△，仄平平△。
相对无言，惟有泪千行。
⊙仄平平，仄仄仄平平△。
料得年年肠断处。明月夜，短松岗。
⊙仄⊙平平仄仄，平仄仄，仄平平△。

第四章　词的对仗

对仗是诗词格律的一个重要特点。律诗的对仗特点非常明显，律诗的对仗格式也非常明确，但词对对仗要求不像律诗那么严格，对仗的格式也和律诗不同。词谱只是注出该词牌的字数、句式、平仄、用韵等，却没有明确标注对仗。虽然有些词谱后面在某句或某几句后标上"多用对仗"，但也只是词家习惯的作法，并没有形成固定的格式。我们所说的词的对仗特点和格式也只是对许多作品实际运用对仗情况的的总结，并非是词对仗的规定。

第一节　词的对仗特点

相对于律诗，词的对仗主要有以下不同的特点。

一、对仗位置不固定

诗词必须在上、下句字数相等的情况下才可能对仗，而词是长短句形式的文体，每一个词牌的字数、句数是不同的，因此，就整体来说，词没有固定的对仗位置。如果使用对仗，位置也是不固定的。

律诗要求颔联、颈联必须对仗。而词只是对某一个具体的词调，可能规定了在该调的某位置必须对仗，这种位置的规定也仅仅只适用于该调，而不适用于其他词调。一个词牌中的对仗也要符合对仗的条件，就是对仗的句子上下句字数必须相等。如：

西江月

[宋] 苏　轼

照野弥弥浅浪，
横空隐隐层霄。
障泥未解玉骢骄。
我欲醉眠芳草。

可惜一溪明月，
莫教踏碎琼瑶。
解鞍欹枕绿杨桥，
杜宇一声春晓。

上阕开头两句"照野弥弥浅浪,横空隐隐层云"是对仗,构成对仗的上下两句都是六字句,字数相同。

江南春
[宋] 寇　准
波渺渺,
柳依依。
孤村芳草远,
斜日杏花飞。
江南春尽离肠断,
蘋满汀洲人未归。

这首词中有三个字数相同的句式都用了对仗:第一句"波渺渺"和第二句"柳依依",第三句"孤村芳草远"和第四句"斜日杏花飞",第五句"江南春尽离肠断"和第六句"蘋满汀洲人未归"都用了对仗。

忆秦娥
[宋] 刘克庄
梅谢了,
塞垣冻解鸿归早。
鸿归早,
凭伊问讯,
大梁遗老。

浙河西面边声悄,
淮河北去炊烟少。
炊烟少,
宣和宫殿,
冷烟衰草。

刘克庄的《忆秦娥》词分别在下阕的两个七字句和两个四字句中用了对仗:"浙河西面边声悄"和"淮河北去炊烟少","宣和宫殿"和"冷烟衰草"分别构成对仗。

忆秦娥
[宋] 莫俟咏
天如洗,
金波冷浸冰壶里。
冰壶里。
一年得似,
此宵能几。

· 193 ·

等闲莫把栏干倚。

马蹄去便三千里。

三千里，

几重云岫，

几重烟水。

莫俟咏的《忆秦娥》则只是在最后一组四言句中用了对仗："几重云岫"与"几重烟水"构成对仗。而在其他《忆秦娥》词中，大多不用对仗。而且即使在同一词家所作的同一词牌的词《忆秦娥》中，也是有的用对仗，有的不用对仗。

鹧鸪天
[宋] 晏几道

彩袖殷勤捧玉钟，

当年拼却醉颜红。

舞低杨柳楼心月，

歌尽桃花扇底风。

从别后，

忆相逢，

几回魂梦与君同。

今宵剩把银釭照，

犹恐相逢是梦中。

这首词有四组相同的句式，仅有一处用了对仗。上片开头两个七字句没有用对仗，后两句用了对仗，即"歌尽桃花扇底风"与"舞低杨柳楼心月"对仗，最后的两个七字句也没有用对仗。

二、平仄要求不严格

词的对仗在平仄上不像律诗那么严格。律诗中两联对仗受着平仄的束缚，出句和对句除了可平可仄的字以外，平仄必须相对。而词则不然，词的句式长短不一，即使有符合对仗的句式，两句的平仄也往往不完全相对，有时，两句的平仄还完全相同。词的对仗，平仄是否相对是由词谱所标的平仄决定的。例如：

钗头凤
[宋] 陆 游

红酥手，黄縢酒，满城春色宫墙柳。东风恶，欢情薄。一怀愁绪，几年离索。

（平平仄，平平仄，仄平平仄平平仄。平平仄，平平仄，中平平仄，仄平平仄。）

错！错！错！

(仄,〖仄〗,〖仄〗。)

春如旧,人空瘦,泪痕红浥鲛绡透。桃花落,闲池阁。山盟虽在,锦书难托。

(平平仄,平平仄,仄平平仄平平仄。平平仄,平平仄,中平平仄,仄平平仄。)

莫!莫!莫!

(仄,〖仄〗,〖仄〗。)

这首词中,构成对仗的几组句子都用了相同的平仄:"红酥手,黄縢酒""东风恶,欢情薄""春如旧,人空瘦""桃花落,闲池阁"都是"平平仄";"一怀愁绪,几年离索""山盟虽在,锦书难托"是"平平平仄,仄平平仄",除第一个字以外(第一个字可平可仄),其他字平仄都相同。

三、允许同字相对

律诗对仗中,同一联不能同字相对,词的对仗没有这个限制,允许同字相对。

忆秦娥

[宋] 程 垓

愁无语,
黄昏庭院黄梅雨。
黄梅雨。
新愁一寸,
旧愁千缕。
杜鹃叫断空山苦。
相思欲计人何许。
一重云断,
一重山阻。

这首词的上下阕最后两个四言句分别用了对仗。上阕的两个"愁"字是同字对仗。下阕四字句的对仗中就有两个字是同字对仗,即"一重"。

下面再举几个例子:

金人捧露盘

[宋] 辛弃疾

恨如新,新恨了,又重新。
看天上、多少浮云。
江南好景,落花时节又逢君。
夜来风雨,春归似欲留人。

尊如海，人如玉，诗如锦，笔如神。
能几字、尽殷勤。
江天日暮，何时重与细论文。
绿杨阴里，听阳关、门掩黄昏。

这首词中的"尊如海，人如玉，诗如锦，笔如神"四个对仗句中都用了相同的字"如"对仗。

卜算子
[宋] 李之仪

我住长江头，
君住长江尾。
日日思君不见君，
共饮长江水。

此水几时休，
此恨何时已。
只愿君心似我心，
定不负相思意。

这首词，上阕的第一句和第二句都有"住长江"三个字，属于同字对仗。下阕的第一句和第二句都有"此""时"进行对仗。

还有一种情况，同一首词牌的词，有的用了同字对仗，有的则没用。这完全取决于词家写词时的需要。

一剪梅
[明] 唐 寅

雨打梨花深闭门。
忘了青春，
误了青春。
赏心乐事共谁论。
花下销魂，
月下销魂。
愁聚眉峰尽日颦。
千点啼痕，
万点啼痕。
晓看天色暮看云。
行也思君，
坐也思君。

一剪梅·游蒋山呈叶丞相

[宋] 辛弃疾

独立苍茫醉不归。
日暮天寒,
归去来兮。
探梅踏雪几何时,
今我来思,
杨柳依依。

白石江头曲岸西。
一片闲愁,
芳草萋萋。
多情山鸟不须啼。
桃李无言,
下自成蹊。

上述两首《一剪梅》中,唐寅的词采用了同字对仗,而辛弃疾的词则没有采用同字对仗,并且在该对仗的句式中也没对仗。

四、一字领后面的对仗

一字领,也叫一字逗、领字、领格,也有二字领、三字领等。如果领字后面用了两个字数相同的句子,这两个句子可以用对仗。如果领字后面是四个字数相同的句子,它们则可以构成对仗中的扇面对。下面是一字领、二字领、三字领后面用对仗的例子:

把吴钩看了,栏杆拍遍。

——辛弃疾《水龙吟·登建康赏心亭》

当时暗水和云泛酒,空山留月听琴。

——王沂孙《八六子》

更那堪鹧鸪声住,杜鹃声切。

——辛弃疾《贺新郎》

因为词中有"领字"的用法,所以有些对仗,看上去两句的字数不相同,但去掉领字后,字数就相同了。又如:

忆旧游

[宋] 周邦彦

记愁横浅黛,
泪洗红铅,
门掩秋宵。
坠叶惊离思,

听寒螀夜泣,
乱雨潇潇。
凤钗半脱云鬟,
窗影烛花摇。
渐暗竹敲凉,
疏萤照晚,
两地魂销。

迢迢,
问音信,
道径底花阴,
时认鸣镳。
也拟临朱户,
叹因郎憔悴,
羞见郎招。
旧巢更有新燕,
杨柳拂河桥。
但满眼京尘,
东风竟日吹露桃。

周邦彦的《忆旧游》词中有六处用了一字领,即上阕的"记""听""渐"和下片的"道""叹""但"。上阕领字后两句都用了对仗,下阕没有对仗。

如果一字领后面用了两个字数相同的句子,那么,这两个句子可以用对仗。如:

眼儿媚

[宋] 朱淑真

迟迟春日弄轻柔,
花径暗香流。
清明过了,
不堪回首,
云锁朱楼。
午窗睡起莺声巧,
何处唤春愁?
绿杨影里,
海棠枝畔,
红杏梢头。

这首词中的"迟迟春日弄轻柔,花径暗香流"句,去掉"迟迟"二字领,就是五言句对仗。

又如吴文英《高阳台》："在灯前敧枕，雨外熏炉"，去掉"在"一字领，就是四言句对仗。

再举几个一字领和二字领后面用对仗的例子：

愁一箭风快，
半篙波暖。

——周邦彦《兰陵王》

叹飘零宦路，
荏苒年华。

——司马光《锦堂春慢》

有渔翁共醉，
溪为邻友。

——陆游《沁园春》

有的一字领后面虽然字数相同，但出现不对仗的情况。比如，下面两首词：

洞仙歌

[宋] 苏　轼

冰肌玉骨，自清凉无汗。
水殿风来暗香满。
绣帘开，一点明月窥人，
人未寝，欹枕钗横鬓乱。
起来携素手，庭户无声，
时见疏星渡河汉。
试问夜如何？夜已三更。
金波淡，玉绳低转。
但屈指西风几时来？
又不道流年，暗中偷换。

念奴娇

[宋] 李清照

萧条庭院，
又斜风细雨，重门须闭。
宠柳娇花寒食近，
种种恼人天气。
险韵诗成，
扶头酒醒，
别是闲滋味。
征鸿过尽，
万千心事难寄。

> 楼上几日春寒,
> 帘垂四面,
> 玉阑干慵倚。
> 被冷香消新梦觉,
> 不许愁人不起。
> 清露晨流,
> 新桐初引,
> 多少游春意。
> 日高烟敛,
> 更看今日晴未。

上述两首词中的一字领后面的字数相等的句子却没有用对仗。苏轼《洞仙歌》中的"又不道流年,暗中偷换",去掉"又",虽都是四言,但不对仗;李清照《念奴娇》"又斜风细雨,重门须闭",去掉"又"字,后面的两句都是四字,但也没用对仗。

如果一字领后面的句子字数并不相等,就不能对仗。如:

> 对潇潇暮雨洒江天,一番洗清秋。
>
> ——柳永《八声甘州》
>
> 但凭栏无语,烟花三月春愁。
>
> ——郑觉斋《扬州慢》

我们再看扇面对。如果一字领的后面是四个字数相同的句子,它们则可以构成对仗中的扇面对。下面是两首领字后面构成扇面对的例子:

> 叹年光过尽,功名未立;
> 书生老去,机会方来。
>
> ——刘克庄《沁园春·梦孚若》
>
> 渐月华收练,晨霜耿耿;
> 云山摛锦,朝露溥溥。
>
> ——苏轼《沁园春》
>
> 似谢家子弟,衣冠磊落。
> 相如庭户,车骑雍容。
>
> ——辛弃疾《沁园春·灵山齐菴赋》

在这些例词中,刘克庄的《沁园春·梦孚若》中的"书生老去"与"年光过尽"相对,"机会方来"与"功名未立"相对。苏轼《沁园春》中的"云山摛锦"与"月华收练"相对,"朝露溥溥"与"晨霜耿耿"相对。辛弃疾《沁园春·灵山齐菴赋》"相如庭户"与"谢家子弟"相对,"车骑雍容"与"衣冠磊落"相对。

第二节　词的特殊对仗格式

词除了律诗的对仗格式外，还有它特殊的对仗格式——扇面对，亦称"扇对"，又称"隔句对"。扇面对是诗、词、曲对偶格式之一，即隔句对，如第一句对第三句，第二句对第四句。一首诗中各联中的出句和对句，本身不构成对仗，但前联与后联形成对仗，也就是两联之间相对，便是扇面对，这在诗中很少出现。例如：

夜闻筝中弹潇湘送神曲感旧
〔唐〕白居易

缥缈巫山女，归来七八年。
殷勤湘水曲，留在十三弦。
苦调吟还出，深情咽不传。
万重云水思，今夜月明前。

白居易这首诗第一、三句为对，第二、四句为对。扇面对虽然在格律诗中非常罕见，但在词曲中却常见。如：

玉蝴蝶
〔宋〕柳　永

望处雨收云断，凭阑悄悄，目送秋光。
晚景萧疏，堪动宋玉悲凉。
水风轻、蘋花渐老，
月露冷、梧叶飘黄。
遣情伤。故人何在，烟水茫茫。
难忘，
文期酒会，几孤风月，屡变星霜。
海阔山遥，未知何处是潇湘。
念双燕、难凭远信，
指暮天、空识归航。
黯相望。
断鸿声里，立尽斜阳。

柳永的这首词上阕"水风轻、蘋花渐老"与"月露冷、梧叶飘黄"是扇面对；下阕"念双燕、难凭远信"与"指暮天、空识归航"是扇面对。

满江红
〔宋〕辛弃疾

紫陌飞尘，望十里、雕鞍绣毂。
春未老、已惊台榭，瘦红肥绿。

睡雨海棠犹倚醉，舞风杨柳难成曲。
问流莺、能说故园无，曾相熟。

岩泉上，飞凫浴。
巢林下，栖禽宿。
恨荼蘼开晚，谩翻船玉。
莲社岂堪谈昨梦，兰亭何处寻遗墨。
但羁怀、空自倚秋千，无心蹴。

辛弃疾的这首《满江红》下阕"岩泉上，飞凫浴"与"巢林下，栖禽宿"扇面对，即"岩泉上"对"巢林下"，"飞凫浴"对"栖禽宿"。

词韵、词的平仄和对仗都是从律诗的基础上加以变化的。因此，要研究词，最好是先研究律诗。律诗熟练掌握了，词就很容易懂了。

写作训练

词是一种抒情诗体，是配合音乐可以歌唱的乐府诗。它的形式是由音乐的要求而规定的。词和诗在形式上的不同，主要有以下几点：

①每首词都有一个调名。如《菩萨蛮》《水调歌头》《沁园春》，称为词调。词调表明这首词写作时所依据的曲调乐谱。各个词调都"调有定句，句有定字，字有定声"。②一首词大都分为数阕，以分两阕居多。一阕即是音乐已经唱完了一遍。每首词分成数阕，就是由几段音乐合成完整的一曲。③押韵的位置各个词调都有一定的格式。诗基本上是偶句押韵的，词的韵位则是依据曲度，即音乐上停顿决定的。每个词调的音乐节奏不同，韵位也就不同。④句式长短不一。诗也有长短句，但以五、七言为基本句式，近体诗还不允许有长短句。词则大量地使用长短句，这是为了更能契合乐调的曲度。⑤字声配合严密。词的字声组织变化多端，有些词调还须分辨四声。作词要审音用字，以文字的声调来配合乐谱的声调，以求音乐美。

【实践项目】

1. 读下面的例词，参照词谱写一首词。

如梦令

［宋］李清照

昨夜雨疏风骤。
浓睡不消残酒。
试问卷帘人，
却道海棠依旧。
知否？知否？
应是绿肥红瘦。

2. 读下面的例词，参照词谱写一首词。

醉花阴

　　[宋] 李清照
　　薄雾浓云愁永昼，
　　瑞脑消金兽。
　　佳节又重阳，
　　玉枕纱厨，
　　半夜凉初透。

　　东篱把酒黄昏后，
　　有暗香盈袖。
　　莫道不销魂，
　　帘卷西风，
　　人比黄花瘦。

3. 读下面的例词，参照词谱写一首词。

扬州慢

　　[宋] 姜　夔

　　淮左名都，竹西佳处，解鞍少驻初程。过春风十里，尽荠麦青青。自胡马窥江去后，废池乔木，犹厌言兵。渐黄昏，清角吹寒，都在空城。

　　杜郎俊赏，算而今、重到须惊。纵豆蔻词工，青楼梦好，难赋深情。二十四桥仍在，波心荡、冷月无声。念桥边红药，年年知为谁生。

4. 读下面的例词，参照词谱写一首词。

钗头凤

　　[宋] 陆　游
　　红酥手，
　　黄縢酒，
　　满城春色宫墙柳；
　　东风恶，
　　欢情薄，
　　一怀愁绪，
　　几年离索，
　　错！错！错！

　　春如旧，
　　人空瘦，
　　泪痕红浥鲛绡透；
　　桃花落，

闲池阁，
山盟虽在，
锦书难托，
莫！莫！莫！

钗头凤

[宋] 唐　婉

世情薄，
人情恶，
雨送黄昏花易落；
晓风干，
泪痕残，
欲笺心事，
独语斜栏，
难！难！难！

人成各，
今非昨，
病魂尝似秋千索；
角声寒，
夜阑珊，
怕人询问，
咽泪装欢，
瞒！瞒！瞒！

附论：当代旧体诗词创作的审美追求

诗词作为中国的文学奇葩富有永恒魅力。"指穷于薪，火传也，不知其尽也"（庄子），"不薄今人爱古人，清词丽句必为邻"（杜甫《戏为六绝句》），学诗足以怡情。当今盛世，涌现出很多诗词创作者，他们激情满怀，布局谋篇深得其妙，硕果累累，异彩纷呈。

一、对语言内涵的追求

诗词与其他文学作品最大的不同就是语言的精炼性。格律诗中的律诗、绝句，以及词中的小令，都很短小。尽管如此，它们所表达的思想却很博大精深。当代旧体诗词创作者也努力追求着诗词语言的精炼，以求用最简练的语言包含尽可能丰富的内容。例如：

葫　芦
张昌言[1]

葫芦窗外熟，腰细连双腹。
子实既殷实，虚怀诚若谷。

一首五言绝句，首先呈现出葫芦成熟后的形态："腰细连双腹"，"双腹"二字形象逼真。继之写葫芦籽饮食饱满，最后上升到深刻的寓意"虚怀诚若谷"之品质。如此精炼的表达，涵盖的内容却如此丰富，这是任何其他文学形式都难以达到的。再如：

婆心斋听燕山雷雨有感
杨春茂

天地几轮回，日月观兴废。
人生听风雷，乾坤满是非。

这是一首借景抒怀的诗，语言苍劲奔放，富于感染力。在一个雷声阵阵的夜晚，作者将笔一纵，出口万里："天地几轮回，日月观兴废"，随即收笔，回到现实："人生听风雷，乾坤满是非"，潇潇洒洒，毫无呆滞，而胸中又自有人生经验之悟：此乃开合擒纵之法。"乾坤"二字，意远兼怀气势。短短二十个字，

---

[1] 张昌言，1928年生，四川井研人。西北师范大学教授、硕士生导师，原校长，曾任甘肃省教育厅厅长、国家督学等职。

内涵却很丰富,天上、人间,任意驰骋。

语言精练,在词中也是一大特点。如下列这首词:

菩萨蛮·参观盐锅峡电厂

尹占华[1]

> 盐锅峡里长河水,
> 往年魄力徒然伟。
> 一自坝雄横,
> 听推机电行。
>
> 线穿云雨盖,
> 功在重山外。
> 前后水高低,
> 寻源须上梯。

优秀的诗词作家,他们会面向自己的时代而创作,时刻关注当下发生的大事件。唐代诗人元稹曾说:"怜渠直道当时事,不着心源傍古人。""渠"是代词,这里指杜甫。这两句话的意思是:杜甫作诗,使用的是当时的语言,而不依傍古人的语言去表达感情。元稹在此用了一个"怜"字,就是喜欢的意思,即喜欢杜甫的作品。中唐时期,元稹、白居易发起"新乐府"运动,口号是"重写实,尚通俗",强调的是诗歌的思想要注重实际。"重写实"也同样适用于词。这首词是用古代词牌谱写当代社会精彩华章——盐锅峡电厂的气势。整首词八句四十四个字,当年盐锅峡的魄力、千秋功业、源头之水都表现得淋漓尽致。

总之,一首好的诗词、一句好的诗句,都是用凝练的语言来表达丰富的内容,使其作品"无一字无来处"。

二、对音韵美的追求

利用相同的韵在诗词中造成周期性的重复,在吟诵者和聆听者听觉上造成一种回环的美感。心理学理论指出:"当人们的期待得到实现时,内心会产生快感和美感。"在诗词中,句中的第一个入韵字往往给人暗示,使人产生期待。当下一个入韵字按照预期的节奏来到时,这种回环的美感便会油然而生。这就是诗词特有的特点——富于节奏的音乐美。

总论中我们说到,诗、乐、舞皆因情感而生发,古代诗、乐、舞三位一体的表达方式,心灵之感和动作唯美结合,淋漓尽致地表达出人类真实而复杂的情感。所以,诗词伴随着音乐而来。而语言的平仄、四声和韵律的应用,都让诗词附上了音乐之美,惟妙惟肖,动感有加,就有节奏感。我们所说的节奏,就是两个音节作为一个整体。诗词节奏如下表所示:

---

[1] 尹占华,西北师大文学院教授、博士生导师,甘肃省诗词学会副会长。

三字句：

平平——仄

仄仄——平

平仄——仄

仄平——仄

四字句：

平平——仄仄

仄仄——平平

五字句：

仄仄——平平——仄

平平——仄仄——平

平平——平仄——仄

仄仄——仄平——平

六字句：

仄仄——平平——仄仄

平平——仄仄——平平

七字句：

平平——仄仄——平平——仄

仄仄——平平——仄仄——平

仄仄——平平——平仄——仄

平平——仄仄——仄平——平

值得注意的是，三字句，特别是五言和七言的三字尾，三个音节的结合是比较密切的，同时，节奏点是可以移动的。移动之后，可以变成以下方式：

三字句：

平——平仄

仄——仄平

平——仄仄

仄——平仄

五字句：

仄仄——平——平仄

平平——仄——仄平

平平——平——仄仄

仄仄——仄——平平

七字句：

平平——仄仄——平——平仄

仄仄——平平——仄——仄平

仄仄——平平——平——仄仄
平平——仄仄——仄——平仄
如下列一首五言律诗：

小院即景
韩成武

琴声一夜雨，小院俏晨妆。
豆蕊擎红短，丝瓜垂绿长。
诗思逐蔓翠，秋果借词香。
物我能相爱，行藏一举觞。

这首诗的音节或一字一组，或两字一组，或三字一组，呈现出2—3，2—3；2—1—2，2—1—2；2—1—2，2—1—2；2—3，2—3 的节奏形式，音节有规律地出现，构成诗歌的节奏美。偶数句末字押韵用了"妆""长""香""觞"等字，平声韵的使用与小院清丽的景色和诗人舒缓的情调相辅相成，相得益彰。再如：

幽谷寒梅
杨春茂

幽谷无人听花语，寒梅香散入云霓。
独从百卉凋零处，抖擞风霜举大旗。

这首诗的第一、二句的节奏是：2—2—1—2，第三句的节奏是：2—2—2—1，第四句的节奏是：2—2—1—2。

实际上，五言和七言都可以分成两个较大的节拍，五言分为二三，七言分为四三。这样，更富于节奏感。按照这个规律，上述韩成武的五言和杨春茂的七言皆符合这种规律，即二三和四三。但是，即使是在格律诗里，也不完全是标准的律句。再如：

将至伦敦飞机上作
赵逵夫

腾空如夸父，逐日四时辰。
银翼穿云海，西天看邓林。
中华今昌盛，往岁路崚嶒。
巨手开新纪，飞龙起亚东。

这样的二三节拍读来有一种回环往复的节奏，可见诗词有着明显的音韵美，读来声调是抑扬顿挫和婉转的。

三、对诗歌抒发真情实感的追求

优秀的诗词创作者，在作品中写实事、抒真情，有感而发，没有无聊的应酬、吹捧，不作无病呻吟。当代许多学者的诗词在这一方面的表现都尤为突出。我们看下面几首诗：

结婚三十周年赠内十首

（原载《中国韵文学刊》2013 年 01 期）

莫砺锋[1]

前缘休说三生石，不是冤家不聚头。
淮北江南行欲遍，却来白下结绸缪。

崎岖世路叹零丁，蛟失沧波鹤剪翎。
久惯人间多白眼，逢君始见两眸青。

钟山苍翠秦淮碧，暇日寻幽携手行。
细语温存惊我耳，刚肠忽觉有柔情。

家无四壁愧黔娄，搜索空囊鬼亦愁。
岂有瑶环定情物，嫁衣犹仗孟光筹。

秋霜春雨夏惊雷，黄卷青灯岁月催。
长夜感君相伴坐，剪刀唧唧把衣裁。

我居西海君东海，寄雁传书隔月回。
平日龃龉夺门去，此时翻愿梦中来。

昔年陇亩度生涯，此日书灯映绛纱。
无限烟云都过眼，诗书说罢话桑麻。

君轻富贵若浮尘，我亦人间澹荡身。
淡饭粗茶皆有味，轻裘肥马是何人。

青丝忍看染秋霜，自嫁梁鸿日夜忙。
衣食渐丰人渐老，十年汤药侍高堂。

苍颜白发两相怜，共话平生叹逝川。
我向天公祈后死，伴君垂老坐炉前。

在这十首诗中，抒情与叙事有机融合，夫妻相帮相扶的人生经历、相依相伴的朴素情感，一一娓娓道来。又有豁达通脱的生死观和不乏诙谐幽默的笔调，一组诗读罢，令人久久不能平静。从中我们可以看出莫先生和妻子数十年相濡以沫，夫妻感情朴实而又深挚。诗歌之所以感人至深，也正是因为它坦诚地呈现出人世间这种平实而又淳厚的真情。

---

[1] 莫砺锋：南京大学文学院教授，博士生导师，南京大学中国诗学研究中心主任。

来电感怀
赵逵夫

（友人来电，我校古代文学博士点在学科评议组获通过。时窗外正大雪纷飞，此数年中未有之景象也，成一律。）

忽然天上好音传，九畹从今好护栏。
海运虽成南溟远，扶摇陡向碧空盘。
高山龙战残鳞舞，小院心祈捷报颁。
西北高楼能远眺，一层增起有壮观。

这首诗表达作者听到学校博士点通过的欣喜之情，表现了一位老科研工作者在新时期精神振奋、努力工作、心系科研的奉献精神。

晨起书怀
韩成武

秋窗微曙色，晨起不劳钟。
踏露寻清句，登坡对远峰。
人心宜简豁，诗意喜茏苣。
仰问南征雁，寒云越几重？

天色未晓，秋意寒凉，诗人已披衣起床，踏露而行。他在吟哦诗句，又时时遥望远山。"人心宜简豁"，原来诗人并不是在强觅新诗，而是在笔耕之余的消闲之际思考人生。此诗既是诗人的自我写照，又形象地展现出了当代知识分子的生活、情趣和情操。

八声甘州·春到燕山梦乡关
杨春茂

看潇潇细雨洒长天，几番落幽燕。满眼花如炽，山川含笑，云霞翩翩。处处莺声燕语，万物竞争艳。绿拥长城秀，春到燕山。

选胜登高望远看，乡关何处？遥想巴山。夜雨窗前烛，待重逢相剪。望天边，雁归塞北，队如梭，织云锦丝绢。川江远，船歌入梦，又上心间！

在一个细雨雨潇潇的春日，作者登上燕山，远望乡关，遥想巴山，朦胧中写下了这首颇具雅韵之词。上片的"满眼花如炽，山川含笑，云霞翩翩。处处莺声燕语，万物竞争艳。绿拥长城秀，春到燕山"，写季节的特征，简洁有致。下片的"选胜登高望远看，乡关何处？遥想巴山。夜雨窗前烛，待重逢相剪。望天边，雁归塞北，队如梭，织云锦丝绢。川江远，船歌入梦，又上心间！"从远景写到近景，从遥想写到眼前。温润而不劲切，显现出文人气质的含蓄委婉。

《论语·八佾》云："子夏问曰：'巧笑倩兮，美目盼兮，素以为绚兮'，何谓也？子曰：'绘事后素。'曰：'礼后乎？'子曰：'启予者商也。始可与言《诗》已矣。'"朱熹注云："绘事，绘画之事也。《考工记》曰：'绘画之事后素功。'谓先以粉地为质，而后施五采。犹人有美质，然后可加文饰。"诗词创作也是一样，首先具备真挚的情感、高尚的人格，然后发而为诗，诗歌才会具有永久的魅力。

　　文学创作，尤其是旧体诗词创作必须严守格律，讲究法度，但同时诗词创作的最高境界又是无法，不为法所拘。所谓无法、不为法所拘，并不是不要法，而是将法内化为一种自然的习惯，然后能从心所欲不逾矩。闻一多先生在谈到新诗的格律时，提到音乐美、绘画美、建筑美"三美"说，并认为："文学创作应该像是戴着镣铐跳舞，镣铐是格律，我们要跟着格律走，却不受其拘束，要戴着镣铐舞出自己的舞步。"(《诗的格律》)旧体诗词创作更是这种戴着镣铐的舞蹈。

附录一：平水韵表

金代山西平水官员王文郁著《平水新刊韵略》为 106 韵，即后来广为流传的平水韵。平水韵虽然是南宋时才出现的，但它反映了唐宋时代人们作诗用韵的实际发音状况。

上平声

一东
东同铜桐童筒瞳僮中筒忠衷冲虫戎终崇嵩菘躬弓融宫熊雄穹穷风冯枫丰充隆空公功工攻笼蒙聋栊珑洪红鸿虹丛翁葱聪通蓬篷烘潼胧匆砻螽沣癃诨忡檧彤侗艟窿朦懵咙盅倥艨浺酮绒

二冬
冬宗钟龙春松农冲容蓉封胸雍浓重从逢缝踪茸峰蜂锋烽蚣筇慵恭供琮淙依芜凶墉镛佣溶熔邛共憧喁邕壅痈饔纵枞脓淞忪冲銎蚣榕歱肜

三江
江杠缸扛窗枞邦降泷双腔撞幢桩豇蛮庞

四支
支枝移为垂吹陂碑奇宜仪皮儿离施知驰池规危师夷姿迟龟眉悲之芝时诗棋旗辞词期祠基疑姬丝司葵医帷思持滋随痴卮縻螭麾埤弥慈遗脂肌雌披尸嬉狸炊湄篱兹差芋疲茨卑亏蕤陲骑曦歧岐谁斯私窥歔熙欺疵赀笞羁髭颐资糜饥衰锥姨楣夔衹涯伊蓍追缁箕椎黧萎匙嘶脾坻巇治骊妫綦怡尼漪推糜璃祁绥遂咿酏羲蠃肢骐訾狮嗤咨其昸睢漓蠡噫鸱胝鳍蛇陴淇蜊嫠淄筛绳氏厮痍蕲嫠貔僖贻祺嘻鹂瓷鸶铍琦崥怩熹孜虺罹裨魑荽丕琪耆裒惟猗剂芪鳌潍提鼗椅畸锱虽蘼葰

五微
微薇晖辉徽挥韦围帏闱违霏菲妃绯飞非扉肥腓威祈旗畿机几讥矶玑饥稀希衣依沂巍归诽淝痱欷葳颀圻

六鱼
鱼渔初书居裾车渠蕖余予誉舆余胥狙锄疏蔬梳虚嘘徐猪间庐诸除如墟滁琚与疽苴樗于茹蛆且沮祛蜍淤潴盱纾蹢趄滁嘘屠锄据踞岖咀储

七虞
虞愚娱隅刍无芜巫于盂癯衢儒濡襦须株诛蛛殊铢瑜榆谀愉腴区驱躯朱珠趋扶

· 212 ·

符凫雏敷夫肤纡俱驹模谟蒲胡湖瑚乎壶狐弧孤辜姑觚菰徒途涂荼图屠孥奴呼吾梧
吴租卢鲈炉芦苏酥乌汗枯粗都铺禺诬竽雩吁盱瞿瞿劬朐需殳俞逾窬觎揄萸臾渝岖
镂娄夫苻荸孚柎郛俘趺迂姝蹰拘摹醐糊鹕酤鸪沽呱蛄菟鼯驽逋舻垆徂祭泸栌晡誧
嚅鹕蚨毋芙帱喁鳙颅芋齬葫忤圬帑拊媒

八齐
齐蛴脐黎犁藜梨蠡璃黧妻萋凄堤羝低氐诋题提黄蹄啼锑绨鹈缇篦鸡稽笄兮奚
嵇蹊鼷倪霓猊鲵醯西栖犀澌嘶撕梯鼙批跻斋挤迷泥溪圭闺睽奎携畦

九佳
佳街鞋牌柴钗差崖涯阶偕谐骸排乖怀淮豺侪埋霾斋娲蜗娃哇皆喈揩蛙楷俳

十灰
灰恢魁隈回徊槐枚梅媒煤瑰雷颓催摧堆陪杯醅嵬推开哀埃台苔该才材财载裁
来莱哉灾猜胎台腮孩㾾悝洄莓崔裴培坯骀垓陔俫皑诙煨胚桅唉𠁊邰茴酶苔偎抬咳

十一真
真因茵辛新薪晨辰臣人仁神亲申伸绅身宾滨邻鳞麟珍嗔尘陈春津秦频苹颦银
垠筠巾民珉缗贫纯醇纯唇伦纶轮沦匀旬巡驯钧均臻榛姻宸寅嫔龈彬鹑皴遵循振甄
岷谆椿询恂峋莘垔屯呻粼磷辚濒豳邅狺泯洵溱诜湮傧笉荀郇蓁娠螓纫麇窀畛嶙
斌氤

十二文
文闻纹蚊云氛分纷坟群裙君军勤斤筋勋熏薰曛醺荤耘芸棼汾氲员欣芹殷昕郧
靴猹龈垠鼢雯

十三元
元原源鼋园猿辕垣烦繁蕃帆暄萱喧冤言轩藩魂浑温孙门尊樽存蹲敦暾墩屯豚
村盆奔论坤昏婚阍痕恩根吞沅媛援蹯燔爰繁祥幡番反谖谆鸳宛掀昆琨鲲扪飧贲
仑跟抡荒饨臀喷䨥

十四寒
寒韩翰丹殚单安鞍难餐坛滩檀弹残干肝竿乾阑栏澜兰看刊丸桓纨端湍酸团抟
攒官观冠鸾銮栾峦欢宽盘蟠漫郸叹摊姗珊奸汗刓棺欢钻磐盘潘跚胖弁箪瘅拦完莞
獾髋般芄倌漫馒谰洹狻瞢涫

十五删
删潸关弯湾还环钚鬟锾寰班斑颁般蛮颜奸菅攀顽犴山鳏闲艰娴鹇悭孱潺斓纶
擐讪扳患

下平声

一先
先前千阡笺鞯天坚肩贤弦烟燕莲怜田填钿年颠巅牵妍研眠渊涓蠲边编玄悬泉
迁仙鲜钱煎然延筵毡禅蝉缠廛躔连联涟篇偏便绵全宣镌穿川缘鸢铅捐旋娟船涎鞭

铨筌专砖圆员乾虔愆骞权拳橼传焉跹芊溅舷咽阗骈鹃埏翩儇沿还诠痊悛荃遄卷颧
挛湍畋佃滇胼蜓潺婵颛寋骞扇璇棉蜷

二萧

萧挑貂刁凋雕迢条髫跳蜩苕调枭浇聊辽寥撩寮僚尧幺宵消霄绡销超朝潮嚣樵
谯骄娇焦蕉椒饶桡荛烧遥徭姚摇谣轺瑶韶昭招飙标杓镳瓢苗描猫邀号乔桥侨妖夭
漂飘翘桃佻徼柖噍娆晓陶潇獠硝窑钊膘逍怊憔

三肴

肴巢交郊茅嘲钞包胶爻苞梢蛟庖匏坳敲胞抛鲛崤铙炮筲哮泖捎茭淆蛸泡啁教
咆鞘捎

四豪

豪毫操绦髦刀萄猱褒桃糟漕旄袍挠蒿涛皋号陶鳌敖鏊翱曹鼙遭糕篙羔高嘈搔
毛艘滔骚韬缫膏牢醪逃槽濠劳艚洮螬忉饕熬臊獒涝淘尻嗷捞薅

五歌

歌多罗河戈阿和波科柯陀娥蛾鹅萝荷何过磨螺禾稞哥娑驼佗沱鼍峨那苛诃珂
轲疴莎蓑梭婆摩魔讹骡靴坡颇酡迤瘥莪哦拖傩呵皤么涡窝茄迦伽磋跎蹉蹉驮蝌
锅倭嵯

六麻

麻花霞家茶华沙车牙蛇瓜斜邪芽嘉瑕纱鸦遮叉葩奢楂琶衙赊涯夸巴加耶嗟遐
笳差蟆蛙哗虾拿葭茄挝呀枷哑娲爬杷蜗爷芭鲨珈娃哇洼丫苴槎裟些跏桠痂枒爹椰
笆桦划佘

七阳

阳扬香乡光昌堂章张王房芳长塘妆常凉霜藏场央泱莺秧嫱狼床方浆舫梁娘庄
黄仓皇装肪殇襄骧相湘缃厢箱创忘芒望尝偿樯枪坊襄郎唐狂强肠康岗苍匡荒遑行
妨棠翔良航倡伥羌姜僵缰疆伥粮穰将墙桑刚祥详洋徉伴梁量羊伤汤鲂樟彰漳獐璋
猖芒商防筐煌徨篁隍凰蝗惶璜榔廊浪裆沧纲亢吭钢丧糠肓潢簧忙茫傍汪臧琅螂当
庠裳昂障疡锵镗杭顽邙湟滂溏禳攘跄瓢枋螗螳踉眶炀粮菖铛蜣跄蔷亡殃艼嫜鲳孀
彷戕螃膀银闾

八庚

庚更羹粳坑盲横觥彭棚亨铿英瑛烹平评枰京惊荆明盟鸣荣莹兵兄卿生甥笙牲
檠擎鲸黥迎行衡耕萌氓甍宏闳茎罂莺樱泓橙争筝清情晴精睛菁晶旌盈楹瀛赢嬴营
婴缨贞成盛城诚呈程酲声征正钲轻名令并倾紫饧琼赓虻簧撑瞠伦峥苹枨猩珩蘅桁
铿嘤鹦铮砰怦绷轰訇瞪蜻茔璎桢攖祯柽蛏侦鲭狞抨坪

九青

青经泾形刑邢硎陉亭庭廷霆蜓蜓停宁丁钉玎仃馨星腥醒惺俜灵棂蛉龄苓伶
泠零娉玲翎瓴聆听厅汀冥溟螟铭瓶萍荧萤荥肩垌葶町鄏瞑铃

十蒸
蒸承丞惩澄陵凌绫菱冰膺鹰应蝇绳渑乘塍升胜兴缯凭仍兢矜征凝称登簦镫僧崩增曾憎罾层能棱朋鹏堋弘肱薨腾滕藤恒冯噌誉

十一尤
尤邮优忧流旒留榴骝油由刘游猷悠攸牛修羞秋楸周州洲舟酬仇雠柔俦畴筹稠邱抽瘳遒收鸠否搜驺愁休囚求裘球浮谋牟眸俘矛侯猴喉呕沤鸥瓯楼娄陬偷头投钩沟幽虬彪疣绸诹

十二侵
侵寻浔林霖临针箴斟沉砧深淫心琴禽擒钦衾吟今襟金音阴岑簪琳琛椹谌忱壬歆参涔苓淋郴妊

十三覃
潭谭昙参骖南男谙庵含涵函岚蚕簪探贪耽龛谈甘三酣篮柑惭聃坩蓝锬檐郯泔邯儋婪颔澹

十四盐
盐檐廉帘嫌严占髯谦佥纤签瞻蟾炎添兼缣沾尖潜阎镰粘淹箝甜恬拈砭暹詹渐歼黔钤鲇阽鹣砚佥菳阎

十五咸
咸函缄岩谗衔帆衫杉监凡馋芟喃嵌掺

上 声

一董
董动孔总笼汞桶蠓空偬槭蓊拢唪洞懂硐侗

二肿
肿种踵宠陇垄拥涌冗茸重冢奉捧勇壅踊甬俑恿恐拱珙巩竦悚耸汹溶

三讲
讲港棒蚌项耩

四纸
纸只咫是织枳砥抵氏靡彼毁委诡傀髓累妓掎绮嘴此蕊豸褫徙屣蓰髀尔迩弭婢庳侈弛豕紫捶棰企旨指视美訾否几姊匕比姒轨水唯止市恃徵喜己纪跪技蚁酏俾鄙唣甂宄子梓矢屎鲔雉死履垒谌揆癸芷趾以已似耜汜姒祀史使驶耳珥里理李俚鲤起苣杞圯士仕柿始峙齿矣拟苡耻祉滓第舣旎址悝娌籽倚被底弭你仔

五尾
尾鬼苇蚁卉虺几伟篚炜斐诽棑菲榧岂匪玮蜚晞

六语
语圄圉御龉吕侣旅膂苎抒杼伫与予渚煮汝茹暑鼠黍杵处贮楮褚醑糈女许拒距炬钜苣所楚咀踽苴纾

七雨

雨羽禹宇舞父府鼓虎古股贾蛊土吐谱圃瘐庾户树麈煦怙嵝仵咻篓怒罟肚妩䰽辅组乳弩补鲁橹橹睹竖腐卤数簿姥普柎侮五庑斧聚午伍釜缕部柱矩武脯苦取抚浦主杜坞祖堵愈祜扈雇房甫黼莆腑俯怃估诂牯瞽酤侯娿浒诩栩窳炷拄剖鹉岵溥赌伛偻莽

八荠

荠礼体米启醴陛洗邸底诋抵柢弟悌娣递涕济蠡澧稽髀祢眯醍缇

九蟹

蟹解骇买洒楷獬豸跐摆罢矮夥

十贿

贿悔改采彩海在罪宰醢载馁铠恺待怠殆倍猥傀鬼蕾儡萎腿给蓓颏骀虺璀每亥乃

十一轸

轸敏允引尹尽忍准隼笋盾闵悯泯菌蚓诊畛胗哂肾娠朕牝赈窘蜃陨殒蠢紧狁缜憋吮朕稹黾鳞

十二吻

吻粉愤隐谨恽岔槿堇坌蚉刎隐

十三阮

阮远本晚苑返反阪损饭偃堰衮遁稳塞轩楗婉菀蜿宛畹琬鲧悃捆辊绳罇撙很恳垦畚圈盾绻鄢混沌囅婉棍

十四旱

旱暖管满短馆缓盌碗款懒伞卵散伴诞罕浣攒断杆侃算瞳缵脘坦袒悍懑纂徼趱盥

十五潸

潸眼简版盏产限撰栈绾赧羼柬拣莞

十六铣

铣善遣典转犬选冕辇免展茧辩辨篆勉翦卷显饯践昞藓软寨謇演岘栈舛扁狷谳闪变跣腆鲜戬铉獬琏捻沇单畎褊蜒殄腼缅泫涴姸键碾渑辗瘗燹癣狷诮隽缱谫撰谝匾宴

十七筱

筱小表鸟了扰绕少晓娆绍杪秒沼眇矫蓼皎杳窈袅窕挑掉揪肇剽缥渺缈藐淼绍挢轿殍悄愀缭夭佻燎赵兆娇

十八巧

巧饱卯昴狡爪鲍挠搅绞拗茆佼姣咬炒獠泖铰

十九皓

皓宝藻早枣老好道稻造脑恼岛倒祷抱讨考燥扫嫂槁潦獠保葆堡褓稿草昊浩颢

镐缟皂袄缫蚤澡灏栲媪夭杲缟瑙涝

二十哿
哿火舸哆柁沱我硪娜傩荷可坷轲左果裹蜾朵锁琐堕垛惰妥坐裸蠃跛簸颇叵祸伙卯娑脞爹峨揣

二十一马
马下者野雅瓦寡社写泻夏冶也把贾假舍赭厦嘏惹若踝姐哑且洒

二十二养
养痒鞅怏泱像象橡仰朗奖桨敞昶氅枉颡强穰沆砀荡惘仿驵两饷谠傥曩杖响掌党想榜爽广享丈仗幌晃莽漭襁纺蒋攘盎长上网壤漾赏往罔辋蟒吭魍抢慌敞慷扩奘莠梆

二十三梗
梗影景井岭领境警请屏饼永骋逞颖顷整静省幸眚郢猛炳瘿杏丙邴打绠哽秉鲤耿憬荇犷并皿靓矿艋蜢黾冷靖檠

二十四迥
迥泂茗挺梃艇铤町醒溟酊到廷等鼎顶悻胫肯颍泞拯酩

二十五有
有酒首手口母后柳友妇斗狗久负厚叟走守右否丑受偶牖耦阜九咎薮吼寻垢亩舅纽藕朽臼肘韭剖诱牡缶酉扣呕笱瓿黝踩取钮狃掊莠苟糗某玖拇纣纠嗾卤溲枸怩浏赳蚪擞绺篓陡鲰寿殴

二十六寝
寝饮锦品枕审甚廪衽饪稔禀葚沈凛懔噤瀹谂朕荏恁婶

二十七感
感览揽榄胆澹唅坎惨敢颔暗黯撼毯餍菡昝錾橄

二十八俭
俭琰焰敛险染掩点簟贬冉苒陕谄奄渐玷忝崦剡潋芡闪歉慊猃俨

二十九槛
槛范减舰犯湛斩黲阚喊滥

去 声

一送
送梦凤洞众瓮弄贡冻痛促中讽恸空恫哄偬粽栋

二宋
宋重用颂诵统纵讼种综俸共缝供雍恐

三绛
绛降巷撞幢胖戆

四置

置事地意志治思泪吏赐字义利器位戏至次累伪寺瑞智记异致备肆翠骑使试类弃饵鼻易辔坠媚醉议翅避笥帜粹侍谊帅厕寄睡忌贰萃蕙二帔臂嗣吹遂恣四骥季刺驷泗识痣寐魅邃燧隧穗悴谥炽织饲食积被芰懿悸觊冀暨洎愧匮柜箦萤恚比庇毖秘泌鸷赘觯踬渍稚崇豉珥示伺嗜自眦罾荔苡痢莉铚臂慧肄贻惴忕缢鬾啻企晒为贡腻施遗槌值萎掎缒谇屣锤肯厍司诿陂始挚忮瑟跸

五未

未味气贵费沸尉畏慰蔚魏纬胃渭汇谓讳卉毅溉既暨衣欷诽痱翡忾慨

六御

御处去虑誉署据驭曙助絮著豫煮箸恕与遽疏庶沮预倨茹语踞锯狙洳饫淤瘀觑讵欤嘘

七遇

遇潞辂赂璐露鹭树度渡赋布步固痼锢素具数务雾骛鹜附兔故雇顾句墓暮慕募注澍驻炷胙阼裕误悟寤晤住戍库护屦诉蠹妒惧趣娶铸绔胯傅付谕妪芋捕哺忤厝措醋鲋仆赙恶互孺怖煦寓酤瓠输吐铺呼溯屦塑跗捂驱讣菟媭属镀驸姹

八霁

霁制计势世丽岁卫济第艺惠慧币砌滞际厉涕契敝弊蔽毙帝髻锐庳裔袂系祭隶闭逝缀毳替细桂税婿例誓筮蕙偈诣砺励噬继脆谛睿毳曳蒂睇憩彗睨赀芮偈蓟挤眦缔悌枘嚏递嬖棣毳荔蜕俪赘哕剃殪薛捩羿蛎螇

九泰

泰会带外盖大旆濑赖籁蔡害最贝霭蔼沛艾兑丐柰奈绘桧脍浍狯侩郐荟磕太汰钛癞霈蜕酹狈

十卦

卦挂懈廨隘卖画瘥派债怪壤诫戒界介芥械薤拜快迈话败稗晒噫瘵届疥澣湃聩惫铩杀哙嘬祭蒯眦价喟狯寨簀呗

十一队

队内塞爱辈佩代退载碎态背秽菜对废诲晦昧碍戴贷配妹喙溃黛贲吠逮概岱袋埭肺溉耒忾忾块缋碓赛刈耐悖暧愦铠焙在再字瑇柿惫酹坴濭睐徕裁采淬昧

十二震

震信印进润阵镇刃顺慎鬓晋骏闰峻衅隽俊舜吝烬讯仞轫殡傧迅瞬衬谆荩蔺徇殉赈觐摈仅遴瑾趁觇躏磷浚缙娠引诊虿

十三问

问运晕韵训粪奋忿郡分紊汶偾愠靳近

十四愿

愿论怨恨万饭献健寸困顿遁建宪劝蔓券钝闷逊嫩贩愿溷远巽曼喷艮敦坌绻郾褪畹楦堰圈

十五翰

翰岸汉难断乱叹干观散畔旦算玩烂贯半案按炭汗赞漫冠灌爨窜幔粲灿璨换焕唤悍扦弹惮段看判叛腕涣奂绊惋鹳钻缦锻旰瀚蒜泮逭灙侃馆晏盥

十六谏

谏雁患涧闲宦晏慢办盼豢栈惯幻赝串苋绽讪弁绾缦慢谩讪疝瓣撰篡扮栅铲

十七霰

霰殿面县变箭战扇煽膳传见砚选院练炼宴卷贱电馔荐绢彦掾甸便眷线倦羡堰奠遍恋啭眩钏倩卞汴拚忏片禅遣绚谚颤擅援媛佃钿淀靛缮鄑狷旋唁溅楝拣炫眴善缮昡娈衍碾转饯

十八啸

啸笑照庙窍妙诏召劭邵要曜耀调钓吊叫燎峤少徼眺诮料肖尿瘭掉鞘鹞粜噍漂醮铫骠燋绕摇嘹

十九效

效教貌校孝桡闹淖豹爆罩踔拗窖酵较钞炮棹觉胶敲

二十号

号帽报导盗操噪奥告诰暴好到蹈劳傲耗耄躁涝漕造冒悼纛祃倒缟懊澳膏犒郜凿扫祷瀑竁燠靠糙珇

二十一个

个贺佐作逻坷轲驮饿奈那些过和挫课唾播簸磨懦座坐卧货磋左锉惰瘅

二十二祃

祃夜下谢榭罢夏暇霸灞嫁赦借藉炙蔗假化舍价射骂稼架诈亚娅跨麝咤怕讶诧迓胯帕华姹贳泻乍桦杷坝罅

二十三漾

漾上望相将状帐浪唱让旷壮放向仗畅量葬匠障谤尚涨饷样藏舫访贶养酱嶂抗当酿亢况亮妄怆创丧怅辆圹宕伉忘傍砀恙吭闶胀炕诳桁闶掠妨旺荡演防偿怏仰挡傥

二十四敬

敬命正令政性镜盛行圣姓庆映病柄郑劲竞净竟孟进聘阱诤泳倩硬靓橩晟猃更横并儆评邴证侦盟

二十五径

径定听胜磬应乘媵赠佞称馨邓甑胫莹证孕兴经泞醒廷锭庭钉暝滢剩凭凝嶝磴橙磴凳蹬亘

二十六宥

宥候堠就授售寿秀绣宿奏富兽斗漏陋守狩昼寇茂懋旧胄宙袖岫柚覆复救厩臭嗅幼佑右侑囿豆窦逗溜留构遘媾觏购透瘦漱瘤咒镂贸鹫走副穴诟糅酎究凑谬缪箍疚灸彀畜耨柩骤酋皱绉袤豳僦督蹂姆沤廖媵又馏近蔻狃后鞣厚扣绶偻瘤

二十七沁
沁饮禁任阴谶浸譖炂枕衽赁渗纫妊噤甚

二十八勘
勘暗滥啖担憾缆瞰绀阚暂赣澹憨錾淦淡赚

二十九艳
艳剑念验赡玺店占敛厌滟焰潋垫欠椠窆僭酽坫砭厌殓苦兼俺潜忝

三十陷
陷鉴监泛梵帆忏赚蘸阚谗剑欠淹站

入　声

一屋
屋木竹目服福禄谷熟肉族鹿腹菊陆轴逐牧伏宿读犊渎牍椟黩毂复粥肃育六哭幅缩斛戮仆畜蓄叔淑独卜馥沐速祝麓镞蹙筑穆睦啄鹜曲秃覆扑衄鹙燠澳辐瀑漉蔌恧竺筑簌蔟暴掬濮鞠掬郁矗簏蓿垫朴蹴煜谡碌醭氉舳柚蝠昱辘凫蝮匐觫傶槲苜茯磲孰

二沃
沃俗玉足曲粟烛属录辱狱绿毒局欲束鹄蜀促触缛浴酷缛瞩褥旭蓐欲梏幞矗笃督溽黩瘃勖渌逯鹄告仆

三觉
觉角榷权岳乐浞捉朔数斫卓诼涿倬琢剥趵爆驳邈督雹扑璞朴确悫浊攉镯濯幄喔药握渥搦踔荦学较

四质
质日笔出室实疾术一乙壹吉秩密率律逸佚失漆栗毕恤蜜橘溢瑟膝匹述黜踬弼七叱卒悉谧术轶诘帙戌佶栉昵室必侄蛭泌镒秫蟀嫉唧鹬筚鹫佾怵聿桎苾铋汩昵蒺拮

五物
物佛拂屈郁乞掘讫吃绂黻祓诎崛勿熨厥掘仡迄汔怫艴不屹蔚

六月
月骨发阙越谒没伐罚卒竭窟笏钺歇突忽袜勃蹶鹘揭筏厥蕨掘阅讷歿粤悖兀碣猝橛橜羯汩咄惚凸渤滑刖孛纥核饽撅曰

七曷
曷达末阔活钵脱夺褐沫拔葛阏渴拨豁括聒抹秣遏挞卉萨掇喝跋魃撮怛剌桔钹泼鹕咄汰妲

八黠
黠札猾拔鸭八察杀刹轧辖刖肭戛秸嘎握苫瞎獭刮帕刷铩颉滑

九屑

屑节雪绝列烈结穴说血舌洁别缺裂热决铁灭折拙切悦辙诀泄咽噎杰彻别哲鳖设啮劣碣掣诲与会截窃缬蘖缀阅垤讦餮瞥撇臬锲叠抉挈冽捩楔蟞苶竭契讞疖颉撷撤跌蔑浙篾澈蛭揭垤孑孽凸闭阕蕨铚薛绁渫啜轶桀辍迭侄呐冽掇拮

十药

药薄恶略作乐落阁鹤爵弱约脚雀幕洛壑索郭博错跃若缚酌托削铎灼凿却络鹊度诺萼漠钥著虐掠获泊搏锷霍嚼杓勺酪谑廓绰霍烁镬莫箨铄缴谔鄂毫恪箔攫涸鹭痄龠郝骆膜粕礴泺拓蠖鳄阁昨柝酢愕怍柞箬魄烙焯噩

十一陌

陌石客白泽伯迹宅席策碧籍格役帛戟壁驿麦额柏魄积脉夕册尺隙逆画百辟赤易革脊获翮屐适帻剧碛隔益栅窄核乌掷责坼惜癖僻掖腋释舶拍索择碛摘射绎怿斥奕弈迫疫译昔瘠赫炙谪虩脂簀硕赜蜇藉翟襞彳亦鬲擗骼鲫珀膈啧扼踯埸蜴帼掴崿貊擘檗跖鹹汐哑摭咋吓却刺莫蝈虱霹

十二锡

锡壁历枥击绩笛敌滴镝檄激寂觋逖籴析翟溺觅摘狄荻幂戚涤的吃甓霹沥霹苈疬惕裼踢剔砾枥轹鬲汨适嫡阅焰觋郦淅蜥晰

十三职

职国德食蚀色力翼墨极息直得北黑侧饰贼刻则塞式轼域殖植敕饬棘惑默织匿亿臆忆特勒劲懋仄昃稷识逼克蜮唧即拭弋陟测翊抑恻浰肋亟殛忒阈嶷踣熄穑啬匐恧鲫或愎翌薏

十四缉

缉辑戢立集邑急入泣湿习给十拾什袭及级涩粒揖汁笈蛰笠执隰汲吸絷茸岌禽歙熠悒廿挹

十五合

合塔答纳榻阁杂腊蜡匝阖蛤衲沓鸽踏飒拓拉搭盍趿溘嗒

十六叶

叶帖贴牒接猎妾蝶叠箧涉鬣捷颊楫摄蹑谍堞协侠荚压惬靥睫浃笈慑踥挟铗喋爕锲靥煜折啑欱躞辄捻蹙婕聂霎

十七洽

洽狭峡硖法甲业邺匣压鸭乏怯劫胁插锸歃押狎袷掐夹恰呷胛柙钾

附录二：入声字的辨别

据相关资料，总结了以下几种判别入声字的方法，可选其中的一种方法进行辨别。

一、现读平声字的古入声字

（一）现读为阴平的古入声字：

八 擦 插 锸 答 搭 嗒 褡 奔 大发（发达）刮 栝 夹 浃 邋 掐 撒 杀 煞（煞尾）铄 褐 挖 瞎 鸭 压 押 匣 呷 扎 剥 拨 钵 鲅（鮊）戌 戳 撮 掇 咄 裰 踔 剟 郭 蝈 啯 摸 泼 朴 说 缩 脱 托 饦 桌 捉 拙 涿 卓 桌 作（作揖）鸽 割 胳 疙 纥（纥缝）咯 喝 嗑 客 瞌 颏 搕（磕）着 蛰（蜇）鳖 憋 跌 接 揭 撅 搋 捏 撒 瞥 切（切磋）缺 阙（阙如）贴 帖 歇 蝎 楔 削（削弱）薛 噎 约 曰 哕 吃 失 湿 虱 只（只言片语）汁 织 逼 滴 积 迹 激 绩 击 屐 唶 唧 褙 劈 霹 七 柒 戚 漆 喊 缉 剔 踢 息 昔 惜 夕 吸 悉 膝 析 淅 蜥 晰 窸 蟋 螅 晳 腊 壹 揖 忽 惚 唿 欻 哭 窟 扑 仆（前仆后继）噗 淑 菽 叔 秃 突 屋 锔 掬 鞠 踘 鞠 曲（曲直）屈 蛐 诎 摘

（二）现读为阳平的古入声字：

拔 跋 茇 魃 察 达 答 怛 瘩 缝 跶 笪 乏 伐 罚 筏 阀 垡 茷 轧（轧帐）滑 猾 划（划船）夹 浃 铗 荚 颊 戛 蛱 鹅 恝 侠 狭 匣 辖 狎 硖 柙 黠 呷 挟 杂 砸 闸 札 扎 炸 轧（轧钢）铡 喋（喋喋）哳 伯 薄 白 百 柏 箔 驳 帛 舶 膊 雹 勃 钹 搏 踣 礴 怫 卜 鹁 渤 孛 浡 荸 镈 馎 襏 襮 铂 夺 铎 泽 佛 国 掴 帼 虢［灢］活 膜 囊 酌 浊 斫 濯 茁 着（着意）灼 啄 琢 缴（zhuo）镯 擢 逐 鹜 浞 昨 作（作践）筰（筰桥）捽 得 德 额 格 阁 革 葛 隔 蛤 骼 辖 膈 嗝 鬲（胶鬲）合 涸 盒 劾 核 翮 阖 龁 貉 纥（回纥）曷 盍 鹖 咳 壳 搿 舌 折（折耗）责 则 泽 贼 择 赜 帻 舴 鲗 咋 啧 哲 折（折中）摺 谪 宅 蛰 磔 辄 辙 翟 蜇 蛰 别 蹩 蝶 叠 迭 牒 堞 谍 碟 喋 蹀 耋 鲽 瓞 昳 垤 咥 跌 结 洁 杰 节 截 竭 劫 捷 睫 碣 诘 子 疖 撷 榤 评 桔 拮 秸 颉（仓颉）角 脚 觉 决 绝 爵 诀 谲 厥 蕨 崛 抉 嚼 掘 橛 獗 屩 獗 鸠 玦 珏 孑 觖 攫 桷 劂 燎 倔（倔强）矍 荼 协 胁（胁迫）缬 颉（颉颃）撷 勰 絜 学 穴 噱 石 食 实 识 蚀 拾 十 什 直 值 植 殖 执 职 侄 跖 掷（掷色子）絷 填 摭 鼻 荸 敌 笛 涤 的 荻 迪 狄 籴 觌 翟 镝 嫡 蹢 靮 极 级 疾 集 吉 即 及 急 籍 瘠 楫 辑 脊 唧 笈 岌 汲 棘 亟 革 藉 嫉 芨 墼 踖 蒺 鹡 戢 殛 席 习 袭 媳 锡 熄 檄 隰 袺 读 毒 独 犊 渎 椟 读 渎 黩 髑 顿（冒顿）蠹 福 服 伏 拂 幅 辐 袱 蝠 佛（佛戾）茀 绋 祓 绂 袱 匐 蝠 黻 佛

· 222 ·

艴茯讣氟骨（骨头）鹄鹘觳觳仆璞醭濮蹼熟赎孰塾秫俗竹逐烛躅筑（zhú 贵阳别称）蠋舳竺术（白术）瘃足族卒镞局橘菊局鸸轴碡妯

二、古汉语入声字今读平声的常用字（按字母排列）

A 啊

B 八、捌、剥、逼、憋、鳖、瘪（瘪三）、拨、钵、拔、跋、白、薄、雹、鼻、勃、渤、博、搏、膊、帛、泊、驳、伯、箔、舶

C 擦、插、拆、吃、出、戳、撮、察

D 答、搭、滴、跌、督、咄、达、得、德、狄、获、迪、的（的确）、涤、敌、嫡、笛、籴、迭、谍、堞、牒、碟、蝶、叠、毒、独、读、渎、犊、黩、夺、度、踱、铎

E 额

F 发、乏、伐、筏、罚、阀、佛、弗、怫、拂、伏、茯，服、幅、福、辐、蝠

G 疙、胳、鸽、搁、割、骨、刮、鸹、郭、聒、蝈、轧、阁、格、蛤、革、隔、膈、膈、葛、国、掴、帼

H 喝、黑、嘿、忽、惚、淴、唿、豁、合、盒、颌、核、涸、阂、阖、阊、貉、囫、斛、滑、搳、活

J 击、迹、唧、积、屐、绩、缉、激、夹、结、接、揭、掬、鞠、撅、及、汲、级、极、吉、亟、急、疾、嫉、棘、集、瘠、藉、籍、颊、嚼、孑、节、杰、劫、洁、诘、捷、竭、截、睫、局、菊、决、诀、抉、觉、珏、绝、倔、掘、崛、厥、獗、镢、爵、嚼

K 磕、瞌、哭、窟、壳、咳

L 勒、捋

M 抹、摸、没、膜

N 捏

P 拍、劈、霹、撇、瞥、朴、泼、泊、扑、仆、枇、璞

Q 七、戚、漆、掐、切、曲、蛐、屈、缺、阙

S 撒（撒手）、塞（瓶塞儿）、杀、刹（刹车）、失、虱、湿、叔、淑、刷、说、缩、朔、勺、芍、杓、舌、十、什、石、识、实、食、拾、蚀、孰、塾、熟、赎、俗

T 塌、剔、踢、帖（服帖）、贴、凸、秃、突、托、脱

W 挖、屋

X 夕、汐、矽、吸、昔、惜、析、淅、晰、息、熄、悉、蟋、锡、膝、蜥、瞎、歇、蝎、楔、削、习、席、袭、媳、橄、匣、侠、峡、狭、硖、辖、胁、协、挟，穴、学

Y 压、押、鸭、喑、壹、揖、约、曰。

Z 匝、咂、扎、摘、汁、只（一只）、织、粥、拙、卓、桌、涿、捉、作（作坊）杂、砸、凿、责、则、泽、择、贼、扎（挣扎）、轧、闸、铡、宅、翟、着、折、哲、蜇、蛰、辄、辙、执、直、值、殖、侄、职、妯、轴、竹、竺、烛、逐、灼、酌、茁、镯、啄、琢、卒、族、足、昨。

三、从现代汉语拼音辨入声字

（一）凡 b、d、g、j、zh、z 六母的第二声字（阳平），都是古入声字。

例如：

b：拔跋白帛薄荸别鳖脖舶伯百勃渤博驳。

d：答达得德笛敌嫡觌迭叠碟牒独读牍渎毒夺铎掇。

g：格阁蛤胳革隔葛国虢。

j：及级极吉急击棘即脊疾集籍夹嚼洁结劫杰竭截局菊掬橘决诀掘角厥橛脚镢觉爵绝。

zh：札扎铡宅择翟着折蜇轴竹妯竺烛筑逐浊镯琢濯啄拙直值殖质执侄职。

z：杂凿则择责贼足卒族昨。

（二）凡 d、t、l、z、c、s 等六母跟韵母 e 拼合时，不论汉语读何声调，都是古入声字。

例如：

de：得德。

te：特忒慝螣。

le：勒肋泐乐垃。

ze：则择泽责啧帻笮迮舴贼仄昃。

ce：侧测厕策筴册。

se：瑟色塞啬穑濇涩。

（三）凡 k、zh、ch、sh、r 五母与韵母 uo 拼合时，不论汉语读何声调，都是古入声字。

例如：

kuo：阔括廓鞟扩。

zhuo：桌捉涿着酌浊镯琢啄濯擢卓焯倬踔拙斲斫斮篧浞梲。

chuo：戳绰歠啜辍醊惙龊婼。

shuo：说勺芍妁朔搠槊箾铄硕率蟀。

ruo：若鄀箬爇蒻。

（四）凡 b、p、m、d、t、n、l 七母跟韵母 ie 拼时，无论汉语读何声调，都是古入声字，只有"爹"diē 字例外。

例如：

224

bie：鳖憋别蹩瘪别。

pie：撇瞥。

mie：灭蔑篾蔑蠛。

die：碟牒喋堞蹀谍鲽跌迭瓞眣垤耋绖咥叠。

tie：帖贴怗铁餮。

nie：捏陧聂镊臬闑镍涅蘖孽啮啮。

lie：列冽烈裂洌猎躐捩劣。

（五）凡 d、g、h、z、s 五母与韵母 ei 拼合时，不论汉语读何声调，都是古入声字。

例如：

dei：得。

gei：给。

hei：黑嘿。

zei：贼。

se：塞。

（六）凡声母 f，跟韵母 a、o 拼合时，都是古入声字。

例如：

fa：法发伐砝乏伐阀罚发。

fo：佛。

（七）凡读 ue 韵母的字，都是古入声字。只有"瘸"qué，"靴"xuē 字除外。

例如：

ue：曰约哕月刖玥悦阅钺乐药耀曜跃龠钥瀹爚禴礿粤岳鸑軏。

nue：虐疟谑。

lue：略掠。

jue：噘撅决抉觖诀玦掘桷崛角劂蕨厥橛蹶獗噱臄谲鐍珏孑脚觉爵嚼爝绝蕝矍攫躩属。

que：缺阙却怯确榷壳悫埆确阙鹊雀碏。

xue：薛穴学雪血削。

（八）一字有两读，读音为开尾韵，语音读 i 或 u 韵尾的，也是古入声字。

例如：

读音为 e，语音为 ai 的：色册摘宅翟窄择塞。

读音为 o，语音为 ai 的：白柏伯麦陌脉。

读音为 o，语音为 ao 的：薄剥摸。

读音为 uo，语音为 ou：肉粥轴舳妯熟。

读音为 u，语音为 iu：六陆衄。

读音为 ue，语音为 ao：药疟钥嚼脚角削学。

（九）否定法：

1. 凡是有鼻音韵尾 n 和 ng 的字，不是入声字。
2. 读 zi、ci、si 三个音节的字，不是入声字。
3. 读 uei 音节的字，不是入声字。
4. 读 uai 音节的字，不是入声字（少数除外，如"率"字等。）
5. 声母为 m、n、l、r，而读阴平、阳平或上声的字，不是入声字。
6. 韵母为 er 的也不是入声字。
7. 韵母为 ai、ei、ao、iao、ou、iou 的字，大多数不是入声字。

四、从形声字的声旁辨别入声字

1. 屋

屋、竹、福、幅、服、熟、族、菊、轴、逐、伏、读、犊、粥、哭、斛、仆、叔、淑、独、秃、孰；

2. 沃

俗、足、曲、烛、毒、督、赎；

3. 觉

觉、角、捉、卓、琢、剥、驳、雹、浊、擢、学、镯；

4. 质

出、实、疾、一、虱、七、漆、膝、悉、吉、侄、苗；

5. 物

弗、拂、佛、屈；

6. 月

月、骨、发、忽、窟、歇、突、曰、伐、筏、罚、卒、竭、勃、掘、核；

7. 曷

曷、达、活、夺、葛、钵、脱、割、拨、豁、掇、喝、撮、咄；

8. 黠

黠、辖、札、拔、滑、八、察、杀、刷；

9. 屑

节、绝、结、穴、说、洁、别、决、缺、折、拙、切、辙、诀、杰、哲、鳖、截、跌、揭、桀、薛、噎、碣；

10. 药

薄、阁、爵、约、脚、郭、酌、托、削、铎、灼、凿、着、泊、勺、嚼、桌、搏、礴、昨；

11. 陌

陌、石、白、泽、伯、迹、宅、席、籍、格、帛、额、柏、积、夕、革、脊、隔、掷、责、惜、择、摘、藉、骼、瘠、昔；
12. 锡
　　锡、击、绩、笛、敌、滴、镝、檄、激、翟、析、狄、荻、剔、踢、涤、戚；
13. 职
　　职、国、德、食、蚀、极、息、直、得、黑、贼、则、殖、值、植、棘、织、识、即、逼、亟。
14. 缉
　　缉、辑、集、急、湿、习、十、拾、什、袭、及、级、揖、汁、蛰、执、汲、吸、楫；
15. 合
　　合、答、杂、匝、阖、鸽、盍；
16. 叶
　　贴、帖、接、牒、蝶、叠、捷、颊、挟、辄；
17. 洽
　　狭、峡、匣、压、鸭、乏、劫、胁、插、押、狎、柙、夹、浃。

附录三:《声律启蒙》

[清] 车万育

《声律启蒙》的撰写者是清代的车万育❶。该书是我国古代的一本蒙学读物(儿童掌握声韵格律的启蒙读物)。按韵分编,包罗天文、地理、花木、鸟兽、人物、器物等的虚实应对。从单字对、双字对、三字对、五字对、七字对到十一字对,平仄和谐,对仗工整,可以从中得到语音、词汇、修辞的训练。从单字到多字的层层属对,读来抑扬顿挫,韵律感十足。较之其他全用三言、四言句式更见韵味。此书在启蒙读物中颇有影响。明清以来,《训蒙骈句》《笠翁对韵》等书都采用这种方式编写。

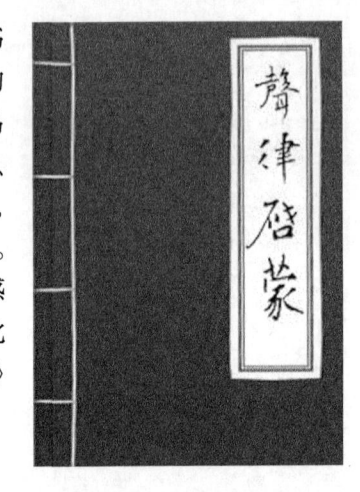

全文卷上

一 东

云对雨,雪对风,晚照对晴空。来鸿对去燕,宿鸟对鸣虫。三尺剑,六钧弓,岭北对江东。人间清暑殿,天上广寒宫。两岸晓烟杨柳绿,一园春雨杏花红。两鬓风霜,途次早行之客;一蓑烟雨,溪边晚钓之翁。

沿对革,异对同,白叟对黄童。江风对海雾,牧子对渔翁。颜巷陋,阮途穷,冀北对辽东。池中濯足水,门外打头风。梁帝讲经同泰寺,汉皇置酒未央宫。尘虑萦心,懒抚七弦绿绮;霜华满鬓,羞看百炼青铜。

贫对富,塞对通,野叟对溪童。鬓皤对眉绿,齿皓对唇红。天浩浩,日融融,佩剑对弯弓。半溪流水绿,千树落花红。野渡燕穿杨柳雨,芳池鱼戏芰荷风。女子眉纤,额下现一弯新月;男儿气壮,胸中吐万丈长虹。

二 冬

春对夏,秋对冬,暮鼓对晨钟。观山对玩水,绿竹对苍松。冯妇虎,叶公龙,舞蝶对鸣蛩。衔泥双紫燕,课蜜几黄蜂。春日园中莺恰恰,秋天塞外雁雍雍。秦岭云横,迢递八千远路;巫山雨洗,嵯峨十二危峰。

---

❶ 车万育(1632—1705),字双亭,号鹤田,湖南邵阳人。清康熙三年进士,官至兵科给事中。平生所著杂诗甚多,却以此书最为流传。车万育为官清廉,至性纯笃,学问赅博。善书法,所藏明代墨迹最富,有萤照堂明代法书石刻十卷。

明对暗，淡对浓，上智对中庸。镜奁对衣笥，野杵对村舂。花灼烁，草蒙茸，九夏对三冬。台高名戏马，斋小号蟠龙。手擘蟹螯从毕卓，身披鹤氅自王恭。五老峰高，秀插云霄如玉笔；三姑石大，响传风雨若金镛。

仁对义，让对恭，禹舜对羲农。雪花对云叶，芍药对芙蓉。陈后主，汉中宗，绣虎对雕龙。柳塘风淡淡，花圃月浓浓。春日正宜朝看蝶，秋风那更夜闻蛩。战士邀功，必借干戈成勇武；逸民适志，须凭诗酒养疎（同疏）慵。

三江

楼对阁，户对窗，巨海对长江。蓉裳对蕙帐，玉罄对银釭。青布幔，碧油幢，宝剑对金缸。忠心安社稷，利口覆家邦。世祖中兴延马武，桀王失道杀龙逄。秋雨潇潇，漫烂黄花都满径；春风袅袅，扶疏绿竹正盈窗。

旌对旆，盖对幢，故国对他邦。千山对万水，九泽对三江。山岌岌，水淙淙，鼓振对钟撞。清风生酒舍，皓月照书窗。阵上倒戈辛纣战，道旁系剑子婴降。夏日池塘，出没浴波鸥对对；春风帘幕，往来营垒燕双双。

铢对两，只对双，华岳对湘江。朝车对禁鼓，宿火对塞缸。青琐闼，碧纱窗，汉社对周邦。笙箫鸣细细，钟鼓响摐摐。主簿栖鸾名有览，治中展骥姓惟庞。苏武牧羊，雪屡餐于北海；庄周活鲋，水必决于西江。

四支

茶对酒，赋对诗，燕子对莺儿。栽花对种竹，落絮对游丝。四目颉，一足夔，鸲鹆对鹭鸶。半池红菡萏，一架白荼蘼。几阵秋风能应候，一犁春雨甚知时。智伯恩深，国士吞变形之炭；羊公德大，邑人竖堕泪之碑。

行对止，速对迟，舞剑对围棋。花笺对草字，竹简对毛锥。汾水鼎，岘山碑，虎豹对熊罴。花开红锦绣，水漾碧琉璃。去妇因探邻舍枣，出妻为种后园葵。笛韵和谐，仙管恰从云里降；橹声咿轧，渔舟正向雪中移。

戈对甲，鼓对旗，紫燕对黄鹂。梅酸对李苦，青眼对白眉。三弄笛，一围棋，雨打对风吹。海棠春睡早，杨柳昼眠迟。张骏曾为槐树赋，杜陵不作海棠诗。晋士特奇，可比一斑之豹；唐儒博识，堪为五总之龟。

五微

来对往，密对稀，燕舞对莺飞。风清对月朗，露重对烟微。霜菊瘦，雨梅肥，客路对渔矶。晚霞舒锦绣，朝露缀珠玑。夏暑客思歊石枕，秋寒妇念寄边衣。春水才深，青草岸边渔父去；夕阳半落，绿莎原上牧童归。

宽对猛，是对非，服美对乘肥。珊瑚对玳瑁，锦绣对珠玑。桃灼灼，柳依依，绿暗对红稀。窗前莺并语，帘外燕双飞。汉致太平三尺剑，周臻大定一戎衣。吟成赏月之诗，只愁月堕；斟满送春之酒，惟憾春归。

声对色，饱对饥，虎节对龙旂。杨花对桂叶，白简对朱衣。龙也吠，燕于飞，荡荡对巍巍。春暄资日气，秋冷借霜威。出使振威冯奉世，治民异等尹翁归。燕我弟兄，载咏棣棠韡韡；命伊将帅，为歌杨柳依依。

六 鱼

无对有，实对虚，作赋对观书。绿窗对朱户，宝马对香车。伯乐马，浩然驴，弋雁对求鱼。分金齐鲍叔，奉璧蔺相如。掷地金声孙绰赋，回文锦字窦滔书。未遇殷宗，胥靡困傅岩之筑；既逢周后，太公舍渭水之渔。

终对始，疾对徐，短褐对华裾。六朝对三国，天禄对石渠。千字策，八行书，有若对相如。花残无戏蝶，藻密有潜鱼。落叶舞风高复下，小荷浮水卷还舒。爱见人长，共服宣尼休假盖；恐彰已吝，谁知阮裕竟焚车。

麟对凤，鳖对鱼，内史对中书。犁锄对耒耜，畎浍对郊墟。犀角带，象牙梳，驷马对安车。青衣能报赦，黄耳解传书。庭畔有人持短剑，门前无客曳长裾。波浪拍船，骇舟人之水宿；峰峦绕舍，乐隐者之山居。

七 虞

金对玉，宝对珠，玉兔对金乌。孤舟对短棹，一雁对双凫。横醉眼，捻吟须，李白对杨朱。秋霜多过雁，夜月有啼乌。日暖园林花易赏，雪寒村舍酒难沽。人处岭南，善探巨象口中齿；客居江右，偶夺骊龙颔下珠。

贤对圣，智对愚，傅粉对施朱。名缰对利锁，挈榼对提壶。鸠哺子，燕调雏，石帐对郇厨。烟轻笼岸柳，风急撼庭梧。鸜眼一方端石砚，龙涎三炷博山垆。曲沼鱼多，可使渔人结网；平田兔少，漫劳耕者守株。

秦对赵，越对吴，钓客对耕夫。箕裘对杖履，杞梓对桑榆。天欲晓，日将晡，狡兔对妖狐。读书甘刺股，煮粥惜焚须。韩信武能平四海，左思文足赋三都。嘉遁幽人，适志竹篱茅舍；胜游公子，玩情柳陌花衢。

八 齐

岩对岫，涧对溪，远岸对危堤。鹤长对凫短，水雁对山鸡。星拱北，月流西，汉露对汤霓。桃林牛已放，虞坂马长嘶。叔侄去官闻广受，弟兄让国有夷齐。三月春浓，芍药丛中蝴蝶舞；五更天晓，海棠枝上子规啼。

云对雨，水对泥，白璧对玄圭。献瓜对投李，禁鼓对征鼙。徐稚榻，鲁班梯，凤翥对鸾栖。有官清似水，无客醉如泥。截发惟闻陶侃母，断机只有乐羊妻。秋望佳人，目送楼头千里雁；早行远客，梦惊枕上五更鸡。

熊对虎，象对犀，霹雳对虹霓。杜鹃对孔雀，桂岭对梅溪。萧史凤，宋宗鸡，远近对高低。水寒鱼不跃，林茂鸟频栖。杨柳和烟彭泽县，桃花流水武陵溪。公子追欢，闲骤玉骢游绮陌；佳人倦绣，闷欹珊枕掩香闺。

九 佳

河对海，汉对淮，赤岸对朱崖。鹭飞对鱼跃，宝钿对金钗。鱼圉圉，鸟喈喈，草履对芒鞋。古贤尝笃厚，时辈喜诙谐。孟训文公谈性善，颜师孔子问心斋。缓抚琴弦，像流莺而并语；斜排筝柱，类过雁之相挨。

丰对俭，等对差，布袄对荆钗。雁行对鱼阵，榆塞对兰崖。挑荠女，采莲娃，菊径对苔阶。诗成六义备，乐奏八音谐。造律吏哀秦法酷，知音人说郑声

230

哇。天欲飞霜，塞上有鸿行已过；云将作雨，庭前多蚁阵先排。

城对市，巷对街，破屋对空阶。桃枝对桂叶，砌蚓对墙蜗。梅可望，橘堪怀，季路对高柴。花藏沽酒市，竹映读书斋。马首不容孤竹扣，车轮终就洛阳埋。朝宰锦衣，贵束乌犀之带；宫人宝髻，宜簪白燕之钗。

十 灰

增对损，闭对开，碧草对苍苔。书签对笔架，两曜对三台。周召虎，宋桓魋，阆苑对蓬莱。薰风生殿阁，皓月照楼台。却马汉文思罢献，吞蝗唐太冀移灾。照耀八荒，赫赫丽天秋日；震惊百里，轰轰出地春雷。

沙对水，火对灰，雨雪对风雷。书淫对传癖，水浒对岩隈。歌旧曲，酿新醅，舞馆对歌台。春棠经雨放，秋菊傲霜开。作酒固难忘曲蘖，调羹必要用盐梅。月满庾楼，据胡床而可玩；花开唐苑，轰羯鼓以奚催。

休对咎，福对灾，象箸对犀杯。宫花对御柳，峻阁对高台。花蓓蕾，草根荄，剔薛对剜苔。雨前庭蚁闹，霜后阵鸿哀。元亮南窗今日傲，孙弘东阁几时开。平展青茵，野外茸茸软草；高张翠幄，庭前郁郁凉槐。

十一 真

邪对正，假对真，獬豸对麒麟。韩卢对苏雁，陆橘对庄椿。韩五鬼，李三人，北魏对西秦。蝉鸣哀暮夏，莺啭怨残春。野烧焰腾红烁烁，溪流波皱碧粼粼。行无踪，居无庐，颂成酒德；动有时，藏有节，论著钱神。

哀对乐，富对贫，好友对嘉宾。弹冠对结绶，白日对青春。金翡翠，玉麒麟，虎爪对龙麟。柳塘生细浪，花径起香尘。闲爱登山穿谢屐，醉思漉酒脱陶巾。雪冷霜严，倚槛松筠同傲岁；日迟风暖，满园花柳各争春。

香对火，炭对薪，日观对天津。禅心对道眼，野妇对宫嫔。仁无敌，德有邻，万石对千钧。滔滔三峡水，冉冉一溪冰。充国功名当画阁，子张言行贵书绅。笃志诗书，思入圣贤绝域；忘情官爵，羞沾名利纤尘。

十二 文

家对国，武对文，四辅对三军。九经对三史，菊馥对兰芬。歌北鄙，咏南薰，迩听对遥闻。召公周太保，李广汉将军。闻化蜀民皆草偃，争权晋土已瓜分。巫峡夜深，猿啸苦哀巴地月；衡峰秋早，雁飞高贴楚天云。

欹对正，见对闻，偃武对修文。羊车对鹤驾，朝旭对晚曛。花有艳，竹成文，马燧对羊欣。山中梁宰相，树下汉将军。施帐解围嘉道韫，当垆沽酒叹文君。好景有期，北岭几枝梅似雪；丰年先兆，西郊千顷稼如云。

尧对舜，夏对殷，蔡惠对刘蕡。山明对水秀，五典对三坟。唐李杜，晋机云，事父对忠君。雨晴鸠唤妇，霜冷雁呼群。酒量洪深周仆射，诗才俊逸鲍参军。鸟翼长随，凤兮询众离长；狐威不假，虎也真百兽尊。

十三 元

幽对显，寂对喧，柳岸对桃源。莺朋对燕友，早暮对寒暄。鱼跃沼，鹤乘轩,醉胆对吟魂。轻尘生范甑,积雪拥袁门。缕缕轻烟芳草渡,丝丝微雨杏花村。诣阙王通,献太平十二策;出关老子,著道德五千言。

儿对女,子对孙,药圃对花村。高楼对邃阁,赤豹对玄猿。妃子骑,夫人轩,旷野对平原。鲍巴能鼓瑟,伯氏善吹埙。馥馥早梅思驿使,萋萋芳草怨王孙。秋夕月明,苏子黄岗游绝壁;春朝花发,石家金谷启芳园。

歌对舞,德对恩,犬马对鸡豚。龙池对凤沼,雨骤对云屯。刘向阁,李膺门,唳鹤对啼猿。柳摇春白昼,梅弄月黄昏,岁冷松筠皆有节,春喧桃李本无言。噪晚齐蝉,岁岁秋来泣恨;啼宵蜀鸟,年年春去伤魂。

十四 寒

多对少,易对难,虎踞对龙蟠。龙舟对凤辇,白鹤对青鸾。风淅淅,露漙漙,绣毂对雕鞍。鱼游荷叶沼,鹭立蓼花滩。有酒阮貂奚用解,无鱼冯铗必须弹。丁固梦松,柯叶忽然生腹上;文郎画竹,枝梢倏尔长毫端。

寒对暑,湿对干,鲁隐对齐桓。寒毡对暖席,夜饮对晨餐。叔子带,仲由冠,郑鄩对邯郸。嘉禾忧夏旱,衰柳耐秋寒。杨柳绿遮元亮宅,杏花红映仲尼坛。江水流长,环绕似青罗带;海蟾轮满,澄明如白玉盘。

横对竖,窄对宽,黑志对弹丸。朱帘对画栋,彩槛对雕栏。春既老,夜将阑,百辟对千官。怀仁称足足,抱义美般般。好马君王曾市骨,食猪处士仅思肝。世仰双仙,元礼舟中携郭泰,人称连璧,夏侯车上并潘安。

十五 删

兴对废,附对攀,露草对霜菅,歌廉对借寇,习孔对希颜。山垒垒,水潺潺,奉璧对探镮。礼由公旦作,诗本仲尼删。驴困客方经灞水,鸡鸣人已出函关。几夜霜飞,已有苍鸿辞北塞;数朝雾暗,岂无玄豹隐南山。

犹对尚,侈对悭,雾鬓对烟鬟,莺啼对鹊噪,独鹤对双鹇。黄牛峡,金马山,结草对衔环。昆山惟玉集,合浦有珠还。阮籍旧能为眼白,老莱新爱着衣斑。栖迟避世人,草衣木食;窈窕倾城女,云鬓花颜。

姚对宋,柳对颜,赏善对惩奸。愁中对梦里,巧慧对痴顽。孔北海,谢东山,使越对征蛮,淫声闻濮上,离曲听阳关。骁将袍披仁贵白,小儿衣着老莱斑。茅舍无人,难却尘埃生榻上;竹亭有客,尚留风月在窗间。

全文卷下

一 先

晴对雨,地对天,天地对山川。山川对草木,赤壁对青田。郑鄩鼎,武城弦,木笔对苔钱。金城三月柳,玉井九秋莲。何处春朝风景好,谁家秋夜月华圆。珠缀花梢,千点蔷薇香露;练横树杪,几丝杨柳残烟。

前对后,后对先,众丑对孤妍。莺簧对蝶板,虎穴对龙渊。击石磬,观韦编,鼠目对鸢肩。春园花柳地,秋沼芰荷天。白羽频挥闲客坐,乌纱半坠醉翁眠。野店几家,羊角风摇沽酒斾;长川一带,鸭头波泛卖鱼船。

离对坎，震对乾，一日对千年，尧天对舜日，蜀水对秦川。苏武节，郑虔毡，涧壑对林泉。挥戈能退日，持管莫窥天。寒食芳辰花烂熳，中秋佳节月婵娟。梦里荣华，飘忽枕中之客；壶中日月，安闲市上之仙。

二 萧

恭对慢，吝对骄，水远对山遥。松轩对竹槛，雪赋对风谣。乘五马，贯双雕，烛灭对香消。明蟾常彻夜，骤雨不终朝。楼阁天凉风飒飒，关河地隔雨潇潇。几点鹭鸶，日暮常飞红蓼岸；一双鹦鹉，春朝频泛绿杨桥。

开对落，暗对昭，赵瑟对虞韶。轺车对驿骑，锦绣对琼瑶。羞攘臂，懒折腰，范甑对颜瓢。寒天鸳帐酒，夜月凤台箫。舞女腰肢杨柳软，佳人颜貌海棠娇。豪客寻春，南陌草青香阵阵；闲人避暑，东堂蕉绿影摇摇。

班对马，董对晁，夏昼对春宵。雷声对电影，麦穗对禾苗。八千路，廿四桥，总角对垂髫。露桃匀嫩脸，风柳舞纤腰。贾谊赋成伤鹏鸟，周公诗就托鸱鸮。幽寺寻僧，逸兴岂知俄尔尽；长亭送客，离魂不觉黯然消。

三 肴

风对雅，象对爻，巨蟒对长蛟。天文对地理，蟋蟀对螵蛸。龙生矫，虎咆哮，北学对东胶。筑台须垒土，成屋必诛茅。潘岳不忘秋兴赋，边韶常被昼眠嘲。抚养群黎，已见国家隆治；滋生万物，方知天地泰交。

蛇对虺，蜃对蛟，麟薮对鹊巢。风声对月色，麦穗对桑苞。何妥难，子云嘲，楚甸对商郊。五音惟耳听，万虑在心包。葛被汤征因仇饷，楚遭齐伐责包茅。高矣若天，洵是圣人大道；淡而如水，实为君子神交。

牛对马，犬对猫，旨酒对嘉肴。桃红对柳绿，竹叶对松梢。藜杖叟，布衣樵，北野对东郊。白驹形皎皎，黄鸟语交交。花圃春残无客到，柴门夜永有僧敲。墙畔佳人，飘扬竞把秋千舞；楼前公子，笑语争将蹴鞠抛。

四 豪

琴对瑟，剑对刀，地迥对天高。峨冠对博带，紫绶对绯袍。煎异茗，酌香醪，虎兕对猿猱。武夫攻骑射，野妇务蚕缲。秋雨一川淇澳竹，春风两岸武陵桃。螺髻青浓，楼外晚山千仞；鸭头绿腻，溪中春水半篙。

刑对赏，贬对褒，破斧对征袍。梧桐对橘柚，枳棘对蓬蒿。雷焕剑，吕虔刀，橄榄对葡萄。一椽书舍小，百尺酒楼高。李白能诗时秉笔，刘伶爱酒每哺糟。礼别尊卑，拱北众星常灿灿；势分高下，朝东万水自滔滔。

瓜对果，李对桃，犬子对羊羔。春分对夏至，谷水对山涛。双凤翼，九牛毛，主逸对臣劳。水流无限阔，山耸有余高。雨打村童新牧笠，尘生边将旧征袍。俊士居官，荣引鹓鸿之序；忠臣报国，誓殚犬马之劳。

五 歌

山对水，海对河，雪竹对烟萝。新欢对旧恨，痛饮对高歌。琴再抚，剑重磨，媚柳对枯荷。荷盘从雨洗，柳线任风搓。饮酒岂知欹醉帽，观棋不觉烂樵柯。山寺清幽，直踞千寻云岭；江楼宏敞，遥临万顷烟波。

繁对简，少对多，里咏对途歌。宦情对旅况，银鹿对铜驼。刺史鸭，将军鹅，玉律对金科。古堤垂弹柳，曲沼长新荷。命驾吕因思叔夜，引车蔺为避廉颇。千尺水帘，今古无人能手卷；一轮月镜，乾坤何匠用功磨。

霜对露，浪对波，径菊对池荷。酒阑对歌罢，日暖对风和。梁父咏，楚狂歌，放鹤对观鹅。史才推永叔，刀笔仰萧何。种橘犹嫌千树少，寄梅谁信一枝多。林下风生，黄发村童推牧笠；江头日出，皓眉溪叟晒渔蓑。

六麻

松对柏，缕对麻，蚁阵对蜂衙。颓鳞对白鹭，冻雀对昏鸦，白堕酒，碧沉茶，品笛对吹笳。秋凉梧堕叶，春暖杏开花。雨长苔痕侵壁砌，月移梅影上窗纱。飒飒秋风，度城头之筚篥；迟迟晚照，动江上之琵琶。

优对劣，凸对凹，翠竹对黄花。松杉对杞梓，菽麦对桑麻。山不断，水无涯，煮酒对烹茶。鱼游池面水，鹭立岸头沙。百亩风翻陶令秫，一畦雨熟邵平瓜。闲捧竹根，饮李白一壶之酒；偶擎桐叶，啜卢仝七碗之茶。

吴对楚，蜀对巴，落日对流霞。酒钱对诗债，柏叶对松花。驰驿骑，泛仙槎，碧玉对丹砂。设桥偏送笋，开道竟还瓜。楚国大夫沉汨水，洛阳才子谪长沙。书簏琴囊，乃士流活计；药炉茶鼎，实闲客生涯。

七阳

高对下，短对长，柳影对花香。词人对赋客，五帝对三王。深院落，小池塘，晚眺对晨妆。绛霄唐帝殿，绿野晋公堂。寒集谢庄衣上雪，秋添潘岳鬓边霜。人浴兰汤，事不忘于端午；客斟菊酒，兴常记于重阳。

尧对舜，禹对汤，晋宋对隋唐。奇花对异卉，夏日对秋霜。八叉手，九回肠，地久对天长。一堤杨柳绿，三径菊花黄。闻鼓塞兵方战斗，听钟宫女正梳妆。春饮方归，纱帽半淹邻舍酒；早朝初退，衮衣微惹御炉香。

荀对孟，老对庄，弹柳对垂杨。仙宫对梵宇，小阁对长廊。风月窟，水云乡，蟋蟀对螳螂。暖烟香霭霭，寒烛影煌煌。伍子欲酬渔父剑，韩生尝窃贾公香。三月韶光，常忆花明柳媚；一年好景，难忘橘绿橙黄。

八庚

深对浅，重对轻，有影对无声。蜂腰对蝶翅，宿醉对余酲。天北缺，日东生，独卧对同行。寒冰三尺厚，秋月十分明。万卷书容闲客览，一樽酒待故人倾。心侈唐玄，厌看霓裳之曲；意骄陈主，饱闻玉树之赓。

虚对实，送对迎，后甲对先庚。鼓琴对舍瑟，搏虎对骑鲸。金叵匜，玉珑琤，玉宇对金茎。花间双粉蝶，柳内几黄莺。贫里每甘藜藿味，醉中厌听管弦声。肠断秋闺，凉吹已侵重被冷；梦惊晓枕，残蟾犹照半窗明。

渔对猎，钓对耕，玉振对金声。雉城对雁塞，柳衮对葵倾。吹玉笛，弄银笙，阮杖对桓筝。墨呼松处士，纸号楮先生。露浥好花潘岳县，风搓细柳亚夫营。抚动琴弦，遽觉座中风雨至；哦成诗句，应知窗外鬼神惊。

九 青

红对紫，白对青，渔火对禅灯。唐诗对汉史，释典对仙经。龟曳尾，鹤梳翎，月榭对风亭。一轮秋夜月，几点晓天星。晋士只知山简醉，楚人谁识屈原醒。绣倦佳人，慵把鸳鸯文作枕；吮毫画者，思将孔雀写为屏。

行对坐，醉对醒，佩紫对纡青。棋枰对笔架，雨雪对雷霆。狂蛱蝶，小蜻蜓，水岸对沙汀。天台孙绰赋，剑阁孟阳铭。传信子卿千里雁，照书车胤一囊萤。冉冉白云，夜半高遮千里月；澄澄碧水，宵中寒映一天星。

书对史，传对经，鹦鹉对鹡鸰。黄茅对白荻，绿草对青萍。风绕铎，雨淋铃，水阁对山亭。渚莲千朵白，岸柳两行青。汉代宫中生秀柞，尧时阶畔长祥蓂。一枰决胜，棋子分黑白；半幅通灵，画色间丹青。

十 蒸

新对旧，降对升，白犬对苍鹰。葛巾对藜杖，涧水对池冰。张兔网，挂鱼罾，燕雀对鹍鹏。炉中煎药火，窗下读书灯。织锦逐梭成舞凤，画屏误笔作飞蝇。宴客刘公，座上满斟三雅爵；迎仙汉帝，宫中高插九光灯。

儒对士，佛对僧，面友对心朋。春残对夏老，夜寝对晨兴。千里马，九霄鹏，霞蔚对云蒸。寒堆阴岭雪，春泮水池冰。亚父愤生撞玉斗，周公誓死作金縢。将军元晖，莫怪人讥为饿虎；侍中卢昶，难逃世号作饥鹰。

规对矩，墨对绳，独步对同登。吟哦对讽咏，访友对寻僧。风绕屋，水襄陵，紫鹄对苍鹰。鸟寒惊夜月，鱼暖上春冰。扬子口中飞白凤，何郎鼻上集青蝇。巨鲤跃池，翻几重之密藻；颠猿饮涧，挂百尺之垂藤。

十一 尤

荣对辱，喜对忧，夜宴对春游。燕关对楚水，蜀犬对吴牛。茶敌睡，酒消愁，青眼对白头。马迁修史记，孔子作春秋。适兴子猷常泛棹，思归王粲强登楼。窗下佳人，妆罢重将金插鬓；筵前舞妓，曲终还要锦缠头。

唇对齿，角对头，策马对骑牛。毫尖对笔底，绮阁对雕镂。杨柳岸，荻芦洲，语燕对啼鸠。客乘金络马，人泛木兰舟。绿野耕夫春举耜，碧池渔父晚垂钩。波浪千层，喜见蛟龙得水；云霄万里，惊看雕鹗横秋。

庵对寺，殿对楼，酒艇对渔舟。金龙对彩凤，獭豕对童牛。王郎帽，苏子裘，四季对三秋。峰峦扶地秀，江汉接天流。一湾绿水渔村小，万里青山佛寺幽。龙马呈河，羲皇阐微而画卦；神龟出洛，禹王取法以陈畴。

十二 侵

眉对目，口对心，锦瑟对瑶琴。晓耕对寒钓，晚笛对秋砧。松郁郁，竹森森，闵损对曾参。秦王亲击缶，虞帝自挥琴。三献卞和尝泣玉，四知杨震固辞金。寂寂秋朝，庭叶因霜摧嫩色；沉沉春夜，砌花随月转清阴。

前对后，古对今，野兽对山禽。犍牛对牝马，水浅对山深。曾点瑟，戴逵琴，璞玉对浑金。艳红花弄色，浓绿柳敷阴。不雨汤王方剪爪，有风楚子正披襟。书生惜壮岁韶华，寸阴尺璧；游子爱良宵光景，一刻千金。

丝对竹，剑对琴，素志对丹心。千愁对一醉，虎啸对龙吟。子罕玉，不疑金，往古对来今。天寒邹吹律，岁旱傅为霖。渠说子规为帝魄，侬知孔雀是家禽。屈子沉江，处处舟中争系粽；牛郎渡渚，家家台上竞穿针。

十三 覃

千对百，两对三，地北对天南。佛堂对仙洞，道院对禅庵。山泼黛，水挼蓝，雪岭对云潭。凤飞方翙翙，虎视已眈眈。窗下书生时讽咏，筵前酒客日耽酣。白草满郊，秋日牧征人之马；绿桑盈亩，春时供农妇之蚕。

将对欲，可对堪，德被对恩覃。权衡对尺度，雪寺对云庵。安邑枣，洞庭柑，不愧对无惭。魏征能直谏，王衍善清谈。紫梨摘去从山北，丹荔传来自海南。攘鸡非君子所为，但当月一；养狙是山公之智，止用朝三。

中对外，北对南，贝母对宜男。移山对浚井，谏苦对言甘。千取百，二为三，魏尚对周堪。海门翻夕浪，山市拥晴岚。新缔直投公子纻，旧交犹脱馆人骖。文在淹通，已咏冰兮寒过水；永和博雅，可知青者胜于蓝。

十四 盐

悲对乐，爱对嫌，玉兔对银蟾。醉侯对诗史，眼底对眉尖。风飘飘，雨绵绵，李苦对瓜甜。画堂施锦帐，酒市舞青帘。横槊赋诗传孟德，引壶酌酒尚陶潜。两曜迭明，日东生而月西出；五行式序，水下润而火上炎。

如对似，减对添，绣幕对朱帘。探珠对献玉，鹭立对鱼潜。玉屑饭，水晶盐，手剑对腰镰。燕巢依邃阁，蛛网挂虚檐。夺槊至三唐敬德，弈棋第一晋王恬。南浦客归，湛湛春波千顷净；西楼人悄，弯弯夜月一钩纤。

逢对遇，仰对瞻，市井对闾阎。投簪对结绶，握发对掀髯。张绣幕，卷珠帘，石碏对江淹。宵征方肃肃，夜饮已厌厌。心褊小人长戚戚，礼多君子屡谦谦。美刺殊文，备三百五篇诗咏；吉凶异画，变六十四卦爻占。

十五 咸

清对浊，苦对咸，一启对三缄。烟蓑对雨笠，月榜对风帆。莺睍睆，燕呢喃，柳杞对松杉。情深悲素扇，泪痛湿青衫。汉室既能分四姓，周朝何用叛三监。破的而探牛心，豪矜王济；竖竿以挂犊鼻，贫笑阮咸。

能对否，圣对贤，卫瓘对浑瑊。雀罗对鱼网，翠巘对苍岩。红罗帐，白布衫，笔格对书函。蕊香蜂竞采，泥软燕争衔。凶孽誓清闻祖逖，王家能义有巫咸。溪叟新居，渔舍清幽临水岸；山僧久隐，梵宫寂寞倚云岩。

冠对带，帽对衫，议鲠对言谗。行舟对御马，俗弊对民岩。鼠且硕，兔多毚，史册对书缄。塞城闻奏角，江浦认归帆。河水一源形弥弥，泰山万仞势岩岩。郑为武公，赋缁衣而美德；周因巷伯，歌贝锦以伤谗。

236

附录四：《笠翁对韵》

[清] 李 渔

《笠翁对韵》是从前人们学习写作近体诗、词，用来熟悉对仗、用韵、组织词语的启蒙读物。作者李渔号笠翁[1]，仿照《声律启蒙》写成，因此叫《笠翁对韵》。全书分为上下卷。按韵分编，包罗天文、地理、花木、鸟兽、人物、器物等的虚实应对。可与《声律启蒙》对照来读。

卷一

一 东

天对地，雨对风。大陆对长空。山花对海树，赤日对苍穹。雷隐隐，雾蒙蒙。日下对天中。风高秋月白，雨霁晚霞红。牛女二星河左右，参商两曜斗西东。十月塞边，飒飒寒霜惊戍旅；三冬江上，漫漫朔雪冷鱼翁。

河对汉，绿对红。雨伯对雷公。烟楼对雪洞，月殿对天宫。云叆叇，日曈朦。腊屐对渔蓬。过天星似箭，吐魂月如弓。驿旅客逢梅子雨，池亭人挹荷花风。茅店村前，皓月坠林鸡唱韵；板桥路上，青霜锁道马行踪。

山对海，华对嵩。四岳对三公。宫花对禁柳，塞雁对江龙。清暑殿，广寒宫。拾翠对题红。庄周梦化蝶，吕望兆飞熊。北牖当风停夏扇，南帘曝日省冬烘。鹤舞楼头，玉笛弄残仙子月；凤翔台上，紫箫吹断美人风。

二 冬

晨对午，夏对冬。下晌对高舂。青春对白昼，古柏对苍松。垂钓客，荷锄翁。仙鹤对神龙。凤冠珠闪烁，螭带玉玲珑。三元及第才千顷，一品当朝禄万钟。花萼楼前，仙李盘根调国脉；沉香亭畔，娇杨擅宠起边风。

清对淡，薄对浓。暮鼓对晨钟。山茶对石菊，烟锁对云封。金菡萏，玉芙蓉。绿绮对青锋。早汤先宿酒，晚食继朝饔。唐库金钱能化蝶，延津宝剑会成龙。巫峡浪传，云雨荒唐神女庙；岱宗遥望，儿孙罗列丈人峰。

繁对简，叠对重。意懒对心慵。仙翁对释伴，道范对儒宗。花灼灼，草茸茸。浪蝶对狂蜂。数竿君子竹，五树大夫松。高皇灭项凭三杰，虞帝承尧殛四

---

[1] 李渔（1611—1680），原名仙侣，字谪凡，号天徒。中年改名李渔，字笠鸿，号笠翁。明末清初著名戏曲家。江苏如皋人，祖籍浙江兰溪，戏曲论著有《闲情偶寄》等，剧本有《笠翁十种曲》等。

凶。内苑佳人，满地风光愁不尽；边关过客，连天烟草憾无穷。

三 江

奇对偶，只对双。大海对长江。金盘对玉盏，宝烛对银红。朱漆槛，碧纱窗。舞调对歌腔。汉兴推马武，夏谏著龙逄。四收列国群王服，三筑高城众敌降。跨凤登台，潇洒仙姬秦月玉；斩蛇当道，英雄天子汉刘邦。

颜对貌，像对庞。步辇对徒杠。停针对搁竺，意懒对心降。灯闪闪，月幢幢。揽辔对飞艭。柳堤驰骏马，花院吠村尨。酒量微熏琼杏颊，香尘没印玉莲双。诗写丹枫，韩夫幽怀流节水；泪弹斑竹，舜妃遗憾积湡江。

四 支

泉对石，干对枝。吹竹对弹丝。山亭对水榭，鹦鹉对鸬鹚。五色笔，十香词。泼墨对传卮。神奇韩干画，雄浑李陵诗。几处花街新夺锦，有人香径淡凝脂。万里烽烟，战士边头争宝塞；一犁膏雨，农夫村外尽乘时。

俎对醢，赋对诗。点漆对描脂。瑶簪对珠履，剑客对琴师。沽酒价，买山资。国色对仙姿。晚霞明似锦，春雨细如丝。柳绊长堤千万树，花横野寺两三枝。紫盖黄旗，天象预占江左地；青袍白马，童谣终应寿阳儿。

箴对赞，缶对卮。萤炤对蚕丝。轻裾对长袖，瑞草对灵芝。流涕策，断肠诗。喉舌对腰肢。云中熊虎将，天上凤凰儿。禹庙千年垂桔柚，尧阶三尺覆茅茨。湘竹含烟，腰下轻纱笼玳瑁；海棠经雨，脸边清泪湿胭脂。

争对让，望对思。野葛对山栀。仙风对道骨，天造对人为。专诸剑，博浪椎。经纬对干支。位尊民物主，德重帝王师。望切不妨人去远，心忙无奈马行迟。金屋闭来，赋乞茂林题柱笔；玉楼成后，记须昌谷负囊词。

五 微

贤对圣，是对非。觉奥对参微。鱼书对雁字，草舍对柴扉。鸡晓唱，雉朝飞。红瘦对绿肥。举杯邀月饮，骑马踏花归。黄盖能成赤壁捷，陈平善解白登危。太白书堂，瀑泉垂地三千尺；孔明祀庙，老柏参天四十围。

戈对甲，幄对帏。荡荡对巍巍。严滩对邵圃，靖菊对夷薇。占鸿渐，采凤飞。虎榜对龙旗。心中罗锦绣，口内吐珠玑。宽宏豁达高皇量，叱咤暗哑霸主威。灭项兴刘，狡兔尽时走狗死；连吴拒魏，貔貅屯处卧龙归。

衰对盛，密对稀。祭服对朝衣。鸡窗对雁塔，秋榜对春闱。乌衣巷，燕子矶。久别对初归。天姿真窈窕，圣德实光辉。蟠桃紫阙来金母，岭荔红尘进玉妃。霸主军营，亚父丹心撞玉斗；长安酒市，谪仙狂兴换银龟。

六 鱼

羹对饭，柳对榆。短袖对长裾。鸡冠对凤尾，芍药对芙蕖。周有若，汉相如。玉屋对匡庐。月明山寺远，风细水亭虚。壮士腰间三尺剑，男儿腹内五车书。疏影暗香，和靖孤山梅蕊放；轻阴清昼，渊明旧宅柳条舒。

吾对汝，尔对余。选授对升除。书籍对药柜，耒耜对耰锄。参虽鲁，回不愚。阀阅对闾阎。诸侯知乘国,命妇七香车。穿云采药闻仙犬,踏雪寻梅策蹇驴。玉兔金乌,二气精灵为日月;洛龟河马,五行生克在图书。

欹对正,密对疏。囊橐对苞苴。罗浮对壶峤,水曲对山纡。骖鹤驾,待鸾舆。杰溺对长沮。搏虎卞庄子,当熊冯婕妤。南阳高士吟梁妇,西蜀才人赋子虚。三径风光,白石黄花供杖履;五湖烟景,青山绿水在樵渔。

七 虞

红对白,有对无。布谷对提壶。毛椎对羽扇,天阙对皇都。谢蝴蝶,郑鹧鸪。蹈海对归湖。花肥春雨润,竹瘦晚风疏。麦饭豆麋终创汉,尊羹胪脍竟归吴。琴调轻弹,杨柳月中潜去听;酒旗斜挂,杏花村里共来沽。

罗对绮,茗对蔬。柏秀对松枯。中元对上巳,返璧对还珠。云梦泽,洞庭湖。玉烛对冰壶。苍头犀角带,绿鬓象牙梳。松阴白鹤声相应,镜里青鸾影不孤。竹户半开,对牖不知人在否?柴门深闭,停车还有客来无。

宾对主,婢对奴。宝鸭对金凫。升堂对入室,鼓瑟对投壶。砚合璧,颂联珠。提瓮对当垆。仰高红日尽,望远白云孤。歆向秘书窥二酉,机云芳誉动三吴。祖饯三杯,老去常斟花下酒;荒田五亩,归来独荷月中锄。

君对父,魏对吴。北岳对西湖。菜蔬对茶饭,苣笋对菖蒲。梅花数,竹叶符。廷议对山呼。两都班固赋,八阵孔明图。田庆紫荆堂下茂,王裒青柏墓前枯。出塞中郎,骶有乳时归汉室;质秦太子,马生角日返燕都。

八 齐

鸾对凤,犬对鸡。塞北对关西。长生对益智,老幼对旅倪。颂竹策,剪桐圭。剥枣对蒸梨。绵腰如弱柳,嫩手似柔荑。狡兔能穿三穴隐,鹪鹩权借一枝栖。角里先生,策杖垂绅扶少主;于陵仲子,辟纑织履赖贤妻。

鸣对吠,泛对栖。燕语对莺啼。珊瑚对玛瑙,琥珀对玻璃。绛县老,伯州梨。测蠡对然犀。榆槐堪作荫,桃李自成蹊。投巫救女西门豹,赁浣逢到百里奚。阙里门墙,陋巷规模原不陋;隋堤基址,迷楼踪迹亦全迷。

越对赵,楚对齐。柳岸对桃溪。纱窗对绣户,画阁对香闺。修月斧,上天梯。蟛蜞对虹霓。行乐游春圃,工谀病夏畦。李广不封空射虎,魏明得立为存麋。按辔徐行,细柳功成劳王敬;闻声稍卧,临泾名震止儿啼。

九 佳

门对户,陌对街。枝叶对根荄。斗鸡对挥麈,凤髻对鸾钗。登楚岫,渡秦淮。子规对夫差。石鼎龙头缩,银筝雁翅排。百年诗礼延余庆,万里风云入壮怀。能辨明伦,死矣野哉悲季路;不由径袜,生乎愚也有高柴。

冠对履,袜对鞋。海角对天涯。鸡人对虎旅,六市对三街。陈俎豆,戏堆埋。皎皎对皑皑。贤相聚东阁,良明集小斋。梦里山川书越绝,枕边风月记齐谐。三径萧疏,彭泽高风怡五柳;六朝华贵,琅琊佳气种三槐。

勤对俭,巧对乖。水榭对山斋。冰桃对雪藕,漏箭对更牌。寒翠袖,贵金钗。慷慨对诙谐。竹径风声籁，花溪月影筛。携囊佳句随时贮，荷锸沉酣到处埋。江海孤踪，云浪风涛惊旅梦；乡关万里，烟峦云树切归怀。

杞对梓，桧对楷。水泊对山崖。舞裙对歌袖，玉陛对瑶阶。风入袂，月盈怀。虎兕对狼豺。马融堂上帐，羊侃水中斋。北面觐宫宜拾芥，东巡岱畤定燔柴。锦缆春江，横笛洞箫通碧落；华灯夜月，遗簪堕翠遍香街。

十 灰

春对夏，喜对哀。大手对长才。风清对月朗，地阔对天开。游阆苑，醉蓬莱。七政对三台。青龙壶老杖，白燕玉人钗。香风十里望仙阁，明月一天思子台。玉洁冰桃，王母几因求道降；连舟藜杖，真人原为读书来。

朝对暮，去对来。庶矣对康哉。马肝对鸡肋，杏眼对桃腮。佳兴适，好怀开。朔雪对春雷。云移鸤鹊观，日晒凤凰台。河边淑气迎芳草，林下轻风待落梅。柳媚花明，燕语莺声浑是笑；松号柏舞，猿啼鹤唳总成哀。

忠对信，博对赅。忖度对疑猜。香消对烛暗，鹊喜对蛩哀。金花报，玉镜台。倒屣对衔怀。岩巅横老树，石磴覆苍苔。雪满山中高士卧，月明林下美人来。绿柳沿堤，皆因苏子来时种；碧桃满观，尽是刘郎去后栽。

十一 真

莲对菊，凤对麟。浊富对清贫。渔庄对佛舍，松盖对花茵。萝月叟，葛天民。国宝对家珍。草迎金埒马，花醉玉楼人。巢燕三春尝唤友，塞鸿八月始来宾。古往今来，谁见泰山曾作砺；天长地久，人传沧海几扬尘。

兄对弟，吏对民。父子对君臣。勾丁对甫甲，赴卯对同寅。折桂客，簪花人。四皓对三仁。王乔云外舄，郭泰雨中巾。人交好友求三益，士有贤妻备五伦。文教南宣，武帝平蛮开百越；义旗西指，韩侯扶汉卷三秦。

申对午，侃对訚。阿魏对茵陈。楚兰对湘芷，碧柳对青筠。花馥馥，叶蓁蓁。粉颈对朱唇。曹公奸似鬼，尧帝智如神。南阮才郎差北富，东邻丑女效西颦。色艳北堂，草号忘忧忧甚事？香浓南国，花名含笑笑何人？

十二 文

忧对喜，戚对欣。五典对三坟。佛经对仙语，夏耨对春耘。烹早韭，剪春芹。暮雨对朝云。竹间斜白接，花下醉红裙。掌握灵符五岳篆，腰悬宝剑七星纹。金锁未开，上相趋听宫漏水；珠帘半卷，翻僚仰对御炉薰。

词对赋，懒对勤。类聚对群分。鸾箫对凤笛，带草对香芸。燕许笔，韩柳文。旧话对新闻。赫赫周南仲，翩翩晋右军。六国说成苏子贵，两京收复郭公勋。汉阙陈书，侃侃忠言推贾谊；唐廷对策，岩岩直谏有刘贲。

言对笑，绩对勋。鹿豕对羊羵。星冠对月扇，把袂对书裙。汤事葛，说兴殷。萝月对松云。西池青鸟使，北塞黑鸦军。文武成康为一代，魏吴蜀汉定三分。桂苑秋宵，明月三杯邀曲客；松亭夏日，薰风一曲奏桐君。

十三 元

卑对长，季对昆。永巷对长门。山亭对水阁，旅舍对军屯。杨子渡，谢公墩。德重对年尊。承乾对出震，叠坎对重坤。志士报君思犬马，仁王养老察鸡豚。远水平沙，有客泛舟桃叶渡；斜风细雨，何人携榼杏花村。

君对相，祖对孙。夕照对朝曛。兰台对桂殿，海岛对山村。碑堕泪，赋招魂。报怨对怀恩。陵埋金吐气，田种玉生根。相府珠帘垂白昼，边城画角对黄昏。枫叶半山，秋去烟霞堪倚杖；梨花满地，夜来风雨不开门。

十四 寒

家对国，治对安。地主对天官。坎男对离女，周诰对殷盘。三三暖，九九寒。杜撰对包弹。古壁蛩声匝，闲亭鹤影单。燕出帘边春寂寂，莺闻枕上漏珊珊。池柳烟飘，日夕郎归青锁闼；阶花雨过，月明人倚玉栏杆。

肥对瘦，窄对宽。黄犬对青鸾。指环对腰带，洗钵对投竿。诛倭剑，进贤冠。画栋对雕栏。双垂白玉箸，九转紫金丹。陕右棠高怀召伯，河南花满忆潘安。陌上芳春，弱柳当风披彩线；池中清晓，碧荷承露捧珠盘。

行对卧，听对看。鹿洞对鱼滩。蛟腾对豹变，虎踞对龙蟠。风凛凛，雪漫漫。手辣对心酸。莺莺对燕燕，小小对端端。蓝水远从千涧落，玉山高并两峰寒。至圣不凡，嬉戏六龄陈俎豆；老莱大孝，承欢七衮舞斑斓。

十五 删

林对坞，岭对峦。昼永对春闲。谋深对望重，任大对投艰。裾袅袅，佩珊珊。守塞对当关。密云千里合，新月一钩弯。叔宝君臣皆纵逸，重华父母是嚚顽。名动帝畿，西蜀三苏来日下；壮游京洛，东吴二陆起云间。

临对仿，吝对悭。讨逆对平蛮。忠肝对义胆，雾鬓对云鬟。埋笔冢，烂柯山。月貌对天颜。龙潜终得跃，鸟倦亦知还。陇树飞来鹦鹉绿，池筠密处鹧鸪斑。秋露横江，苏子月明游赤壁；冻云迷岭，韩公雪拥过蓝关。

卷二

一 先

寒对暑，日对年。蹴踘对秋千。丹山对碧水，淡雨对覃烟。歌宛转，貌婵娟。雪鼓对云笺。荒芦栖南雁，疏柳噪秋蝉。洗耳尚逢高士笑，折腰肯受小儿怜。郭泰泛舟，折角半垂梅子雨；山涛骑马，接䍠倒着杏花天。

轻对重，肥对坚。碧玉对青钱。郊寒对岛瘦，酒圣对诗仙。依玉树，步金莲。凿井对耕田。杜甫春宵立，边韶白昼眠。豪饮客吞波底月，酣游人醉水中天。斗草青郊，几行宝马嘶金勒；看花紫陌，千里香车拥翠钿。

吟对咏，授对传。乐矣对凄然。风鹏对雪雁，董杏对周莲。春九十，岁三千。钟鼓对管弦。入山逢宰相，无事即神仙。霞映武陵桃淡淡，烟荒隋堤柳绵绵。七碗月团，啜罢清风生腋下；三杯云液，饮余红雨晕腮边。

中对外，后对先。树下对花前。玉桂对金屋，叠嶂对平川。孙子策，祖生鞭。盛席对华筵。解醉知茶力，消愁识酒权。丝剪芰荷开东沼，锦妆凫雁泛温泉。帝女衔石，海中遗魄为精卫；蜀王叫月，枝上游魂化杜鹃。

二 萧

翠对管，斧对瓢。水怪对花妖。秋声对春色，白縑对红绡。臣五代，事三朝。头柄对弓腰。醉客歌金缕，佳人品玉箫。风定落花闲不扫，霜余残叶湿难烧。千载兴周，尚父一竿投渭水；百年霸越，钱王万弩射江潮。

荣对悴，夕对朝。露地对云霄。商彝对周鼎，殷箫对虞韶。樊素口，小蛮腰。六诏对三苗。朝天车奕奕，出塞马萧萧。公子幽兰重泛舸，王孙芳草正联镳。潘岳高怀，曾向秋天吟蟋蟀；王维清兴，尝于雪夜面芭蕉。

耕对读，牧对樵。琥珀对琼瑶。兔毫对鸿爪，桂楫对兰桡。鱼潜藻，鹿藏樵。水远对山遥。湘灵能鼓瑟，嬴女解吹箫。雪点寒梅横小院，风吹弱柳覆平桥。月牖通宵，绛蜡罢时光不减；风帘当昼，雕盘停后篆难消。

三 肴

诗对礼，卦对爻。燕引对莺调。辰钟对暮鼓，野馔对山肴。雉方雊，鹊始巢。猛虎对神獒。疏星浮荇叶，皓月上松梢。为邦自古推瑚琏，从政于今愧斗筲。管鲍相知，能交忘形胶漆友；蔺廉有隙，终对刎颈死生交。

歌对舞，笑对嘲。耳语对神交。焉鸟对亥豕，獭髓对鸾胶。宜久敬，莫轻抛。一气对同胞。祭遵甘布被，张禄念绨袍。花径风来逢客访，柴扉月到有僧敲。夜雨园中，一颗不雕王子柰；秋风江上，三重曾卷杜公茅。

衙对舍，廪对庖。玉磬对金铙。竹林对梅岭，起凤对腾蛟。鲛绡帐，兽锦袍。露果对风梢。扬州输桔柚，荆土贡菁茅。断蛇埋地称孙叔，渡蚁作桥识宋郊。好梦难成，蛩响阶前偏唧唧；良明远到，鸡声窗外正嘐嘐。

四 豪

葵对茨，荻对蒿。山鹿对江鳌。莺簧对蝶板，浪麦对桃涛。骐骥足，凤凰毛。美誉对嘉褒。文人窥蠹简，学士书兔毫。马援南征栽薏苡，张骞西使进葡萄。辩口悬河，万语千言常亹亹；词源倒峡，连篇累牍自滔滔。

梅对杏，李对桃。榉朴对旌旄。酒仙对诗史，德泽对思膏。悬一榻，梦三刀。拙逸对贵劳。玉堂花烛绕，金殿月轮高。孤山看鹤盘云下，蜀道闻猿向月号。万事从人，有花有酒应自乐；百年皆客，一丘一壑尽吾豪。

台对省，署对曹。分袂对同胞。鸣琴对击剑，返辙对回艚。良借箸，操提刀。香茗对醇醪。滴泉归海大，篑土积山高。石室客来煎雀舌，画堂宾至饮羊羔。被谪贾生，湘水凄凉吟服鸟；遭谗屈子，江潭憔悴著离骚。

五 歌

微对巨，少对多。直干对平柯。蜂媒对蝶使，雨笠对烟蓑。眉淡扫，面微酡。妙舞对清歌。轻衫裁夏葛，薄袂剪春罗。将相兼行唐李靖，霸王杂用汉萧何。月本阴精，岂有羿妻曾窃药；星为夜宿，浪传织女漫投梭。

慈对善，虐对苛。缥缈对婆娑。长杨对细柳，嫩蕊对寒莎。追风马，挽日戈。玉液对金波。紫诏衔丹凤，黄庭换白鹅。画阁江城梅作调，兰舟野渡竹为歌。门外雪飞，错认空中飘柳絮；岩边瀑响，误疑天半落银河。

松对竹，荇对荷。薜荔对藤萝。梯云对步月，樵唱对渔歌。升鼎雉，听经鹅。北海对东坡。吴郎哀废宅，邵子乐行窝。丽水良金皆待冶，昆山美玉总须磨。雨过皇州，琉璃色灿华清瓦；风来帝苑，荷芰香飘太液波。

笼对槛，巢对窝。及第对登科。冰清对玉润，地利对人和。韩擒虎，荣驾鹅。青女对素娥。破头朱泚笏，折齿谢昆梭。留客酒杯应恨少，动人诗句不须多。绿野凝烟，但听村前双牧笛；沧江积雪，惟看滩上一渔蓑。

六 麻

清对浊，美对嘉。鄙吝对矜夸。花须对柳眼，屋角对檐牙。志和宅，博望槎。秋实对春华。乾炉烹白雪，坤鼎炼丹砂。深宵望冷沙场月，边塞听残野戍笳。满院松风，钟声隐隐为僧舍；半窗花月，锡影依依是道家。

雷对电，雾对霞。蚁阵对蜂衙。寄梅对怀桔，酿酒对烹茶。宜男草，益母花。杨柳对蒹葭。班姬辞帝辇，蔡琰泣胡笳。舞榭歌楼千万尺，竹芳茅舍三两家。珊枕半床，月明时梦飞塞外；银筝一奏，花落处人在天涯。

圆对缺，正对斜。笑语对咨嗟。沈腰对潘鬓，孟笋对卢茶。百舌鸟，两头蛇。帝里对仙家。尧仁敷率土，舜德被流沙。桥上授书曾纳履，壁间题句已笼纱。远塞迢迢，露碛风沙何可极；长沙渺渺，雪涛烟浪信无涯。

疏对密，朴对华。义鹘对慈鸦。鹤群对雁阵，白苎对黄麻。读三到，吟八叉。肃静对喧哗。围棋兼把钓，沉李并浮瓜。羽客片时能煮石，狐禅千劫似蒸沙。党尉粗豪，金帐笼香斟美酒；陶生清逸，银铛融雪啜团茶。

七 阳

台对阁，沼对塘。朝雨对夕阳。游人对隐士，谢女对秋娘。三寸舌，九回肠。玉液对琼浆。秦皇照胆镜，徐肇返魂香。青萍夜啸芙蓉匣，黄卷时摊薜荔床。元亨利贞，天地一机成化育；仁义礼智，圣贤千古立纲常。

红对白，绿对黄。昼永对更长。龙飞对凤舞，锦缆对牙樯。云弁使，雪衣娘。故国对他乡。雄文能徙鳄，艳曲为求凰。九日高峰惊落帽，暮春曲水喜流觞。僧占名山，云绕茂林藏古殿；客栖胜地，风飘落叶响空廊。

衰对壮，弱对强。艳饰对新妆。御龙对司马，破竹对穿杨。读班马，识求羊。水色对山光。仙棋藏绿桔，客枕梦黄粱。池草入诗因有诗，海棠带恨为无香。风起画堂，帘箔影翻青荇沼；月斜金井，辘轳声度碧梧墙。

臣对子，帝对王。日月对风霜。乌台对紫府，雪牖对云房。香山社，昼锦堂。节屋对岩廊。芬椒涂内壁，文杏饰高梁。贫女幸分东壁影，幽人高卧北窗凉。绣阁探春，丽日半笼青镜色；水亭醉夏，熏风常透碧筒香。

· 243 ·

八 庚

　　形对貌，色对声。夏邑对周京。江云对涧树，玉磬对银筝。人老老，我卿卿。晓燕对春莺。玄霜春玉杵，白露贮金茎。贾客君山秋弄笛，仙人缑岭夜吹笙。帝业独兴，尽道汉高能用将；父书空读，谁言赵括善知兵。

　　功对业，性对情。月上对云行。乘龙对附骥，阆苑对蓬瀛。春秋笔，月旦评。东作对西成。隋珠光照乘，和璧价连城。三箭三人唐将勇，一琴一鹤赵公清。汉帝求贤，诏访严滩逢故旧；宋廷优老，年尊洛社重耆英。

　　昏对旦，晦对明。久雨对新晴。蓼湾对花港，竹友对梅兄。黄石叟，丹丘生。犬吠对鸡鸣。暮山云外断，新水月中平。半榻清风宜午梦，一犁好雨趁春耕。王旦登庸，误我十年迟作相；刘贲不第，愧他多士早成名。

九 青

　　庚对甲，乙对丁。魏阙对彤庭。梅妻对鹤子，珠箔对银屏。鸳浴沼，鹭飞汀。鸿雁对鹡鸰。人间寿者相，天上老人星。八月好修攀桂斧，三春须系护花铃。江阁凭临，一水净连天际碧；石栏闲倚，群山秀向雨余青。

　　危对乱，泰对宁。纳陛对趋庭。金盘对玉箸，泛梗对浮萍。群玉圃，众芳亭。旧典对新型。骑牛闲读史，牧豕自横经。秋首田中禾颖重，春余园内菜花馨。旅次凄凉，塞月江风皆惨淡；筵前欢笑，燕歌赵舞独娉婷。

十 蒸

　　苹对蓼，莆对菱。雁弋对鱼罾。齐纨对鲁绮，蜀锦对吴绫。星渐没，日初升。九聘对三徵。萤何曾作吏，贾岛昔为僧。贤人视履循规矩，大斧挥斤校准绳。野渡春风，人喜乘潮移酒舫；江天暮雨，客愁隔岸对渔灯。

　　谈对吐，谓对称。冉闵对颜曾。侯嬴对伯嚭，祖逖对孙登。抛白纻，宴红绫。朋友对良朋。争名如逐鹿，谋利似趋蝇。仁杰姨渐周不仕，王陵母识汉方兴。句写穷愁，浣花寄迹传一部；诗吟变乱，凝碧伤心叹右丞。

十一 尤

　　荣对辱，喜对忧。缱绻对绸缪。吴娃对越女，野马对沙鸥。茶解渴，酒消愁。白眼对苍头。马迁修史记，孔子作春秋。莘野耕夫闲举耜，渭滨渔父晚垂钩。龙马游河，羲帝因图而画卦；神龟出洛，禹王取法以明畴。

　　冠对履，舄对裘。院小对庭幽。画墙对漆地，错智对良筹。孤嶂耸，大江流。芳泽对园丘。花潭来越唱，柳屿起吴讴。莺懒燕忙三月雨，蚕摧蝉退一天秋。钟子听琴，荒径入林山寂寂；谪仙捉月，洪涛接岸水悠悠。

　　鱼对鸟，鹊对鸠。翠馆对红楼。七贤对三友，爱月对悲秋。虎类狗，蚁如牛。列辟对诸侯。陈唱临春乐，隋歌清夜游。空中事业麒麟阁，地下文章鹦鹉洲。旷野平原，猎士马蹄轻似箭；斜风细雨，牧童牛背稳如舟。

十二 侵

　　歌对曲，啸对吟。往古对来今。山头对水面，远浦对遥岑。勤三上，惜寸阴。茂树对平林。卞和三献玉，杨震四知金。青皇风暖催芳草，白帝城高急暮砧。绣虎雕龙，才子窗前挥彩笔；描鸾刺凤，佳人帘下度金针。

登对眺，涉对临。瑞雪对甘霖。主欢对民乐，交浅对言深。耻三战，乐七擒。顾曲对知音。大车行槛槛，驷马聚骎骎。紫电青虹腾剑气，高山流水识琴心。屈子怀君，极浦吟风悲泽畔；王郎忆友，扁舟卧雪访山阴。

十三 覃

宫对阙，座对龛。水北对天南。蜃楼对蚁郡，伟论对高谈。邃杞梓，树梗楠。得一对函三。八宝珊瑚枕，双珠玳瑁簪。萧王待士心惟赤，卢相欺君面独蓝。贡岛诗狂，手拟敲门行处想；张颠草圣，头能濡墨写时酣。

闻对见，解对谙。三桔对双柑。黄童对白叟，静女对奇男。秋七七，径三三。海色对山岚。鸾声何哕哕，虎视正眈眈。仪封疆吏知尼父，函谷关人识老聃。江相归池，止水自盟真是止；吴公作宰，贪泉虽饮亦何贪？

十四 盐

宽对猛，冷对淡。清直对尊严。云头对雨脚，鹤发对龙髯。风台谏，肃台廉。保泰对鸣谦。五湖归范蠡，三径隐陶潜。一剑成功堪佩印，百钱满卦便垂帘。浊酒停杯，容我半酣愁际饮；好花傍座，看他微笑悟时拈。

连对断，减对添。淡泊对安恬。回头对极目，水底对山尖。腰袅袅，手纤纤。凤卜对鸾占。开田多种粟，煮海尽成盐。居同九世张公艺，恩给千人范仲淹。箫弄凤来，秦女有缘能跨羽；鼎成龙去，轩臣无计得攀髯。

人对己，爱对嫌。举止对观瞻。四知对三语，义正对辞严。勤雪案，课风檐。漏箭对书笺。文繁归獭祭，体艳别香奁。昨夜题诗更一字，早春来燕卷重帘。诗以史名，愁里悲歌怀杜甫；笔经人索，梦中显晦老江淹。

十五 咸

栽对植，薙对芟。二伯对三监。朝臣对国老，职事对官衔。鹿麖麇，兔毚毚。启椟对开缄。绿杨莺睍睆，红杏燕呢喃。半篱白酒娱陶令，一枕黄粱启吕岩。九夏炎飙，长日风亭留客骑；三冬寒冽，漫天雪浪驻征帆。

梧对杞，柏对杉。夏濩对韶咸。涧瀍对溱洧，巩洛对崤函。藏书洞，避诏岩。脱俗对超凡。贤人羞献媚，正士嫉工谗。霸越谋臣推少伯，佐唐藩将重浑瑊。邺下狂生，羯鼓三挝羞锦袄；江州司马，琵琶一曲湿青衫。

袍对笏，履对衫。匹马对孤帆。琢磨对雕镂，刻划对镌镵。星北拱，日西衔。厄漏对鼎馋。江边生桂苦，海外树都咸。但得恢恢存利刃，何须咄咄达空函。彩凤知音，乐典后夔须九奏；金人守口，圣如尼父亦三缄。

附录五：常用词谱精选

说明：为了缩短篇幅，用横排方式，竖排时以逗号和句号分行，顿号在句子之中。单调只有一段叫一阕，双调有两段分上阕、下阕。"⊕"、"⊘"为可平可仄放宽处。右下角标有"△"符号的字为押韵字（韵脚），右下角标有"▲"符号的字为转韵字。

1. 十六字令

又名苍梧谣、归梧谣、归字谣。单调，因全词仅十六字而得名，属于最短的词。第一、二、四句押韵，均用平声韵。

平△，⊘仄平平仄仄平△。平平仄，⊘仄仄平平△。

十六字令　［宋］张孝祥

归。十万人家儿样啼。公归去，何日是来时。

2. 忆江南（单调，二十七字）

又名江南好、望江南、梦江南。要求第三、四句对仗，押平声韵。

平⊕仄，⊘仄仄平平△。⊘仄⊕平平仄仄，⊕平⊘仄仄平平△。⊘仄仄平平△。

梦江南　［唐］温庭筠

千万恨，恨极在天涯。山月不知心里事，水风空落眼前花，摇曳碧云斜。

3. 渔歌子

又名渔歌曲、渔父乐、渔夫辞，原唐教坊曲名，后来人们根据它填词，又成为词牌名。原为单调二十七字，四平韵。中间三言两句，常用对偶。后来此调多用为双调。"子"即"曲"，故渔歌子就是渔歌曲。

⊘仄平平仄仄平△，⊕平⊘仄仄平平△。平仄仄，仄平平，⊕平⊘仄仄平平△。

渔歌子　［宋］张志和

西塞山前白鹭飞，桃花流水鳜鱼肥。青箬笠，绿蓑衣，斜风细雨不须归。

4. 捣练子

又名咏捣练、捣练子令、夜如年、杵声齐、夜捣衣、剪征袍、望夫妇。白练是古代一种丝织品，制作中要经过在砧石上用木棒捶捣的工序，一般由妇女操作。宋黄昇所编《梅苑》中收入无名氏词八首，其中一首以"捣练子"为开头句，即以此为词名。明杨慎《词品》云："辞名《捣练子》，即咏捣练，乃唐辞本体也。"多为怀念征夫之作。此调有单调，也有双调。单调为二十七字，五句三平韵，开头两三字句对仗。

平仄仄，仄平平△，㊀仄平平（仄）仄平△。㊀仄㊉平平仄仄，㊉平㊀仄仄平平△。

捣练子 ［南唐］李煜

深院静，小庭空，断续寒砧断续风。无奈夜长人不寐，数声和月到帘栊。

5. 调笑令

唐时有古调笑、宫中调笑、调啸词、转应曲等名称，南唐冯延巳将其改为"三台令"。据白居易寄元微之代书诗自注有"抛打曲有《调笑令》"字样，可以看出，当时宫廷中或宴会场中作抛打游戏时经常演唱此曲。韦应物始用此调作词。单调，二十二字，八句，第二句重叠第一句、第七句重叠第六句，四仄韵，两平韵，两叠韵。平仄韵转韵三次。第四、五句从仄韵转平韵，从第六句起又由平韵转仄韵。第六、七两个二言叠句，必须用第五句的末二字倒转使用，故此调又名《转应曲》。北宋以后，此调只用仄韵，不再转韵，字数和句式亦有变化，即变格。

平仄△，平仄△，㊀㊀㊉平㊀仄△。㊉㊉㊀仄㊉平▲，㊀仄㊉平仄平▲。平仄△，平仄△，㊀㊀㊉平㊉仄△。

调笑令 ［唐］戴叔伦

边草，边草，边草尽来兵老。山南山北雪晴，千里万里月明。明月，明月，胡笳一声愁绝。

6. 如梦令

唐庄宗李存勖所作。原名忆仙姿，因嫌其名不雅遂取尾句"如梦，如梦，残月落花烟重"中的"如梦两字，故如梦令。又名宴桃园、不见、如意令、无梦令、比梅等。有单双调，单调正体三十三字，七句五仄韵一叠韵；双调六十六字，上下片各七句五仄韵一叠韵。押仄声韵。

㊀仄㊀平平仄△，㊀仄㊀平平仄△。㊀仄仄平平，㊀仄㊀平平仄△。平仄△，平仄△，㊀仄㊀平平仄△。

如梦令 ［宋］李清照

昨夜雨疏风骤。浓睡不消残酒。试问卷帘人，却道海棠依旧。知否？知否？应是绿肥红瘦。

7. 长相思

原为唐教坊曲，调名取自南朝乐府"上言长相思，下言久离别"句，多写男女思念之情。又名相思令、长相思、双红豆、吴山青、山渐青、忆多娇、长思仙、青山相送迎等。此词见于黄升《唐宋诸贤绝妙好词》卷一。此调格体多种，皆为双调，下例是三十六字，前后片全同，各四句，押平声韵，逢第二句则叠首句（或叠其末二字，也有不相叠者）。

凡上下两阙相同者以‖号为记，下同。

‖仄⊚平△，仄⊚平△，⊚仄平平⊚仄平△。平平⊚仄平△。‖

长相思 ［清］纳兰性德

山一程，水一程，身向榆关那畔行。夜深千帐灯。
风一更，雪一更，聒碎乡心梦不成。故园无此声。

8. 生查子

原唐教坊曲。因朱希真词有"遥望楚云"句，故又称"楚云深"。《词谱》引《尊前集》，入"双调"。四十字，上下片格式相同，各两仄韵，上去通押。各家平仄颇有出入，与作仄韵五言绝句诗相仿。第一句不能犯孤平。多抒怨抑之情。

‖⊛平⊚仄平，⊚仄平平仄△。⊚仄仄平平，⊚仄平平仄△。‖

生查子·元夕 ［宋］欧阳修

去年元夜时，花市灯如昼。月上柳梢头，人约黄昏后。
今年元夜时，月与灯依旧。不见去年人，泪湿春衫袖。

9. 点绛唇

《清真集》入"仙吕调"，元北曲同，但平仄句式略异，今京剧中犹常用之。四十一字，上阙三仄韵，下阙四仄韵。

仄仄平平，⊛平⊚仄平平仄△。仄平平仄△，⊚仄平平仄△。

⊚仄平平，⊚仄平平仄△。平平仄△，仄平平仄△，⊚仄平平仄△。

点绛唇·丁未冬过吴松作 ［宋］姜　夔

燕雁无心，太湖西畔随云去。数峰清苦。商略黄昏雨。
第四桥边，拟共天随住。今何许。凭阑怀古。残柳参差舞。

10. 忆王孙

为北宋词人秦观所创。又名独脚令（《梅苑》词名《独脚令》）、忆君王（谢克家词名《忆君王》）、豆叶黄（吕渭老词名《豆叶黄》）、画蛾眉（陆游词有"画得蛾眉胜旧时"句，故名）、栏杆万里心（张辑词有"几曲栏杆万里心"句，故名）。单调，三十一字，五句，五平韵，句句用韵，亦有将单阙重复作双调者。另还有双调五十四字格式，见于《复雅歌词》，又名怨王孙，与单调有所区别。

⊛平⊚仄仄平平△，⊚仄平平⊚仄平△。⊚仄⊚平⊚仄平△。仄平平△。⊚仄平平⊚仄平△。

忆王孙 ［宋］李重元

萋萋芳草忆王孙，柳外楼高空断魂，杜宇声声不忍闻。欲黄昏，雨打梨花深闭门。

11. 三字令

双调，四十八字。上下阙各八句，四平韵。

平仄仄，仄平平△。仄平平△。平仄仄，仄平平△。仄平平，平仄仄，仄平平△。

平仄仄，仄平平△。仄平平△。平仄仄，仄平平△。仄平平，平仄仄，仄平平△。

三字令·春欲尽　［五代］欧阳迥

春欲尽，日迟迟，牡丹时。罗幌卷，翠帘垂。彩笺书，红粉泪，两心知。
人不在，燕空归，负佳期。香烬落，枕函欹。月分明，花淡薄，惹相思。

12. 巫山一段云

双调，四十四字，上、下阙格律相同，可各用一韵，亦可不在同一声部。

仄仄平平仄，平平仄仄平△。平平仄仄仄平平，仄仄仄平平△。
仄仄平平仄，平平仄仄平△。平平仄仄仄平平，仄仄仄平平△。

巫山一段云　［五代］李珣

古庙依青嶂，行宫枕碧流。水声山色锁妆楼，往事思悠悠。
云雨朝还暮，烟花春复秋。啼猿何必近孤舟，行客自多愁。

13. 天仙子

唐教坊舞曲。段安节《乐府杂录》云："龟兹部，《万斯年》曲，是朱崖李太尉（德裕）进。此曲名即《天仙子》是也。"故又名万斯年。《金奁集》入"歇指调"，所收为韦庄作五首，皆平韵或仄韵转平韵体。《花间集》收皇甫松二首，皆仄韵单调小令，三十四字，六句，五仄韵。《张子野词》兼入"中吕""仙吕"两调，并重叠一阙为之。

平仄仄平平仄△。仄平平仄平平仄△。平平仄仄仄平平。平仄仄△仄平仄△。仄仄平平仄仄△。

天仙子　［唐］皇甫松

晴野鹭鸶飞一只，水茳花发秋江碧。刘郎此日别天仙，登绮席，泪珠滴。十二晚峰高历历。

14. 摊破浣溪沙

"摊"即摊开，表示字数有所增加；"破"即破裂，表示一句破成两句。因乐曲节拍的变动引起句法、协韵的变化，突破原来词调谱式，故称摊破。摊破浣溪沙亦称"添字浣溪沙"。实为《浣溪沙》之别体，不过多三字两结句，移其韵于结句而已，因有"添字""摊破"之名。双调，四十八字，上阙四句三平韵，下阙四句两平韵。此调五代和凝词称"山花子"，"山花子"本唐教坊曲名。近代在敦煌发现的"山花子"调虽字数与和凝词相同，但为仄韵，所以不能认为是一个词体。

仄仄平平仄仄平△，平平仄仄仄平平△。仄仄㊀平平仄仄，仄平平△。
仄仄㊀平平仄仄，仄平仄仄仄平平△。仄仄㊀平平仄仄，仄平平△。

摊破浣溪沙　［宋］李清照

病起萧萧两鬓华，卧看残月上窗纱。豆蔻连梢煎熟水，莫分茶。

枕上诗书闲处好，门前风景雨来佳。终日向人多酝藉，木犀花。

15. 诉衷情

晚唐温庭筠创作此调。原为单调，后演变为双调。四十四字，上、下阕格律不同，押平声韵。

㊀平㊀仄仄平平△，仄仄仄平平△。㊀平仄仄平仄，仄仄仄平平△。
平仄仄，仄平平△，仄平平△。㊀平㊀仄，㊀仄㊀平，㊀仄平平△。

诉衷情　［宋］陆　游

当年万里觅封侯，匹马戍梁州。关河梦断何处，尘暗旧貂裘。

胡未灭，鬓先秋，泪空流。此生谁料，心在天山，身老沧洲。

16. 桃园忆故人

四十八字，双调，上下阕同，一韵到底。

‖ ㊀平㊀仄平平仄△，仄仄㊀平平仄△。㊀仄㊀平平仄△，㊀仄平平仄△。‖

桃园忆故人　［宋］秦　观

玉楼深锁薄情种，清夜悠悠谁共？羞见枕衾鸳凤，闷则和衣拥。

无端画角严城动，惊破一番新梦。窗外月华霜重，听彻梅花弄。

17. 太常引

《钦定词谱》仅录两体，所不同处唯前段第二句，或五字（全词四十九字），或六字（全词五十字）。正体为双调四十九字，前阕四平韵，后阕三平韵。两结句倒数第二字定要去声。间用长短句，无对仗要求。下阕开始两个四字句，有对仗者，亦有不对仗者。下阕第三、第四句为两个五字句，因中间有句号分割（古人应为句义分割）亦可不对仗。上下阕最后的七字句均为上三下四。上三为豆，不能断了语义，最后四字，平仄不可变。

㊀平㊀仄仄平平△，仄仄仄平平△。仄仄仄平平△，㊀㊀仄、平平仄平△。

㊀平㊀仄，㊀平㊀仄，㊀仄仄平平△。仄仄仄平平△。㊀㊀仄、平平仄平△。

太常引·建康中秋夜为吕叔潜赋　［宋］辛弃疾

一轮秋影转金波，飞镜又重磨。把酒问姮娥：被白发欺人奈何？乘风好去，长空万里，直下看山河。斫去桂婆娑，人道是清光更多。

18. 人月圆

是词牌名，也是曲牌名。以吴激词"青衫湿遍"句，又名青衫湿。《中原音韵》入"黄钟宫"。曲者，南北曲不同，与词异。双调，四十八字，上、下阕格律不同，押平声韵。

⊕平⊛仄平平仄，⊛仄⊕平平△。仄平平仄，⊛仄平平△。

仄平⊕仄，平平⊛仄，⊛仄平平△。⊛平⊕仄，平平仄仄，⊛仄平平△。

人月圆　［金］元好问

玄都观里桃千树，花落水空流。凭君莫问，清泾浊渭，去马来牛。

谢公扶病，羊昙挥涕，一醉都休。古今几度，生存华屋，零落山丘。

19. 醉花阴

双调，上下阕同，五十二字，前后阕各三仄韵。第三句用平脚不入韵，其余第一、四、五句用韵。前后片第二句五言句，前人有的用上二下三句式，有的用上一下四句式，还有的上下阕分别用以上两种不同的句式，因此，此句形式可以灵活使用。通常以《漱玉词》为准。

‖⊛仄⊕平平仄仄△，⊛仄平平仄△。仄仄平平，⊛仄平平，⊛仄平平仄△。‖

醉花阴　［宋］李清照

薄雾浓云愁永昼，瑞脑消金兽。佳节又重阳，玉枕纱厨，半夜凉初透。

东篱把酒黄昏后，有暗香盈袖。莫道不消魂，帘卷西风，人比黄花瘦。

20. 南歌子

唐朝教坊曲名。隋唐以来曲多以"子"为名，"子"有小的含义，大体属于小曲。调名本汉张衡《南都赋》"坐南歌兮起郑舞"句。又名南柯子、春宵曲、风蝶令、望秦川、水晶帘、碧窗梦、十爱词、恨春宵。《金奁集》入"仙吕宫"，二十六字，三平韵。宋人多用同一格式重填一片，谓之"双调"，上、下阕全同，五十二字。首二句对偶，与平起五律颈联相同。此调首创于温庭筠。唐人另有《南歌子词》，单调二十字，平韵，即五绝，与此调不同。

⊛仄平平仄，⊕平仄仄平△。⊕平⊛仄仄平平△，⊛仄⊛平平，⊕仄⊛平平△。

⊛仄平平仄，⊕平仄仄平△。⊕平⊛仄仄平平△，⊛仄⊛平平，⊕仄⊛平平△。

南歌子　［宋］贺　铸

疏雨池塘见，微风襟袖知。阴阴夏木啭黄鹂。何处飞来白鹭、立移时。

易醉扶头酒，难逢敌手棋。日长偏与睡相宜，睡起芭蕉叶上、自题诗。

21. 玉楼春

五代后蜀顾敻词起句有"月照玉楼春漏促""柳映玉楼春欲晚"句，欧阳炯起句有"日照玉楼花似锦""春早玉楼烟雨夜"句，故名玉楼春。又称木兰花、春晓曲、西湖曲、惜春容、归朝欢令、呈纤手、归风便、东邻妙、梦乡亲、续渔歌等。双调，五十六字，上下阕全同，各三仄韵，一韵到底。

‖⊕平⊕仄平平仄△，⊕仄⊕平平仄仄△。⊕平⊕仄仄平平，⊕仄⊕平平仄仄△。‖

玉楼春·戏赋云山　　[宋]辛弃疾

何人半夜推山去？四面浮云猜是汝。常时相对两三峰，走遍溪头无觅处。

西风瞥起云横度，忽见东南天一柱。老僧拍手笑相夸，且喜青山依旧住。

22. 鹧鸪天

又名思佳客、思越人、醉梅花。采郑嵎诗："春游鸡鹿塞，家在鹧鸪天。"按鹧鸪为乐谓名，许浑《听歌鹧鸪》诗："南国多情多艳词，鹧鸪清怨绕梁飞。"郑谷《迁客》诗："舞夜闻横笛，可堪吹鹧鸪？"姜夔："今大乐外，有曰夏笛鹧鸪，沈滞郁抑，失之太浊。"故鹧鸪似为一种笙笛类之乐调，词名或与《瑞鹧鸪》同取义于此。至元马臻诗"春回苜蓿地，笛怨鹧鸪天"，则似已指词调矣。（《填词名解》）。双调，五十五字，上、下阕不同，押平声韵。此调很像两首七绝相并而成，唯后阕换头处稍变。

⊕仄平平⊕仄平△，⊕平⊕仄仄平平△。⊕平⊕仄平平仄，⊕仄平平⊕仄平△。

平仄仄、仄平平△，平仄仄仄平平△。⊕平⊕仄平平仄，⊕仄平平⊕仄平△。

鹧鸪天·佳人　　[宋]苏　轼

罗带双垂画不成，殢人娇态最轻盈。酥胸斜抱天边月，玉手轻弹水面冰。

无限事，许多情。四弦丝竹苦丁宁。饶君拨尽相思调，待听梧桐叶落声。

23. 鹊桥仙

又名广寒秋、秦楼月、梅已谢、蕙香囊、鹊桥仙令、金风玉露相逢曲等。最初是咏牛郎织女七夕鹊桥相会的故事，因欧阳修的"鹊迎桥路接天津"得名。又有一说，此调因咏牛郎织女鹊桥相会而得名。以上说法都表明了这一词牌与"鹊桥相会"的神话有关。古时关于"鹊桥"的神话，以东汉应劭《风俗通》中"织女七夕当渡河，使鹊为桥"的记载为最早。至唐，民间传说更为普遍，诗人多有吟咏。该调当产生于此时。

双调，五十六字，十句，上下阕同。上下阕三、五各两韵。两阕首二句多作四字，要求对仗，第五句七字，上三下四。亦有上下阕各四仄韵，首二句均入韵。

⊕平⊕仄，⊕平⊕仄，⊕仄⊕平平仄△。⊕平⊕仄仄平平，仄⊕仄、平平⊕仄△。

⊕平⊗仄，⊕平⊗仄，⊗仄⊕平⊗仄△。⊕平⊗仄仄平平，仄⊗仄、平平⊗仄△。

鹊桥仙　　[宋] 秦　观

纤云弄巧，飞星传恨，银汉迢迢暗度。金风玉露一相逢，便胜却、人间无数。

柔情似水，佳期如梦，忍顾鹊桥归路。两情若是久长时，又岂在、朝朝暮暮。

24. 虞美人

亦为变体诗。又称玉壶冰、忆柳曲、虞美人令、一江春水。相传虞美人花与虞姬有关。楚汉之争，西楚霸王项羽兵败乌江，听四面楚歌，自知难逃，便劝虞姬逃走。虞姬不肯，于是拔剑自刎。虞姬血染之地，长出一种血红色的花儿，后人把此花称为虞美人。后人钦佩虞姬的刚烈，创制"虞美人"曲子，歌颂之。虞美人因此而得名，逐渐演化为词牌名。双调，五十六字，上下阕各两仄韵、两平韵，平仄换韵，每句不同韵。押韵方法与"减字木兰花"相同。

‖ ⊕平⊗仄平平仄△，⊗仄平平△。⊕平⊗仄仄平平，⊗仄⊕平⊗仄仄平平△。‖

虞美人　　[南唐] 李　煜

春花秋月何时了？往事知多少。小楼昨夜又东风，故国不堪回首月明中。

雕栏玉砌应犹在，只是朱颜改。问君能有几多愁？恰似一江春水向东流。

25. 南乡子

又名好离乡、蕉叶怨，唐教坊曲，原为单调，有二十七字、二十八字、三十字各体，平仄换韵。单调始自后蜀欧阳炯。南唐冯延巳始增为双调。冯词平韵五十六字，十句，上下阕各四句用韵。另有五十八字体。双调五十六字，上下阕各四平韵，一韵到底。上、下阕全同，押平声韵。

‖ ⊗仄仄平平△，⊗仄平平仄仄平△。⊗仄⊕平平仄仄，平平△。⊗仄平仄仄平△。‖

南乡子·登京口北固亭有怀　　[宋] 辛弃疾

何处望神州？满眼风光北固楼。千古兴亡多少事？悠悠。不尽长江滚滚流。

年少万兜鍪。坐断东南战未休。天下英雄谁敌手？曹刘。生子当如孙仲谋。

26. 踏莎行

踏莎行，原指春天去野外踏青。据说寇准在一个暮春之日和友人去郊外踏青，忽然想起唐大诗人韩翃"踏莎行草过春溪"之句，故创一首新词，名为"踏莎行"。又名柳长春、喜朝天等。双调，五十八字，上、下阕全同，首二句均要求对仗，仄韵。又有《转调踏莎行》，双调六十四字或六十六字，仄韵。

‖ ⊗仄平平，⊕平⊗仄△，⊕平⊗仄平平仄△。⊕平⊗仄仄平平，⊕平

仄平平仄△。‖

踏莎行　　［宋］秦　观

雾失楼台，月迷津渡。桃源望断无寻处。可堪孤馆闭春寒，杜鹃声里斜阳暮。

驿寄梅花，鱼传尺素。砌成此恨无重数。郴江幸自绕郴山，为谁流下潇湘去。

27. 小重山

又名小重山令。《金奁集》入"双调"。唐人例用以写"宫怨"，故其调悲。五十八字，前后阕各四平韵。上、下阕首句不同，其余全同，押平声韵。

仄仄平平仄仄平△。平平平仄仄、仄平平△。平平仄仄仄平平△。平平仄，仄仄仄平平△。

平仄仄平平△。仄平平仄仄、仄平平△。平平仄仄仄平平△。平平仄、仄仄仄平平△。

小重山　　［宋］李清照

春到长门春草青，江梅些子破，未开匀。碧云笼碾玉成尘，留晓梦，惊破一瓯春。

花影压重门，疏帘铺淡月，好黄昏。二年三度负东君，归来也，著意过今春。

28. 谢池春

又名玉莲花、怕春归、风中柳、风可柳令、卖花声等。有多种格体，皆为双调，上下阕各六句。分为格一，双调，六十六字，上下阕各六句，四仄韵。格二，双调，六十四字，上下阕各六句，五仄韵。格三，双调，六十四字，上下阕各六句，四仄韵。

仄仄平平，仄仄平平仄△。仄平平、平平仄仄△。平平仄仄，仄平平平仄△（上三下二）。仄平平、仄平平仄△。

平平仄仄，仄仄仄平平仄△。仄平平、仄平平仄△。平平仄仄，仄平平平仄△（上三下二）。仄平平、仄平平仄△。

谢池春　　［宋］陆　游

壮岁从戎，曾是气吞残虏。阵云高、狼烟夜举。朱颜青鬓，拥雕戈西戍。笑儒冠自多来误。

功名梦断，却泛扁舟吴楚。漫悲歌、伤怀吊古。烟波无际，望秦关何处？叹流年又成虚度妒！

29. 钗头凤

又名折红英、惜分钗、玉珑璁。该词调是根据五代无名氏《撷芳词》改编而成。因《撷芳词》中原有"都如梦，何曾共，可怜孤似钗头凤"之句，故名。

· 254 ·

陆游用"钗头凤"大约有二意：一是唐氏仳离之后，"可怜孤似钗头凤"，二是指"都如梦，何曾共"，二人不能白手偕老。自陆游之后，很多文人用此调填词。双调，六十字，上、下阕全同。上下阕各叠用四个三言短句，四个四言偶句，一个三字叠句，而且每句都用仄声收脚，尽管全阕四换韵，但不使用平仄互换来取得和婉，却在上半阕以上换入，下半阕以去换入，这就构成整体的拗怒音节，声情凄紧。

‖ 平平仄△，平平仄△，平平仄仄平平仄△。平平仄▲，仄平仄▲，平平仄仄，仄平平仄▲。仄▲，仄▲，仄▲。‖

钗头凤 [宋] 陆 游

红酥手，黄縢酒。满城春色宫墙柳。东风恶，欢情薄。一怀愁绪，几年离索。错！错！错！

春如旧，人空瘦。泪痕红浥鲛绡透。桃花落，闲池阁。山盟虽在，锦书难托。莫！莫！莫！

30. 临江仙

唐代教坊曲名。南宋黄昇《花庵词选》云："唐词多缘题所赋，临江仙之言水仙，亦其一也。"李煜词名《谢新恩》。贺铸词有"人归雁落后"句，名《雁后归》。韩淲词有"罗帐画屏新梦悄"句，名《画屏春》。为五代十国，南唐冯延巳词有"庭院深深深几许"句，名《庭院深深》。双调，六十字，有数种格式，此为通行的一种，上、下阕全同，平声韵。

‖ 仄仄平平平仄仄，平平仄仄平平△。平平仄仄仄平平△。平平平仄仄，仄仄仄平平△。‖

临江仙 [宋] 李清照

庭院深深深几许？云窗雾阁常扃。柳梢梅萼渐分明。春归秣陵树，人老建康城。

感月吟风多少事，如今老去无成。谁怜憔悴更凋零。试灯无意思，踏雪没心情。

31. 一剪梅

周邦彦词起句有"一剪梅花万样娇"句，取以为名。韩淲词有"一朵梅花百和香"句，名《腊梅香》。李清照词有"红藕香残玉簟秋"句，名《玉簟秋》。双调，六十字，也有每句用韵的，上、下阕全同，押平声韵。

‖ 仄仄平平仄仄平△，仄仄平平，仄仄平平△。平平仄仄仄平平△。仄仄平平，仄仄平平△。‖

一剪梅 [宋] 李清照

红藕香残玉簟秋。轻解罗裳，独上兰舟。云中谁寄锦书来，雁字回时，月满西楼。

花自飘零水自流。一种相思,两处闲愁。此情无计可消除,才下眉头,却上心头。

32. 渔家傲
双调,六十三字,上、下阕全同,押仄声韵。

⊘仄⊕平平仄仄△,⊕平⊘仄平平仄△。⊘仄⊕平平仄仄△。平⊘仄△,⊕平⊘仄平平仄△。

⊘仄⊕平平仄仄△,⊕平⊘仄平平仄△。⊘仄⊕平平仄仄△。平⊘仄△,⊕平⊘仄平平仄△。

渔家傲·秋思　　[宋] 范仲淹

塞下秋来风景异,衡阳雁去无留意,四面边声连角起。千嶂里,长烟落日孤城闭。

浊酒一杯家万里,燕然未勒归无计,羌管悠悠霜满地。人不寐,将军白发征夫泪。

33. 破阵子
唐教坊曲,一名《十拍子》。陈旸《乐书》云:"唐《破阵乐》属龟兹部,秦王(唐太宗李世民)所制,舞用二千人,皆画衣甲,执旗旆。外藩镇春衣犒军设乐,亦舞此曲,兼马军引入场,尤壮观也。"按《秦王破阵乐》为唐开国时之大型武舞曲,震惊一世。玄奘往印度取经时,一国王曾询及之,见所著《大唐西域记》。此双调小令,当是截取舞曲中之一段为之,犹可想见激壮声容。双调,六十二字,上、下阕全同,皆三平韵,首两句均要求对仗。

‖⊘仄⊕平⊕仄仄,⊕平⊘仄平平△。⊘仄⊕平平仄仄,⊘仄平平⊕仄平△。⊘平⊕仄平△。‖

破阵子·为陈同甫赋壮词以寄之　　[宋] 辛弃疾

醉里挑灯看剑,梦回吹角连营。八百里分麾下炙,五十弦翻塞外声。沙场秋点兵。

马作的卢飞快,弓如霹雳弦惊。了却君王天下事,赢得生前身后名。可怜白发生。

34. 苏幕遮
又名古调歌、鬓云松令、云雾敛、般涉调。苏幕遮亦称乞寒节,是龟兹国为祈祷当年冬天严寒以降更多的雪,来年水源充沛。唐代时,苏幕遮传入中原,曾轰动京城。唐人写的关于苏幕遮歌舞的诗词,数量繁多。及宋,苏幕遮就成了词牌名。按《唐书·宋务光传》:"比见都邑坊市,相率为浑脱队,骏马戎服,名苏幕遮。"又按《张说集》有《苏幕遮》七言绝句。宋词盖因旧曲名另度新声也。周邦彦词有"鬓云松"句,更名《鬓云松》。双调,六十二字,上、下阕全同,各四仄韵。

‖仄平平，平仄仄△。仄仄平平，仄仄平平仄△。仄仄平平平仄仄△。仄仄平平，仄仄平平仄△。‖

苏幕遮　　[宋] 周邦彦

燎沉香，消溽暑。鸟雀呼晴，侵晓窥檐语。叶上初阳干宿雨，水面清圆、一一风荷举。

故乡遥，何日去。家住吴门，久作长安旅。五月渔郎相忆否。小楫轻舟，梦入芙蓉浦。

35. 江城子

又名江神子。唐词单调，始见《花间集》韦庄词，单调三十五字，七句五平韵。或谓调因欧阳炯词中有"如（衬字）西子镜照江城"句而取名，其中江城指的是金陵，即今南京。宋人改为双调，七十字，上下阕都是七句五平韵。欧阳炯单调词将结尾两个三字句加一衬字成为七言句，开宋词衬字之法。后蜀尹鹗单调词将起首七言句改作三字两句，开宋词减字、摊破之法。上、下阕全同，第四、五句亦可作九字句，押平声韵。

‖平平仄仄仄平平△。仄平平△，仄仄平平△。仄仄平平，仄仄仄平平△。仄仄平平平仄仄，平仄仄，仄平平△。‖

江城子·密州出猎　　[宋] 苏　轼

老夫聊发少年狂。左牵黄，右擎苍。锦帽貂裘，千骑卷平冈。为报倾城随太守，亲射虎，看孙郎。

酒酣胸胆尚开张。鬓微霜，又何妨。持节云中，何日遣冯唐。会挽雕弓如满月，西北望，射天狼。

36. 风入松

又名风入松慢、远山横。唐皎然有《风入松》歌，故调名为此。双调，七十六字，另有七十四字格式（第二句少一仄声字），上、下阕全同，末尾两个六字句均要求对仗，押平声韵。

‖平平仄仄仄平平△，仄仄仄平平△。平平仄仄平平仄，仄平平、仄仄平平△。仄仄平平仄仄，平平仄平平△。‖

风入松　　[宋] 吴文英

听风听雨过清明，愁草瘗花铭。楼前绿暗分携路，一丝柳、一寸柔情。料峭春寒中酒，交加晓梦啼莺。

西园日日扫林亭，依旧赏新晴。黄蜂频扑秋千索，有当时、纤手香凝。惆怅双鸳不到，幽阶一夜苔生。

37. 洞仙歌

唐教坊曲名。原用以咏洞府神仙。敦煌曲中有此调，但与宋人所作此词体式不同。有中调和长调两体。《乐章集》兼入"中吕""仙吕""般涉"三调。句读参差不齐。常以《东坡乐府》之《洞仙歌令》为准。音节舒缓，摇曳多姿。双调，八十四字，上下阕各三仄韵。上片第二句是上一下四句法，下片收尾八言句，是以一去声字领下七言，紧接着又以一去声字领下四言两句作结。上片第二句亦有用上二下三句法，并于全阕增一二衬字，句读平仄略异。

⊕平⊕仄，仄⊕平平仄△。⊕仄平平仄平仄△。仄平平，⊕仄平仄平平，平⊕仄，⊕仄平平⊕仄△。

⊕平平仄仄，⊕仄平平，⊕仄平平仄平仄△。仄仄仄平平，⊕仄平平，平⊕仄、⊕平⊕仄△。仄⊕仄、平平仄平平，仄仄仄平平仄平仄△。

洞仙歌　　［宋］苏　轼

冰肌玉骨，自清凉无汗。水殿风来暗香满。绣帘开，一点明月窥人，人未寝，倚枕钗横鬓乱。

起来携素手，庭户无声，时见疏星渡河汉。试问夜如何？夜已三更。金波淡，玉绳低转。但屈指西风几时来？又不道流年暗中偷换。

38. 平韵满江红

双调，九十三字，要求同满江红。

⊕仄平平，平⊕仄、平平仄平△。平⊕仄、仄平平仄，⊕仄平平△。仄⊕平平仄仄，⊕平⊕仄仄平平△。仄⊕平、⊕仄⊕平，平仄平△。

平⊕仄，平仄平△。平⊕仄，仄平平△。仄⊕平⊕仄，⊕仄平平△。仄⊕平平仄仄，⊕平⊕仄仄平平△。仄⊕平、⊕仄平平，平仄平△。

平韵满江红·牡丹　　［宋］彭元逊

翠袖余寒，早添得、铢衣几重。保须怪、妍华都谢，更为谁容。衔尽吴花成鹿苑，人间不恨雨和风。便一枝、流落到人家，清泪红。

山雾湿，倚熏笼。垂匀叶，鬓酥融。恨宫云一朵，飞过空同。白日长闲青鸟在，杨家花落白草中。问故人、忍更负东风，尊酒空。

39. 满庭芳

唐代吴融诗有"满庭芳草易黄昏"句，柳宗元诗有"满庭芳草积"句，调名取此。词调有平、仄韵两体。平韵者，周邦彦词名《锁阳台》。北宋晁补之词有"堪与潇湘暮雨，图上画扁舟"句，名《潇湘夜雨》。南宋葛立方词有"要看黄昏庭院，横斜映霜月朦胧"句，名《满庭霜》。韩淲词有"甘棠遗爱，留与话桐乡"句，名《话桐乡》。元代张野词名《满庭花》。仄韵者，《乐府雅韵》名《转调满庭芳》。双调，九十五字，上阕首两句要求用对仗，下阕第二、三句最好用对仗，不用亦可，押平声韵。

⊕仄平平，⊕平⊕仄，仄⊕平平仄平△。⊕平仄，⊕仄仄平平△。⊕仄平平⊕仄，⊕⊕仄、⊕仄平平△。平平仄，⊕平⊕仄，⊕仄仄平平△。

⊕平、平仄仄，⊕平仄仄，⊗仄平平△。仄平仄平仄，⊗仄平平△。⊗仄平平仄仄，⊗⊕仄、⊗仄平平△。平平仄、⊕平⊕仄，⊗仄仄平平△。

满庭芳　　［宋］苏　轼

归去来兮，吾归何处？万里家在岷峨。百年强半，来日苦无多。坐见黄州再闰，儿童尽、楚语吴歌。山中友，鸡豚社酒，相劝老东坡。

云何？当此去，人生底事，来往如梭。待闲看，秋风洛水清波。好在堂前细柳，应念我，莫剪柔柯。仍传语，江南父老，时与晒渔蓑。

40. 八声甘州

又名甘州、潇潇雨、宴瑶池。唐玄宗时教坊大曲有《甘州》，杂曲有《甘州子》，是唐边塞曲，因以边塞地甘州为名。据王灼《碧鸡漫志》卷三："《甘州》世不见，今'仙吕调'有曲破，有八声慢，有令，而'中吕调'有《象八声甘州》，他宫调不见也。按此调上、下片共八韵，故名《八声》，乃慢词也。"周密词名《甘州》。南宋张炎词因柳永词有"对潇潇暮雨洒江天"句，更名《潇潇雨》。元代白朴词名《宴瑶池》。双调，九十七字，上、下片字数、句式完全不同，押同声部韵。需特别注意的是上片第一句、第三句和下片第二句的头一个字是一字领。

仄⊕平⊕仄仄平平，⊗平仄平平△。仄⊕平⊕仄，平平⊕仄，⊕仄平平△。⊕仄⊕平⊕仄，⊗仄仄平平△。⊗⊕平仄，⊕平平平△。

⊗仄⊕平仄仄，仄⊕平⊕仄，⊕平平平△。仄平⊕仄，⊗仄仄平平△。仄平平、⊕平⊕仄，仄⊗平、⊗仄仄平平△。平平仄、⊗平⊕仄，⊗仄平平△。

八声甘州　　［宋］柳　永

对潇潇暮雨洒江天，一番洗清秋。渐霜风凄紧，关河冷落，残照当楼。是处红衰翠减，苒苒物华休。惟有长江水，无语东流。

不忍登高临远，望故乡渺邈，归思难收。叹年来踪迹，何事苦淹留？想佳人、妆楼颙望，误几回、天际识归舟。争知我，倚阑干处，正恁闲愁。

41. 声声慢

据传蒋捷作此慢词皆用"声"字入韵，故名。双调，九十七字，上、下阕格式不同，上阕十句，押四平韵，四十九字；下阕九句，押四平韵，四十八字。又有仄韵体，一般押入声。用"仙侣调"。

平平仄仄△，仄仄平平，平平仄⊗平仄△。⊗仄平平仄仄，仄平平仄△。平平仄仄仄仄，仄仄平、仄平仄仄△。仄仄仄，仄平平，仄仄⊕平平仄△。

仄仄平平仄△，平仄仄，仄平仄平仄△。仄仄平平，仄仄仄仄仄△。平平仄平仄仄，仄平平、仄仄仄仄△。仄仄仄，仄仄平仄平仄△。

声声慢　[宋] 李清照

寻寻觅觅，冷冷清清，凄凄惨惨戚戚。乍暖还寒时候，最难将息。三杯两盏淡酒，怎敌他、晚来风急。雁过也，正伤心，却是旧时相识。

满地黄花堆积。憔悴损，如今有谁堪摘。守著窗儿，独自怎生得黑。梧桐更兼细雨，到黄昏、点点滴滴。这次第，怎一个、愁字了得。

42. 东风第一枝

双调，一百字，下阕除前二句换头外，其余和上阕相同。上阕开首两个四字句要求对仗，第四、五（下阕是第三、四）两个六字句也可以对仗，押仄声韵。

⊘仄平平，平平⊘仄，⊘平⊘仄平仄△。仄平⊘仄平平，⊘⊕仄⊘平仄△。平平⊘仄、⊘平平仄、⊘平平仄△。仄平⊕、⊕仄平平，⊕仄仄平平仄△。

平仄仄、仄平仄△。平仄仄、仄平仄△。仄平⊘平平，⊕仄平⊕仄△。平平⊘仄、⊕⊕仄、平平仄△。仄平⊕、仄平平，⊕仄仄平平仄△。

东风第一枝·春雪　[宋] 史达祖

巧沁兰心，偷粘草甲，东风欲障新暖。漫疑碧瓦难留，信知暮寒犹浅。行天入镜，做弄出、轻松纤软。料故园、不卷重帘，误了乍来双燕。

青未了、柳回白眼，红欲断、杏开素面。旧游忆著山阴，后盟遂妨上苑。熏炉重爇，便放漫春衫针线。怕凤靴挑菜归来，万一灞桥相见。

43. 桂枝香

此词牌名出自唐朝人裴思谦到长安参加殿试后，和同伴到风月场所的平康里嫖宿时，有黄门来报喜说他高中状元。裴思谦一手抱美人，一手拿状元榜，兴奋至极。次日清晨，诗性大发，赋诗一首："银缸斜背解鸣珰，小语低声贺玉郎，从此不知兰麝贵，夜来新惹桂枝香。"传说桂枝香词牌源于此。但《桂枝香》的取意，还与古老的月中桂树天外香的传说有关。传说在冰魄银蟾的月亮上有一棵高大的桂树，枝繁叶茂，四季飘香。有一年，玉皇大帝想翻盖天上的凌霄殿，却缺少一根栋梁，故选派在西河得道成仙的吴刚去砍月中桂。但桂树越砍越茂盛，香风不绝如缕。唐代诗人宋之问为之吟道："桂子中天落，天香云外飘。"白居易则诗云："偃蹇月中桂，结根依青天。"故宋代便依此意，创制了《桂枝香》词牌。双调，一百零一字，上、下阕除首句换头外，其余全同，第八、九两个四字句可用对仗，也可以不用，押仄声韵。

平平仄仄△，仄仄仄⊕平，⊘⊕平平仄△。仄⊕平⊘仄仄，仄平平仄△。⊕平⊕仄平平仄，仄平平、⊘平平仄△。仄平仄仄，⊕平平仄，⊕平平仄△。

仄⊕⊕、平平仄仄△，⊕平仄平平，仄⊕平平仄△。⊕⊕平平仄仄，仄平平仄△。⊕平⊕仄平平仄，仄平平、⊘平平仄△。仄平平仄，⊕平平仄，仄平平仄△。

桂枝香·金陵怀古　　［宋］王安石

登临送目，正故国晚秋，天气初肃。千里澄江似练，翠峰如簇。归帆去棹斜阳里，背西风，酒旗斜矗。彩舟云淡，星河鹭起，画图难足。

念往昔、繁华竞逐，叹门外楼头，悲恨相续。千古凭高，对此漫嗟荣辱。六朝旧事如流水，但寒烟、衰草凝绿。至今商女，时时犹唱，《后庭》遗曲。

44. 齐天乐

又名台城路、五福降中天、如此江山。双调，一百零二字，上、下阙只是首尾不同，要求上阙第三句与第四句、下阙第三句与第四句对仗，上阙第七八句、下片第八九句是一字领，押仄声韵。

⊕平⊗仄平平仄，平平仄平平仄△。仄仄平平，平平仄仄，⊕仄平平平仄△。平平仄仄△，仄⊕仄平平，仄平平仄△。仄仄平平，仄平平仄仄平△。

平平平仄仄仄，仄平平仄仄，平仄平平仄△。仄仄平平，平平仄仄，⊕仄平平平仄△。平平仄仄△，仄⊕仄平平，仄平平仄△。仄仄平平，仄平平仄仄△。

齐天乐　　［宋］周邦彦

绿芜雕尽台城路，殊乡又逢秋晚。暮雨生寒，鸣蛩劝织，深阁时闻裁剪。云窗静掩，叹重拂罗裀，顿疏花簟。尚有綀囊，露萤清夜照书卷。

荆江留滞最久，故人相望处，离思何限？渭水西风，长安乱叶，空忆诗情宛转。凭高眺远，正玉液新刍，蟹螯初荐。醉倒山翁，但愁斜照敛。

45. 永遇乐

《填词名解》云："永遇乐歇拍调也。唐杜秘书工小词，邻家有小女名酥香，凡才人歌曲悉能吟讽，尤喜杜词，遂成逾墙之好。后为仆所诉，杜竟流河朔。临行，述永遇乐词决别，女持纸三唱而死。第未知此调，创自杜与否。所引故事不可考，大抵创自唐之中叶。万氏《词律》引晁无咎《消息》注云："自过腔，即越调永遇乐。"是此词又为越调也。双调，一百零四字。上、下阙第四至第十句句法相同。要求上阙前两句和第四、五句对仗，押仄声韵。

⊗仄平平，⊗平⊕仄，平仄平仄△。⊗仄平平，平平仄仄，⊗仄平平仄△。⊕平（平）仄，⊕平⊕仄，⊕仄仄平平仄△。⊕平⊕、平平仄仄，⊗平⊕⊕平仄△。

⊕平⊗仄，⊗平平仄，⊗仄⊕⊕平仄△。⊗仄平平，⊗平⊕仄，⊕仄平平仄△。⊕平平仄，⊕平⊗仄，⊗仄⊕平仄△。⊕平仄、平平仄仄，仄平仄仄△。

永遇乐·京口北固亭怀古　　［宋］辛弃疾

千古江山，英雄无觅，孙仲谋处。舞榭歌台，风流总被，雨打风吹去。斜阳草树，寻常巷陌，人道寄奴曾住。想当年，金戈铁马，气吞万里如虎。

元嘉草草，封狼居胥，赢得仓皇北顾。四十三年，望中犹记，烽火扬州路。

可堪回首，佛狸祠下，一片神鸦社鼓。凭谁问，廉颇老矣，尚能饭否。

46. 望海潮

始见《乐章集》，入"仙侣调"。双调，一百零七字，上、下阕仅前句不同，其余全同。要求上阕头两句和上、下片第四、五句对仗，押平声韵。

⊘平平仄，⊘平平仄，⊙平⊘仄平平△。平仄仄平，平平仄仄，⊘平⊘仄平平△。⊘仄仄平平△。⊘平平仄仄，⊘仄平平△。平仄仄平，平平仄仄，⊙平⊘仄平平△。

平平仄仄平平△，⊘平平⊘仄，⊘仄平平△。平仄仄平，平平仄仄，⊙平⊘仄平平△。⊘仄平平△。⊘仄平平仄，⊘仄平平△。⊘仄平平，⊘平⊙仄平平△。

望海潮　　[宋] 柳　永

东南形胜，三吴都会，钱塘自古繁华。烟柳画桥，风帘翠幕，参差十万人家。云树绕堤沙，怒涛卷霜雪，天堑无涯。市列珠玑，户盈罗绮，竞豪奢。

重湖叠巘清嘉，有三秋桂子，十里荷花。羌管弄晴，菱歌泛夜，嬉嬉钓叟莲娃。千骑拥高牙。乘醉听萧鼓，吟赏烟霞。异日图将好景，归去凤池夸。

47. 金缕曲

又名贺新郎、贺新凉、乳燕飞。亦作曲牌名。传作以《东坡乐府》所收为最早，唯句读平仄，与诸家颇多不合，因以《稼轩长短句》为准。

一百十六字，前后阕各六仄韵。大抵用入声部韵者较激壮，用上、去声部韵者较凄郁，贵能各适物宜耳。除换头外，上、下阕全同，押仄声韵。

⊘仄平平仄，仄平平、⊙平⊘仄，仄平平仄△。⊘仄⊙平平仄仄，⊘仄平平⊘仄△。⊘仄仄、平平⊙仄△。⊘仄⊙平平⊘仄，仄⊙平、⊘仄平平仄△。⊙仄仄、仄平仄△。

平平⊘仄平平仄△。仄平平、⊘平⊙仄，仄平平仄△。⊘仄⊙平平⊘仄，⊘仄平平⊘仄△。⊘仄仄、平平⊙仄△。⊘仄⊙平平⊘仄，仄⊙平、⊘仄平仄△。⊙仄仄、仄平仄△。

金缕曲·亡妇忌日有感　　[清] 纳兰性德

此恨何时已？滴空阶，寒更雨歇，葬花天气。三载悠悠魂梦杳，是梦久应醒矣。料也觉，人间无味。不及夜台尘土隔，冷清清，一片埋愁地。钗钿约，竟抛弃！

重泉若有双鱼寄，好知他，年来苦乐，与谁相倚。我自终宵成转侧，忍听湘弦重理？待结个，他生知己，还怕两人俱薄命，再缘悭、剩月零风里。清泪尽，纸灰起。

48. 太常引

也叫太清引。《钦定词谱》仅录两体，所不同处唯前段第二句，或五字（全词四十九字），或六字（全词五十字）。正体为双调四十九字，前阕四平韵，后阕三平韵。两结句倒数第二字定要去声。间用长短句，无对仗要求。下阕开始两个四字句，有对仗者，亦有不对仗者。下阕第三、第四句为两个五字句，因中间有句号分割（古人应为句义分割）亦可不对仗。上下片最后的七字句均为上三下四。上三为豆，不能断了语义，最后四字，平仄不可变。

⊕平⊘仄仄平平△，⊘仄仄平平△。⊘仄仄平平△，⊘⊘仄、平平仄平△。

⊕平⊘仄，⊕平⊘仄，⊘仄仄平平△。⊘仄仄平平△，⊘⊘仄、平平仄平△。

太常引　　［宋］辛弃疾

一轮秋影转金波，飞镜又重磨。把酒问姮娥。被白发、欺人奈何？

乘风好去，长空万里，直下看山河。斫去桂婆娑，人道是、清光更多。

49. 青玉案

又名横塘路、西湖路。取于东汉张衡《四愁诗》中的"美人赠我锦绣段，何以报之青玉案"一句。"锦绣段"即"锦缎"，丝织品，表面有彩色花纹。"案"指的是放食物的小几，形状如有脚的托盘。双调，六十七字，上下阕各五仄韵，上去通押。

⊕平⊘仄平平仄△，仄⊘仄平平仄△。⊘仄⊕平平仄仄△。⊘平平仄，⊘平平仄△，⊘仄平平仄△。

⊕平⊘仄平平仄△，⊘仄⊕平仄平仄△。⊘仄⊕平平仄仄△。⊘平平仄，⊘平平仄△，⊘仄平平仄△。

青玉案　　［宋］黄公绍

年年社日停针线。怎忍见、双飞燕。今日江城春已半。一身犹在，乱山深处，寂寞溪桥畔。

春衫著破谁针线，点点行行泪痕满，落日解鞍芳草岸。花无人戴，酒无人劝，醉也无人管。

50. 水龙吟

又名龙吟曲、庄椿岁、小楼连苑。水龙吟出自李白诗句"笛奏水龙吟"。双调，一百零二字，前后阕各四仄韵。第九句第一字宜用去声，结句宜用上一、下三句法。此调句读各家不同，《词谱》分立二谱。起句七字、第二句六字的以苏轼词为正格。一百零二字。上阕十一句四仄韵，下阕十一句五仄韵。上下阕第九句都是一字豆句法。起句六字、第二句七字者，以秦观词为正格，一百零二字，上阕十一句四仄韵，下阕十句五仄韵。后结作九字一句，四字一句。此调气势雄浑，宜用以抒写激奋情思。

⊙平⊙仄平平，⊙平⊙仄平平仄△。⊙平仄仄，⊙平仄仄，⊙平⊙仄△。⊙仄平平，⊙平⊙仄，⊙平⊙仄△。仄⊙平⊙仄（上一下四），⊙平⊙仄，⊙平仄、平平仄△。

⊙仄⊙平⊙仄，仄平平、⊙平平仄△。⊙平⊙仄，⊙平⊙仄，⊙平⊙仄△。⊙仄平平，⊙平⊙仄△，⊙平⊙仄△。仄⊙平仄仄，⊙平⊙仄，仄平平仄△。

（下片最后十三个字也可以改成十二个字：仄平平、仄仄平平仄，仄平平仄。这样，全词共为一百零一字。）

水龙吟·登建康赏心亭　　［宋］辛弃疾

楚天千里清秋，水随天去秋无际。遥岑远目，献愁供恨，玉簪螺髻。落日楼头，断鸿声里，江南游子，把吴钩看了，栏杆拍遍，无人会，登临意。

休说鲈鱼堪脍，尽西风、季鹰归未？求田问舍，怕应羞见，刘郎才气。可惜流年，忧愁风雨，树犹如此！倩何人唤取，红巾翠袖，揾英雄泪？

51. 雨霖铃

原唐教坊曲名，又名雨霖铃慢。相传唐玄宗因马嵬兵变后，杨贵妃缢死，玄宗逃入蜀地，进斜谷，一路凄风苦雨，风雨吹打皇銮的金铃，玄宗因悼念杨贵妃便制曲一阙，名为《雨霖铃》。《碧鸡漫志》卷五引《明皇杂录》及《杨妃外传》云："明皇既幸蜀，西南行，初入斜谷，霖雨弥旬，于栈道雨中闻铃，音与山相应。上既悼念贵妃，采其声为《雨霖铃》曲，以寄恨焉。时梨园弟子惟张野狐一人，善筚篥，因吹之，遂传于世。"这也就是词牌"雨霖铃"的来历。双调，一百零三字。

平平平仄△，仄平平仄，仄⊙平仄△。平平仄仄平仄，平平仄仄、平平仄△。仄仄平平，仄仄仄仄平仄△。仄仄仄、平仄平平，仄仄平平仄仄△。

平平仄仄平平仄△，仄平平、仄仄平平仄△。⊙平仄仄仄仄，平仄仄、仄平仄△。仄仄仄、仄仄平平，仄仄平平仄仄平仄△。仄仄仄、⊙仄平平，仄仄平平仄△。

雨霖铃　　［宋］柳　永

寒蝉凄切，对长亭晚、骤雨初歇。都门帐饮无绪，方留恋处、兰舟催发。执手相看、泪眼竟无语凝噎。念去去、千里烟波，暮霭沉沉楚天阔。

多情自古伤离别，更那堪、冷落清秋节。今宵酒醒何处，杨柳岸、晚风残月。此去经年，应是良辰好景虚设。便纵有、千种风情，更与何人说？

52. 摸鱼儿

唐教坊曲名，又名买陂塘、迈陂塘、双蕖怨等。本为歌咏捕鱼的民歌。宋词以晁补之《琴趣外篇》所收为最早。著名的《摸鱼儿》词作有辛弃疾的《摸鱼儿》与元好问的《摸鱼儿》等。双调，一百一十六字，前片六仄韵，后片七仄韵。双结倒数第三句第一字皆领格，宜用去声。

仄平平，仄平平仄，⊕平平仄平仄△。⊕平⊕仄平平仄，⊕仄平平仄仄△。平仄仄△，⊕仄仄、平平⊕仄平平仄△。平平仄仄△。仄⊕仄仄平平，⊕平⊕仄，⊕仄仄平仄△。

平平仄，⊕仄平平仄仄△，⊕平平仄平仄△。平平⊕仄平平仄，⊕仄⊕仄平仄△。平仄仄△。平仄仄、平平⊕仄平平仄△。平平仄仄△。仄⊕仄平平，⊕平⊕仄，⊕仄仄平仄△。

摸鱼儿·东皋寓居　　［宋］晁补之

买陂塘、旋栽杨柳，依稀淮岸江浦。东皋嘉雨新痕涨，沙觜鹭来鸥聚。堪爱处，最好是、一川夜月光流渚。无人独舞。任翠幄张天，柔茵藉地，酒尽未能去。

青绫被，休忆金闺故步，儒冠曾把身误。弓刀千骑成何事？荒了邵平瓜圃。君试觑，满青镜、星星鬓影今如许！功名浪语。便似得班超，封侯万里，归计恐迟暮。

53. 六州歌头

原是唐代的鼓吹曲。宋时入词牌。六州指伊、凉、甘、石、氐、渭。六州各有歌曲，统称六州。歌头即引歌。双调，一百四十三字。

平平⊕仄，⊕仄仄平平△。平⊕仄，平平仄，⊕平平△。⊕平平△。⊕仄平平仄，⊕平仄，平平仄，⊕仄仄，平平仄，⊕仄平平，仄仄平仄，⊕仄平平△。仄⊕平平⊕仄（上一下四），⊕仄仄平平△。⊕平平仄△，仄平平△。

仄平平仄（上一下三），平平仄，平⊕仄，仄平平△。平⊕仄，平平仄，⊕平平△。仄平平△。⊕仄平平仄，⊕平仄，平平仄、⊕仄平平△。仄⊕平⊕仄（上一下四），⊕仄仄平平△。⊕仄平平△。

六州歌头·长淮望断　　［宋］张孝祥

长淮望断，关塞莽然平。征尘暗，霜风劲，悄边声，黯销凝。追想当年事，殆天数，非人力，洙泗上，弦歌地，亦膻腥。隔水毡乡，落日牛羊下，区脱纵横。看名王宵猎，骑火一川明，笳鼓悲鸣，遣人惊。

念腰间箭，匣中剑，空埃蠹，竟何成！时易失，心徒壮，岁将零，渺神京。干羽方怀远，静烽燧，且休兵。冠盖使，纷驰骛，若为情。闻道中原遗老，常南望、翠葆霓旌。使行人到此，忠愤气填膺，有泪如倾。

54. 定风波

又名定风波令、定风流。唐教坊曲名，敦煌曲子词中有"问儒士，谁人敢去定风流"一语。此调名原来有平定叛乱的意思。双调,六十二字。上、下阙不同,共用四处转韵,上阙一、二、五句同韵,三、四句同韵。下阙一、二句同韵,四、五句同韵,三、六句返回上阙与第一韵同,须注意回环式用韵。

⊘仄平平仄仄平△,⊕平⊘仄仄平平△。⊘仄⊕平平仄仄▲,平仄△,⊕平⊘仄仄平平△。

⊘仄平平平仄仄▲,平仄▲。⊕平⊘仄仄平平△。⊘仄⊕平平仄仄▲,平仄▲。⊘平⊘仄仄平平△。

定风波　[宋] 苏　轼

莫听穿林打叶声,何妨吟啸且徐行。竹杖芒鞋轻胜马。谁怕!一蓑烟雨任平生。

料峭春风吹酒醒,微冷。山头斜照却相迎。回首向来萧瑟处。归去!也无风雨也无晴。

此外,著名的词谱还有菩萨蛮、卜算子、减字木兰花、忆秦娥、清平乐、西江月、浪淘沙、蝶恋花、满江红等,详见第二编第二章第二节词牌和词谱相关内容。

附录六:《词林正韵》

[清] 戈 载

《词林正韵》为清嘉庆年间江苏吴县人戈载所撰。戈世其家学,尤擅倚声之业。他弃官不做,以词学终老,所撰《词林正韵》为世所重,为清中叶以后词家奉为圭臬。此书从道光元年至光绪十七年五次刊印。新中国成立后上海古籍出版社于1981年出过影印本,2004年上海古籍出版社《中华韵典》载有除序言和凡例(说明)外的全部分韵部分。

第一部

平声:一东二冬通用

【一东】东同童僮铜桐峒筒瞳中[中间]衷忠盅虫冲终忡崇嵩[崧]菘戎绒弓躬宫穹融雄熊穷冯风枫疯丰充隆窿空公功工攻蒙(濛)朦曚笼胧栊咙聋珑砻泷蓬篷洪荭红虹鸿丛翁喁夆葱聪骢通椶烘腔

【二冬】冬咚彤农侬宗淙锺钟龙茏春松淞冲容榕蓉溶庸佣慵封胸凶匈汹雍邕痈浓脓重[重复]从[服从]逢缝峰锋丰蜂烽葑纵[纵横]踪茸蚣邛筇蹱供[供给]蚣喁

仄声:上声一董二肿、去声一送二宋通用

【一董】董懂动孔总笼[东韵同]拢桶捅蓊蠓汞

【二肿】肿种[种子]踵宠垅[陇]拥冗重[轻重]冢捧勇甬踊涌俑蛹恐拱悚悚耸巩怂奉

【一送】送梦凤洞众瓮贡弄冻痛栋恸仲中[击中]粽讽空[空缺]控哄赣

【二宋】宋用颂诵统纵[放纵]讼种[种植]综俸供[供设,名词]从[仆从]缝[隙也]重[再也]共

第二部

平声:三江七阳通用

【三江】江缸窗邦降[降伏]双泷庞撞[绛韵同]豇扛杠梆桩幢虻[冬韵同]

【七阳】阳扬杨洋羊徉伴芳妨方坊防肪房亡忘望[漾韵同]忙茫芒妆庄装奘香乡湘厢箱镶芗相[相互]襄骧光昌堂唐糖棠塘章张王常长[长短]裳凉粮量

〔衡量〕梁粱良霜藏〔收藏〕肠场尝偿床央鸯秧殃郎廊狼榔跟浪〔沧浪〕浆将〔持也送也〕疆僵姜缰觞娘黄皇遑惶徨煌仓苍舱沧伤殇商帮汤创〔创伤〕疮强〔刚强〕墙樯嫱蔷康慷〔养韵同〕囊狂糠冈刚钢纲匡筐荒慌行〔行列〕杭航桁翔详祥庠桑彰璋漳獐猖倡凰邙臧赃昂丧〔丧葬〕膛羌枪锵抢〔突也〕蜣跄篁簧潢攘瓢兀吭〔漾养韵并同〕旁傍〔侧也〕孀（骦）当〔应当〕挡（王当）铛泱炀蝗隍怏育汪鞅滂螂怆〔漾韵同〕缃琅颃怅螳

仄声：上声三讲二十二养、去声三绛二十三漾通用

【三讲】讲港项棒蚌耩

【二十二养】养痒象像橡仰朗桨奖蒋敞氅厂枉往颡强〔勉强〕惘两曩丈杖仗〔漾韵同〕响掌党想鲞榜爽广享向飨幌莽纺长〔长幼〕网荡上〔上升〕壤赏仿罔谎倘魍魉谎蟒漭嗓盎恍脏〔肮脏〕吭〔阳、漾韵同〕沆慷〔阳韵同〕襁镪抢〔抢占〕吭犷

【三绛】绛降〔升降〕巷撞〔江韵同〕戆

【二十三漾】漾上〔上下〕望〔阳韵同〕相〔卿相〕将〔将帅〕状帐唱让浪〔波浪〕酿旷壮放向忘仗〔养韵同〕畅量〔数量〕葬匠障瘴谤尚涨饷样藏〔库藏〕舫访贶嶂当〔适当〕抗桁妄怆宕怅创酱况亮傍〔依傍〕丧〔丧失〕恙谅胀鬯脏〔内脏〕吭砀伉犷纩桄挡旺炕亢〔高亢〕飏〔阳韵同〕阆防

第三部

平声：四支五微八齐十灰（半）通用

【四支】支枝肢移（竹移）为〔施为〕垂吹陂碑奇宜仪皮儿离施知驰池规危夷师姿迟龟眉悲之芝时诗棋旗辞词期祠基疑姬丝司葵医帷思滋持随痴维厄糜堙弥慈遗肌脂雌披嬉尸狸炊湄篱兹差〔参差〕疲茨卑亏蕤骑〔跨马〕歧岐谁澌私窥熙欺疵觜彝髭颐资糜饥衰锥姨夔祇涯〔佳、麻韵同〕伊追缁其箕治〔治国〕尼而推〔灰韵同〕匙陲魑锤缡璃骊羸陂累糜蘼脾芪畸牺羲欷漪猗崎崖萎筛狮蛳鸥绥虽粢瓷椎饴嫠痍惟唯机耆迤峛丕毗枇貌楣霉辎蚩媸（飔）坻莳鲥鹚答漓怡贻禧噫其琪祺麒觝螭栀鹂累跙琵嵋

【五微】微薇晖辉徽挥韦围帏违闱霏菲〔芳菲〕妃飞非扉肥威祈畿机几〔微也、如见几〕讥玑稀希衣〔衣服〕依归饥〔支韵同〕矶欷诽绯（晞）葳巍沂圻颀

【八齐】齐黎犁梨妻〔夫妻〕萋凄堤低题提蹄啼鸡稽兮倪霓西栖犀嘶撕梯鼙赍迷泥溪蹊圭闺携畦嵇跻奚脐醯鹥蛮醍鹈奎批砒睽黄笓斋黎猊鲵羝

【十灰】〔半〕灰恢魁限回徊槐〔佳韵同〕梅枚玫媒煤雷颓崔催摧堆陪杯酷鬼推〔支韵同〕诙裴培盔偎煨瑰莴追胚徘坯桅傀偬〔贿韵同〕莓

仄声：上声四纸五尾八荠十贿（半）、去声四（寘）五未八霁九泰（半）十一队（半）通用

【四纸】纸只咫是靡彼毁委诡髓累技绮觜此（泚）蕊徙尔弭婢俾弛豕紫旨指

视美否［否泰］痞咒几姊比水轨止徵［角zhǐ］市喜已纪跪妓蚁鄙晷子仔梓矢雉死履垒癸趾址以已似耔祀史驶耳使［使令］里理李起杞圮（跂）士仕俟始齿矣耻麂枳峙鲤迩氏玺巳［辰巳］滓苡倚匕迤逦旖旎舣蚍秕芷拟你企诔捶履棰揣豸祉恃

【五尾】尾苇鬼岂卉几［几多］伟斐菲［菲薄］匪篚娓悱棰琵炜尯玮矶

【八荠】荠礼体米启陛洗邸底抵弟坻柢涕悌济［水名］澧醴诋眯娣（棨）递睨皖蠡

【十贿［半］】贿悔罪馁每块汇［汇合］猥璀磊蕾傀儡腿

【四（寘）】（寘）置事地意志思［名词］泪吏赐自字义利器位戏至次累［连累］伪寺瑞智记异致备肆翠骑［车骑，名词］使［使者］试类弃饵媚鼻易［容易］謦坠醉议翅避笥帜炽粹莳谊帅厕寄睡忌贰萃穗二臂嗣吹［鼓吹，名词］遂恣四骥季刺驷寐魅积［积蓄］被懿觊冀愧匮恚馈蒉篑柜暨庇豉莉腻秘比［近也］鸷恣嗜饲饲遗［馈遗］薏祟值愲屎眦罾企渍臂跛挚燧隧悴尿稚雉苣悸肄泌识［记也］侍踬为［因为］

【五未】未味气贵费沸尉慰蔚魏纬胃汇［字汇］谓渭卉［尾韵同］讳毅既衣［着衣，动词］茧溉［队韵同］翡诽

【八霁】霁制计势世丽岁济［渡也］第艺惠慧币弟滞际涕［荠韵同］厉契［契约］敝弊毙帝蔽髻锐戾裔袂系祭卫隶闭逝缀翳替细桂税婿例誓筮蕙诣砺励瘗噬继脆睿毳曳蒂睇妻［以女妻人］递逮蓟蚋薜荔唳捩粝泥［拘泥］媲璧彗（脾）睨剂嚏谛缔剃屉悌俪锲贳掣羿棣螅（薙）娣说［游说］赘憩鳜毙呓谜挤

【九泰［半］】会筛最贝沛霈绘脍荟狈侩桧蜕酹外兑

【十一队［半］】队内辈佩退碎背秽对废悔海晦昧配妹喙溃吠肺耒块碓刈悖焙淬敦［盘敦］

第四部

平声：六鱼七虞通用

【六鱼】鱼渔初书舒居裾琚车［麻韵同］渠蕖余予［我也］誉［动词］舆胥狙锄疏蔬梳虚嘘墟徐猪闾庐驴诸储除滁蜍如（畲）淤妤苴蒩沮徂龉茹榈於袪蘧疽蛆醵纾樗踽［药韵同］欤琚［拮据］

【七虞】虞愚娱隅无芜巫于衢癯瞿氍儒孺濡须需朱珠株诛［硃］铢蛛殊俞瑜榆愉逾渝翛谀腴区躯驱岖趋扶符凫芙雏敷毹夫肤纡输枢厨俱驹模谟摹蒲迪胡湖瑚乎壶狐弧孤辜姑觚菰徒途涂荼图屠奴吾梧吴租卢鲈炉芦颅垆蚨孥孥苏酥乌污［污秽］枯粗都荼鸺姝禹拘（嵎）蹰桴俘臾荑溥瓠糊醐呼沽酤泸舻鸬驽匍葡铺［铺盖］莵诬呜迂盂竽跗毋孺酵鹄骷刳蛄晡（蒱）葫呱蝴蚼蛆猢郛乎

仄声：上声六语七虞、去声六御七遇通用

【六语】语［语言］圉圄吕侣旅杼伫与［给予］予［赐予］渚煮暑鼠汝茹

[食也] 黍杵处 [居住、处理] 贮女许拒炬距所楚础阻俎沮叙绪序屿墅巨去 [除也] 苣举讵潋浒钜醑咀诅苎抒楮

【七（麌）】（麌）雨宇舞府鼓虎古股贾 [商贾] 估土吐圃庾户树 [种植，动词] 煦诩努辅组乳弩补鲁橹睹腐数 [动词] 簿竖普侮斧聚午伍釜缕部柱矩武五苦取抚浦主杜坞祖愈堵扈父甫禹羽怒 [遇韵同] 腑拊俯罟虏姥鹉拄莽 [养韵同] 栩婺脯妩虎否 [是否] 麈褛婆偻酤牡谱怙肚踽瘐孥诂瞽牯（毂）牯沪雇仵缶母某亩蛊琥

【六御】御处 [处所] 去虑誉 [名词] 署据驭曙助絮著 [显著] 箸豫恕与 [参与] 遽疏 [书疏] 庶预语 [告也] 踞倨蓣淤锯（觑）狙 [鱼韵同] 薯薯

【七遇】遇路辂赂露鹭树 [树木] 度 [制度] 渡赋布步固素具务雾鹜数 [数量] 怒 [（麌）韵同] 附兔故顾句墓慕暮募注住驻炷祚裕误悟痦戍库护屦诉妒惧趣娶铸绔傅付谕喻妪芋捕哺互孺寓赴洿吐 [（麌）韵同] 污 [动词] 恶 [憎恶] 晤煦酤讣仆 [偃仆] 赙驸婺锢蛀飓怖铺 [店铺] 塑愫蠹溯镀璐雇瓠迕妇负阜副富 [宥韵同] 醋措

第五部

平声：九佳（半）十灰（半）通用

【九佳（半）】佳街鞋牌柴钗差 [差使] 崖涯 [支麻韵同] 偕阶皆谐骸排乖怀淮豺侪埋霾斋槐 [灰韵同] 睚崽楷秸揩挨俳

【十灰（半）】开哀埃台苔抬该才材财裁栽哉来莱灾猜孩徕骀胎唉垓挨皑呆腮

仄声：上声九蟹十贿（半）、去声九泰（半）十卦（半）十一队（半）通用

【九蟹】蟹解洒楷 [佳韵同] 拐矮摆买骇

【十贿（半）】海改采彩在宰醢铠恺待殆怠乃载 [岁也] 凯（闿）倍蓓迨亥

【九泰（半）】泰太带外盖大 [个韵同] 濑籁籁蔡害蔼艾丐奈柰汏癞霭

【十卦（半）】懈廨邂隘卖派债怪坏诫戒界介芥械薤拜快迈败稗晒瘥湃寨疥届瘌箦蒉喝聩块恝

【十一队（半）】塞 [边塞] 爱代载 [载运] 态菜碍戴贷黛概岱溉慨耐在 [所在] 萧玳再袋逮埭赉赛忾嗳咳嗳眯

第六部

平声：十一真十二文十三元（半）通用

【十一真】真因茵辛新薪晨辰臣人仁神亲申身宾滨槟缤邻鳞麟珍（瞋）尘陈春津秦频（颦）颦濒银垠筠巾（囷）民岷泯 [轸韵同] 珉贫纯淳醇纯唇伦轮沦抡匀旬巡驯钧均榛遵循甄宸纶椿莼嶙辚磷呻伸绅寅姻荀询峋氤恂嫔彬皴娠闽纫湮朜

逡菌臻豳

【十二文】文闻纹蚊云分［分离］氛纷芬焚坟群裙君军勤斤筋勋薰曛醺芸耘芹欣氲荤汶汾殷雯贲纭昕熏

【十三元（半）】魂浑温孙门尊［樽］存敦墩炖暾蹲豚村屯囤［囤积］盆奔论［动词］昏痕根恩吞荪扪（楎）昆鲲坤仑婚阍髡馄喷猁饨臀跟瘟飧

仄声：上声十一轸十二吻十三阮（半）、去声十二震十三问十四愿（半）通用

【十一轸】轸敏允引尹尽忍准隼笋盾［阮韵同］泯悯菌［真韵同］蚓牝殒紧蠢陨哂诊疹赈肾蜃膑黾泯窘吮缜

【十二吻】吻粉蕴愤隐谨近忿（抆）刎（搵）槿瑾悻韫

【十三阮（半）】混棍阃悃捆衮滚鲧稳本畚笨损忖囤遁很沌恳垦龈

【十二震】震信印进润阵镇刃顺慎鬓晋骏闰峻衅振俊舜赆吝烬讯仞迅汛趁衬仅觐蔺浚赈［轸韵同］疵认殡摈缙躏廑谆瞬韧浚殉馑

【十三问】问闻［名誉］运晕韵训粪忿［吻韵同］醖郡分［名分］紊愠近［动词］（抆）拚奋郓捃靳

【十四愿（半）】论［名词］恨寸困顿遁［阮韵同］钝闷逊嫩溷诨巽褪喷［元韵同］艮（搵）

第七部

平声：十三元（半）十四寒十五删一先通用

【十三元（半）】元原源沅鼋园袁猿垣烦蕃樊喧萱暄冤言轩藩媛援辕番繁翻幡（旛）鸳（宛鸟）蜿（湲）爰掀燔圈谖

【十四寒】寒韩翰［翰韵同］丹单安鞍难［艰难］餐檀坛滩弹残干肝竿阑栏澜兰看［翰韵同］刊丸完桓纨端湍酸团攒官观［观看］鸾銮峦冠［衣冠］欢宽盘蟠漫［大水貌］叹［翰韵同］邯郸摊（玕）拦珊狻鼾杆跚姗殚箪瘅谰玃偳棺剜潘拚［问韵同］（槃）般蹒瘢磐瞒谩馒鳗钻抟邗汗［可汗］

【十五删】删潺关弯湾还环鬟寰班斑蛮颜奸攀顽山闲艰间［中间］悭患［谏韵同］孱潺撄圜菅般［寒韵同］颁（鬘）疝讪斓娴鹇鳏殷［赤黑色］纶［纶巾］

【一先】先前千阡笺天坚肩贤弦烟燕［地名］莲怜连田填巅鬈宣年颠牵妍研［研究］眠渊涓捐娟边编悬泉迁仙鲜［新鲜］钱煎然延筵毡旃蝉缠廛联篇偏绵全镌穿川缘鸢旋船涎鞭专圆员乾［乾坤］虔愆权拳椽传焉嫣鞯褰挛铅舷跹鹃筌痊诠悛（遭）禅婵躔颠燃涟班便［安也］翩骈癫甋钿［霰韵同］沿蜒胭芊鳊胼滇佃畋咽湮狷蠲鹯骞膻扇棉拴荃籼砖挛儇欢璇卷［曲也］扁［扁舟］单［单于］溅［溅溅］辁

仄声：上声十三阮（半）十四旱十五潸十六铣、去声十四愿（半）十五翰十六谏十七霰通用

【十三阮（半）】阮远［远近］晚苑返反饭［动词］偃蹇琬沅宛畹菀蜿绻（巘）挽堰

【十四旱】旱暖管（琯）满短馆［翰韵同］缓盥［翰韵同］碗懒伞伴卵散［散布］伴诞罕瀚［浣］断［断绝］侃算［动词］款但坦袒纂缎拌澸㵎莞

【十五潸】潸眼简版板阪盏产限绾柬拣撰馔赧皖汕铲孱（棂）栈

【十六铣】铣善［善恶］遣［遣送］浅典转［霰韵同］衍犬选冕辇免展茧辨篆勉剪卷显饯［霰韵同］践喘藓软蹇［阮韵同］演兖件腆跣缅缱鲜［尠也］殄扁匾蚬岘畎燹隽键变泫癣阐颤膳鳝舛婉辗（邅）［先韵同］窅辫捻

【十四愿（半）】愿怨万饭［名词］献健建宪劝蔓券远［动词］侃键贩畈曼挽［挽联］瑷媛圈［猪圈］

【十五翰】翰［寒韵同］瀚岸汉难［灾难］断［决断］乱叹［寒韵同］观［楼观］干［树干，干练］散［解散］旦算［名词］玩烂贯半案按炭汗赞漫［寒韵同。又副词，独用］冠［冠军］灌爨窜幔粲灿璨换焕唤涣悍弹［名词］惮段看［寒韵同］判叛绊鹳伴畔锻腕惋馆旰捍疸但罐盥婉缎缦侃蒜钻澜

【十六谏】谏雁患涧间［间隔］宦晏慢盼篆栈［潸韵同］惯串绽幻瓣苋办谩讪［删韵同］铲绾栾篡裥扮

【十七霰】霰殿面县变箭战扇煽膳传［传记］见砚院练链燕宴贱馔荐绢彦掾便［便利］眷倦羡奠遍恋啭眩钏倩下汴片禅［封禅］谴溅饯善［动词］转［以力转动］卷［书卷］甸电咽茜单念［念书］晒淀靛佃钿［先韵同］镟漩楝缮现狷炫绚绽线煎选旋颤擅缘［衣饰］撰唁谚媛怵弁援研［磨研］

第八部

平声：二萧三肴四豪通用

【二萧】萧箫挑貂刁凋雕迢条髫调［调和］蜩枭浇聊辽寥撩寮僚尧宵消霄绡销超朝潮嚣骁娇蕉焦椒饶硝烧［焚烧］遥徭摇瑶韶昭招镳瓢苗猫腰桥乔娆妖飘逍潇（鸮）骁祧鹪鹩缭獠嘹夭［夭夭］幺邀要［要求］姚樵谯憔标飚嫖漂［漂浮］剽佻韶苕（岧）噍哓跷侥了［明了］魈（峣）描钊轺桡铫鹞翘枵侨窑礁

【三肴】肴巢交郊茅嘲钞包胶苞梢狡庖匏坳敲胞抛蛟崤（鸡）鞘抄螯咆哮凹淆教［使也］跑艄㧅爻咬铙茭炮［炮制］泡鲛刨抓

【四豪】豪劳毫操［操持］髦绦刀萄猱褒桃糟牢袍挠［巧韵同］蒿涛皋号［号呼］陶螬曹遭羔糕高搔毛獠滔骚韬缫膏牢醪逃濠壕饕洮叨嗥篙熬遨翱嗷臊噪尻麈鳌敖牦漕嘈槽掏唠涝捞㿬（耄）

仄声：上声十七筱十八巧十九皓、去声十八啸十九效二十号通用

【十七筱】筱小表鸟了［未了，了得］晓少［多少］扰绕绍杪沼眇矫皎杳窈

· 272 ·

窕裊挑［挑拨］掉［啸韵同］肇缥缈渺淼茑赵兆缴缭［萧韵同］夭［夭折］悄窅佬蓼娆硗剿晃藐秒殍了［了望］

【十八巧】巧饱卯狡爪鲍挠［豪韵同］搅绞拗咬炒吵佼姣［肴韵同］昂茆獠［萧韵同］

【十九皓】皓宝藻早枣老好［好丑］道稻造［造作］脑恼岛倒［跌到］祷［号韵同］捣抱讨考燥扫［号韵同］嫂保鸨稿草昊浩镐杲缟槁堡皂瑙媪燠袄懊葆褓（芼）澡套涝蚤拷栲

【十八啸】啸笑照庙窍妙诏召邵要［重要］曜耀调［音调］钓吊叫眺少［老少］诮料疗潦掉［筱韵同］峤徼跳嘹漂镣廖尿肖鞘悄［筱韵同］峭哨俏醮燎［筱韵同］鹞鹇轿骠票鼗［萧韵同］

【十九效】效教［教训］貌校孝闹豹罩棹觉［寤也］较窖爆炮［枪炮］泡［肴韵同］刨［肴韵同］稍钞［肴韵同］拗敲［肴韵同］淖

【二十号】号［号令］帽报导操［操行］盗噪灶奥告［告诉］诰到蹈傲暴［强暴］好［爱好］劳［慰劳］躁造［造就］冒悼倒［颠倒］燥犒靠懊瑁燠［皓韵同］芼糙套［皓韵同］纛［沃韵同］潦耗

第九部

平声：五歌［独用］

【五歌】歌多罗河戈阿和［和平］波科柯陀娥蛾鹅萝荷［荷花］何过［经过］磨［琢磨］螺禾珂蓑婆坡呵哥轲沱鼍拖驼跎佗［他］颇［偏颇］峨俄摩么娑莎迦疴莔蹉嵯驮箩逻锣哪挪锅诃槖蝌髁倭涡窝讹陂鄱𦈡魔梭唆髍（挼）靴瘸搓哦瘥酡

仄声：上声二十（上加下可）、去声二十一个通用

【二十（哿）】（哿）火舸（鹅）舵我拖娜荷［负荷］可左果裹朵锁琐堕惰妥坐［坐立］裸跛颇［稍也］夥颗祸桠婀逻卵那坷爹［麻韵同］簸叵埵哆硪么［歌韵同］峨［歌韵同］

【二十一个】个贺佐大［泰韵同］饿过［歌韵同。又过失，独用］座和［唱和］挫课唾播破卧货簸轲［（辖）轲］驮髁［歌韵同］磋作做剁磨［磨磐］懦糯缚锉（挼）些［楚些］

第十部

平声：九佳（半）六麻通用

【九佳（半）】佳涯［支麻韵同］娲蜗蛙娃哇

【六麻】麻花霞家茶华沙车［鱼韵同］牙蛇瓜斜邪芽嘉瑕纱鸦遮叉奢涯［支佳韵同］巴耶嗟遐加笳赊槎差［差错］蟆骅虾葭袈裟砂笳呀琶耙芭杷笆疤爬葩些［少也］佘鲨查楂渣爹挝咤拿椰珈跏枷迦痂茄桠丫哑划哗胯抓洼呱

仄声：上声二十一马、去声十卦（半）二十二（祃）通用

【二十一马】马下［上下］者野雅瓦寡社写泻夏［华夏］也把厦惹冶贾［姓贾］假［真假］且玛姐舍喏赦洒踩剐打耍那

【十卦（半）】卦挂画［图画］

【二十二（祃）】（祃）驾夜下［降也］谢榭罢夏［春夏］霸暇灞嫁赦籍［凭籍］假［休假］蔗化舍［庐舍］价射骂稼架诈亚麝怕借卸帕坝靶鹇贳炙嗄乍咤诧（佗）罅吓娅哑讶迓华［姓华］桦话胯［遇韵同］跨衩柞

第十一部

平声：八庚九青十蒸通用

【八庚】庚更［更改］羹盲横［纵横］觥彭亨英烹平枰京惊荆明盟鸣荣莹兵兄卿生甥笙牲擎鲸迎行［行走］衡耕萌甍宏闳茎罂莺樱泓橙争筝清情晴精睛菁晶旌盈楹瀛嬴赢营婴缨贞成盛［盛受］城诚呈程醒声征正［正月］轻名令［使令］并［并州］倾萦琼峥嵘撑梗坑铿撄鹦黥蘅澎膨棚浜坪苹钲伧甇嘤轰狰狞柠瞠绷怦璎砰珉鲭侦柽蛏茔（赪）荥赓黉瞪

【九青】青经泾形陉亭庭廷霆蜓停丁仃馨星腥醒［醉醒］惺俜灵龄玲铃伶零听［径韵同］冥溟铭瓶屏萍荧萤荥扃（坰）蜻硎苓聆瓴翎娉婷宁暝瞑螟猩钉疔叮厅町泠棂囹羚蛉咛型邢

【十蒸】蒸（烝）承丞惩澄陵凌绫菱冰膺鹰应［应当］蝇绳升缯凭乘［驾乘，动词］胜［胜任］兴［兴起］仍兢矜征［征求］称［称赞］登灯僧憎增曾（赠）层能朋鹏肱薨腾藤恒罾崩滕誊（峻）（嶒）（娙）塍冯症簦薱凝［径韵同］棱楞

仄声：上声二十三梗二十四迥、去声二十四敬二十五径通用

【二十三梗】梗影景井岭领境警请饼永骋逞颖颍顷整静省幸颈郢猛丙炳杏秉耿矿冷靖哽绠苲艋蜢皿儆悻婧阱狰［庚韵同］靓惺打瘿并［合并］犷膋憬鲠

【二十四迥】迥炯茗挺艇梃醒［青韵同］酩酊并［并行，并且］等鼎顶肯拯謦到溟

【二十四敬】敬命正［正直］令［命令］证性政镜盛［茂盛］行［学行］圣咏姓庆映病柄劲竞靓净竟孟净更［更加］并［梗韵同］聘硬炳泳迸横［蛮横］掬阱槃迎郑獍

【二十五径】径定听胜［胜败］磬罄应［答应］赠乘［名词］佞邓证秤称［相称］莹［庚韵同］孕兴［兴趣］剩凭［蒸韵同］迳甑宁胫暝［夜也］钉［动词］订（钉）锭謦泞瞪蹭蹬亘［亘古］镫［鞍镫］滢凳磴泾

第十二部

平声：十一尤［独用］

【十一尤】尤邮优忧流旒留骝榴刘由油游猷悠攸牛修羞秋周州洲舟酬雠柔俦

畴筹稠丘邱抽瘳遒收鸠搜驺愁休因求裘仇浮谋牟眸俦矛侯喉猴讴鸥楼陬偷头投钩沟幽纠啾楸蚯踌绸惆勾娄琉疣犹邹兜呦咻貅球蜉蝣（辀）帱輈瘤硫浏庥湫泅酋瓯嗰飕鍪篌抠篝诌骰偻沤［水泡，名词］蝼髅搂欧彪掊虬揉蹂（抔）不［与有韵"否"通］瓿缪［绸缪］

仄声：上声二十五有、去声二十六宥通用

【二十五有】有酒首口母［（麌）韵同］妇［（麌）韵同］後柳友斗狗久负［（麌）韵同］厚手叟守否［（麌）韵同］右受牖偶走阜［（麌）韵同］九后咎薮吼帚垢舅纽藕朽臼肘韭亩［（麌）韵同］剖诱牡［（麌）韵同］缶酉苟丑糗扣叩某莠寿绶玖授踩［尤韵同］揉［尤韵同］溲纣钮扭呕殴纠耦掊瓿拇姆擞绺抖陡蚪篓黝起取［（麌）韵同］

【二十六宥】宥候就售［尤韵同］寿［有韵同］秀绣宿［星宿］奏兽漏富［遇韵同］陋狩昼寇茂旧胄宙袖岫柚覆复［又也］救厩臭佑右囿豆（餖）窦瘦漱咒究疚谬皱觐嗅遘溜镂逗透骤又侑幼读［句读］堠仆副［遇韵同］锈鹫绉（呴）灸籀酎诟蔻僦构扣购縠戊懋贸袤嗽凑鼬（鬏）沤［动词］

第十三部

平声：十二侵［独用］

【十二侵】侵寻浔临林霖针箴斟沈心琴禽擒衾钦吟今襟［衿］金音阴岑簪［覃韵同］壬任［负荷］歆森禁［力所胜任］（祲）喑琛涔（骎）参［参差］忱淋妊掺参［人参］椹郴芩檎琳（蟫）（愔）暗黔（欽）

仄声：上声二十六寝、去声二十七沁通用

【二十六寝】寝饮［饮食］锦品枕［枕衾］审甚［沁韵同］廪衽稔凛懍沈［姓氏］朕荏婶沈［沈阳］葚禀噤谂怎恁饪罱

【二十七沁】沁饮［使饮］禁［禁令］任［信任］荫浸潜谶枕［动词］噤甚［寝韵同］鸩赁喑渗瘆妊

第十四部

平声：十三覃十四盐十五咸通用

【十三覃】覃潭参［参考］骖南楠男谙庵含涵函［包函］岚蚕探贪耽眈龛堪谈甘三酣柑惭蓝担簪［侵韵同］谭昙坛婪戡颔痰篮褴蚶憨泔聃邯（蟫）［侵韵同］

【十四盐】盐檐廉帘嫌严占［占卜］髯谦佥纤签瞻蟾炎添兼缣沾尖 潜阎镰黏淹钳甜恬拈砭詹蒹歼黔钤觇崦渐鹣腌（襜）阉

【十五咸】咸函［书函］缄岩馋衔帆衫杉监［监察］凡馋芟挦喃嵌掺（巉）

仄声：上声二十七感二十八俭二十九（豏）、去声二十八勘二十九艳三十陷通用

【二十七感】感览揽胆澹［淡，勘韵同］唅坎惨敢颔［覃韵同］撼毯糁湛菡

苫罱槷喊嵌［咸韵同］橄榄

【二十八俭】俭焰敛［艳韵同］险检脸染掩点簟贬冉苒陕谄俨闪剡忝［艳韵同］琰奄歉芡崭堑渐［盐韵同］罨撿（拿）崦玷

【二十九豏】（蠊）槛范减舰犯湛（巉）［咸韵同］斩黯范

【二十八勘】勘暗滥唅担憾暂三［再三］绀憨澹［咸韵同］瞰淡缆

【二十九艳】艳剑念验堑赡店占［占据］敛［聚敛］厌焰［俭韵同］垫欠僭酽潋滟俺砭坫

【三十陷】陷鉴泛梵忏赚蘸嵌站馅

第十五部

入声：一屋二沃通用

【一屋】屋木竹目服福禄谷熟肉族鹿漉腹菊陆轴逐首蓿宿［住宿］牧伏凤读［读书］犊渎牍椟黩毂复［恢复］粥肃碌（骒）鬻育六缩哭幅斛戮仆畜蓄叔淑倏独卜馥沐速祝簏辘镞蹙筑穆睦秃（殻）覆辐瀑郁［忧郁，郁郁葱葱］舳掬（踘）蹴（踘）莜袱（鵩）鹄髑斛扑匐簌簇煜复［复杂］蝠腹孰塾蠢竺曝鞠觫谡簏囿［职韵同］副

【二沃】沃俗玉足曲粟烛属录辱狱绿毒局欲束鹄蜀促触续浴酷躅褥旭欲笃督赎渌纛碡北［职韵同］瞩嘱勖溽缛梏

第十六部

入声：三觉十药通用

【三觉】觉［知觉］角桷榷岳乐［音乐］捉朔数［频数］卓啄琢剥驳雹璞朴壳确浊擢濯渥幄握学龌龊槊搦镯喔邈荦

【十药】药薄恶［善恶］作乐［哀乐］落阁鹤爵弱约脚雀幕洛壑索郭错跃若酌托削铎凿箔鹊诺萼度［测度］橐钥龠瀹着著虐掠获［收获］泊搏藿嚼勺（谑）廓绰霍镬莫箨缚貉各略骆寞膜鄂博昨柝格拓轹铄烁灼疟（虐）箬芍蹯却噱矍攫醵曝酪络烙珞膊粕簿柞漠摸酢怍涸郝垩谔鳄噩锷颚缴扩樗陌［陌韵同］

第十七部

入声：四质十一陌十二锡十三职十四缉通用

【四质】质日笔出室实疾术一乙壹吉秩率律逸佚失漆栗毕恤密蜜桔溢瑟膝匹述黜弼跸七叱卒［终也］虱悉戌嫉帅［动词］蒺侄怵蟋笔篥必泌荜秫栉唧帙潆谧昵铁聿诘耋垤（捽）苾（馝）鹬室（芯）

【十一陌】陌石客白泽伯迹宅席策册碧籍［典籍］格役帛戟壁驿麦额柏魄积［积聚］脉夕液尺隙逆画［动词］百辟赤易［变易］革脊翮屐获［猎获］适索厄隔益窄核乌掷责坼惜癖僻掖腋释译峄择摘弈迫疫昔赫瘠谪亦硕貊跖（鹈）

碛（踖）只炙［动词］踧斥夃咼骼舶珀吓碟拆喀蚱酢剧檗擘栅啧帻箦扼划蜴辟帼蝈刺崌汐藉螫蟇撠襮虢哑［笑声］绎射［音亦］

【十二锡】锡壁历枥击绩（勋）笛敌滴镝檄激寂觌溺觅狄荻幂戚（鹢）涤的吃沥雳惕剔砾翟籴倜析晰淅蜥劈甓嫡轹栎阅（䓖）踢迪晢裼逖（蜺）阒汨［汨罗江］

【十三职】职国德食［饮食］蚀色力翼墨殛息熄直值得北黑侧贼饰刻则塞［闭塞］式轼域蜮殖植敕亟棘惑忒默织匿慝亿忆臆薏特勒肋幅仄昃稷识［知识］逼克即唧［质韵同］弋拭陟侧测翊洫啬穑鲫抑或匐［屋韵同］

【十四缉】缉辑戢立集邑急入泣湿习给十拾袭及级涩楫［叶韵同］粒汁蛰执笠隰汲吸絷挹（浥）悒岌熠茸什苙廿揖煜［屋韵同］歙笈［叶韵同］圾褶禽

第十八部

入声：五物六月七曷八黠九屑十六叶通用

【五物】物佛拂屈郁［馥郁，郁郁乎文哉］乞掘［月韵同］吃［口吃］讫绂弗勿迄不怫绋沸（茀）厥倔黜尉蔚契屹熨［未韵同］绂

【六月】月骨发阙越谒没伐罚卒［士卒］竭窟笏钺歇突忽袜曰阅筏鹘［黠韵同］蕨［物韵同］蹶蕨殁橛掘［物韵同］核蝎勃渤悖［队韵同］孛揭［屑韵同］碣粤樾鳜脖饽鹕（捽）［质韵同］猝惚兀呐［呐］羯凸咄［曷韵同］（矻）

【七曷】曷达末阔钵脱夺褐割沫拔［挺拔］葛闼渴拨豁括抹遏挞跋撮秣掇［屑韵同］姡獭［黠韵同］剌喝磕蘖瘌袜活鸹斡怛钹挦

【八黠】黠拔［拔擢］八察杀刹轧戛瞎刮刷滑辖铩猾捌叭札扎帕茁鸦偓萨捺

【九屑】屑节雪绝列烈结穴说血舌洁别缺裂热决铁灭折拙切悦辙诀泄锲咽［呜咽］轶噎彻澈哲蟞设啮劣（玦）截窃孽浙孑桔颉拮撷揭碣［曷韵同］缬碣［月韵同］挈抉亵拽［曳］（爇）冽瞥迭跌阅餮掣垤捏页阕缺谲（夬）撇蟞篾楔（愒）辍啜缀撤继杰桀涅霓［（蜺），齐、锡韵同］批［齐韵同］

【十六叶】叶帖贴牒接猎妾蝶叠箧慊涉鬣捷颊楫［缉韵同］聂摄慑镊蹑协侠荚挟铗浃睫厌餍堞躞燮摺辄婕谍堞雯喋喋碟鲽捻晔蹀笈［缉韵同］

第十九部

入声：十五合十七洽通用

【十五合】合塔答纳榻（阎）杂腊匝阖蛤衲沓鸽踏拓拉盍塌咂盒卅搭褡飒磕（榼）趿蹋蜡溘遢趿

【十七洽】洽狭峡法甲业邺匣压鸭乏怯劫胁插锸押狎夹恰蛱硖掐（札）祫眨胛呷歃闸霎［叶韵同］

参考文献

[1] 申忠信. 诗词格律新讲 [M]. 北京：中国文史出版社，2013.
[2] 王力. 诗词格律 [M]. 北京：中华书局，2012.
[3] 林克胜. 诗律详解 [M]. 北京：商务印书馆，2010.
[4] 王力. 诗词格律十八讲 [M]. 北京：商务印书馆，2003.
[5] 朱孝臧. 宋词三百首 [M]. 北京：凤凰出版社，2001 年.
[6] 启功. 诗文声律论稿 [M]. 北京：中华书局，2000 年.
[7] 蘅塘退士. 唐诗三百首详析 [M]. 喻守真，注. 北京：中华书局，2005.
[8] 张玉书. 佩文韵府 [M]. 上海：上海古籍书店，1983.
[9] 秦似. 现代诗韵 [M]. 桂林：广西人民出版社，1979.
[10] 蒋韶. 词版故事 [M]. 西安：陕西师范大学出版社，2002.
[11] 张进义. 格律诗词启蒙 [M]. 郑州：中州古籍出版社，1994.
[12] 唐圭璋. 全宋词 [M]. 北京：中华书局，2009.
[13] 韩成武. 守拙斋诗稿 [M]. 北京：中国文联出版社，2001.
[14] 杨海明. 唐宋词史 [M]. 南京：江苏大学出版社，2010.
[15] 彭定求. 全唐诗 [M]. 北京：中华书局，1960.
[16] 蒋寅. 中国古代文学通论 [M]. 沈阳：辽宁人民出版社，2004.
[17] 莫砺锋. 古典诗学的文化观照 [M]. 北京：中华书局，2005.
[18] 莫砺锋. 莫砺锋诗话 [M]. 北京：北京大学出版社，2006.
[19] 章培恒，骆玉明. 中国文学史 [M]. 上海：复旦大学出版社，2005.
[20] 袁行霈. 中国文学史 [M]. 北京：高等教育出版社，1996.
[21] 游国恩，王起，萧涤非，等. 中国文学史 [M]. 北京：人民文学出版社，2002.
[22] 陈尚君. 全唐诗补编 [M]. 北京：中华书局，1992.
[23] 王重民，孙望，童养年. 全唐诗外编 [M]. 北京：中华书局，1982.
[24] 陆侃如，冯沅君. 中国诗史 [M]. 天津：百花文艺出版社，2008.
[25] 王力. 古代汉语 [M]. 北京：中华书局，1995.
[26] 郭锡良. 古代汉语 [M]. 北京：商务印书馆，1999.